悪態の科学

あなたはなぜ口にしてしまうのか

エマ・バーン
黒木章人 訳

Swearing Is Good For You

The Amazing Science of Bad Language

原書房

悪態の科学

あなたはなぜ口にしてしまうのか

SWEARING IS GOOD FOR YOU
by
Emma Byrne

Japanese translation rights
arranged with Archie Brown
c/o Felicity Bryan Associates, Oxford
through Tuttle- Mori Agency, Inc., Tokyo

〈サイエンス・ベイビー〉のチームスタッフに愛と感謝を。

目次

謝辞

最初に、わたしのことをずっと辛抱強く支えて、愛とやる気を与えてくれた〈サイエンス・ベイビー〉のスタッフたち、デイヴィッド、マイク、ロミリー、ロゼッタに感謝を。

わたしが汚い言葉や罵倒語をたくさん言えるのは先人たちのおかげです。執筆中のわたしを惹きつけ、驚かせ、そして感動させてくれた研究者の方々に感謝します。研究結果の解釈に誤りがあるとしたら、それは全部わたしの責任です。リチャード・スティーヴンズ、バーバラ・プレスターにはとくに感謝を捧げます。そして〝刺激〟に満ちた話を聞かせてくれたジェイムズ・オコナーにも感謝。

この本のアイディアを与えてくれて、企画原案にいろいろとコメントしてくれたゴードン・ワイズとピーター・タラックと、離れた場所からわたしを見守ってくれて、この本のシェイプアップを懇切丁寧に指南してくれたキャリー・プリットには、どれほど感謝してもしきれません。この本の言葉選びだけでなく、文章の書き方をこまごまと教えてくれたレベッカ・グレイにも同じぐらいの感謝を。あなたたちは望みうる最高の先生です。この本全般の推敲を手伝ってくれたトレヴァー・ホーウッドにも感謝。

ニューヨークのあちらこちらを愉しくガイドしてくれたジョージ・ルーカス、ヤバい街での体験談を語ってくれたローダ・バクスターとダン・スミス、そして最後に、〝この本は最高だ〟と言ってくれたフレッド・ジョンソンに感謝。お気遣いどうも。

はじめに

悪態とか罵倒語って一体何なの？

悪態・罵倒語とは、暴力的でありながら愉快で、ショッキングで滑稽《こっけい》で、日常的なものなのに我慢ならない、驚くほど多種多様な言葉の総称だ。悪態・罵倒語は宗教やセックス、狂気、排泄物、そして国籍などのパワフルかつ不条理な要素と共鳴し、その威力を増大させる。

ジェフリー・ヒューズ[1]（英語史研究家）

九歳ぐらいのとき、わたしは弟を〈twat《トワット》（マヌケ）〉となじって親にひっぱたかれたことがあります。〈twat〉には〝女性器〟や〝セックス〟の意味があることなど幼いわたしが知るはずもなく、ただたんに〈twit《トウィット》（バカ）〉のダジャレだと思っていました。でもそのときひっぱたかれたおかげで、言葉のなかにはほかの言葉より強い力があって、使い方に気をつけなければならないものがあることを、身をもって学びました。

ところがです――みなさんのご想像どおり――親にひっぱたかれて汚い言葉づかいを改めたかといえば、もちろんそんなことはありませんでした。わたしが〝口にするのもはばかられる言葉〟に興味を抱くようになったのは、むしろこの経験もいくらか影響しているのだと思います。以来、わたしはシチュエーションやタイミングに応じて多種多彩な下品で汚い言葉を放つ技を身につけてきました。このテクニックについては結構自信があります。男性が支配する分野で働く女性であるわたしは、このテクニックを駆使して男になりすましています。新しいチームに加入するとき、チーム内の男性の誰かを〝どうしようもないクソ野郎〟呼ばわりすることが通過儀礼として求められることがよくあるのです。

だからこそわたしは、悪態や罵倒語の研究に長きにわたって取り組んでいる科学者がほかにもいることを知り、汚い言葉であってもうまく使いこなせば役に立つと考えているのは自分ひとりではないことがわかったとき、本当に嬉しかったのです！　悪態や罵倒語は、たんなる冗談やからかいの言葉や冒瀆《ぼうとく》的な言葉とはちがう。むしろそれ以上のものだ――そんなふうに考えるようになったのは、（あとでご紹介する）六七人の勇敢な学生たちと氷水で満たされたバケツとストップウォッチ、そして罵倒語を使った研究論文を読んでからです。その当時のわたしは神経科学に取り組んでいましたが、その論文を読んで研究対象を変えました。どうしてわたしたちは悪態をついたり罵倒したり汚い言葉を吐いたりするのか、どうやって悪態をつくのか、悪態や罵倒語からわたしたちの何がわかるのか。それらを探る旅に出たのです。

ところで、そもそも悪態・罵倒語とは一体何なのでしょうか？　どうして特別なのでしょうか？

特別な感じに聞こえるから？　それとも口にすると、ほかの言葉を言ったときとはちがう気分になるから？　世界中のどの言語にも罵倒語や汚い言葉は存在するのでしょうか？　わたしたちは自分の子供たちに汚い言葉を使ってはいけないと教えているのに、結局そんな言葉は使っちゃいけませんとしょっちゅう叱っています。どうしてそんな羽目になってしまうのでしょうか？　ありがたいことに、一九世紀イギリスの医師から現代の神経科学者に至る、さまざまな分野の科学者のおかげで少しずつ解明されてきています。ところがそうした言葉は今でも不快なものとみなされているので（この本のタイトルに汚い言葉を使うかどうかについては、良識を鑑《かんが》みて大いに悩みました）残念ながらそうした研究の成果は広く一般には知れわたっていません。悪態・罵倒語や汚い言葉には刺激的で知的好奇心をくすぐるところがあるのに、その知識を享受できる場は、今のところ学術誌や専門書にほぼ限られています。研究者としては情けないかぎりです。

先ほどわたしは、新しい職場に溶け込む手段のひとつとして罵倒語や汚い言葉を使っていると言いました。仕事場でそうした言葉を活用しているのは、実はわたしだけではありません。それどころか、悪態・罵倒語や汚い言葉は職場でのチームワークづくりに役立っているという研究結果があるのです。全員で下品な隠語を使うチームは、使わないチームよりも労働効率がよく、メンバー同士の結びつきが強く、しかも生産性も高いことは、科学者たちによって証明されています。こうした傾向は工場から病院の手術室に至るまで、さまざまな労働環境で見られるそうです。わたしたちは痛みを感じたとき、〝クソッ！〟とか〝ちくしょう！〟とか、罵倒語を使って痛みをごまかそうとするものです。すごく役立つ使い方ですよね。ストレスを感じたときも同様です。罵倒語を利用するストレス管理術は、職場でのチームづくりで何よりも役立つという結果も出ています。

悪態・罵倒語や汚い言葉は神経科学の発展にも役立っています。使い勝手のいい感情のバロメーターだということがわかって以来、一五〇年以上にわたって研究ツールとして使われています。人間の脳のなかでも興味深い機能を持つ部位の発見にもひと役買っています。脳が右脳と左脳に分かれていることや扁桃核《へんとうかく》が感情をコントロールしていることも、実は悪態をつく人たちの研究がきっかけとなってわかったのです。

さらに言えば、悪態・罵倒語や汚い言葉はわたしたちの心についても実に多くのことを教えてくれます。たとえば、マルチリンガルの人が悪態をつくとき、母語よりも外国語で言うほうが抵抗感は少ないことが多いそうです。このことは感情や社会のタブーを習得する幼年期の発達段階についてのヒントを与えてくれます。こんなこともあります。誰かにすごく嫌なことをされたとき、その相手を罵倒すると心拍数は上がり、心のなかではぶん殴ってやるぞと喧嘩腰になるものです。ところがそんな興奮した胸の内とは裏腹に、実際に暴力を振るうことは少なくなります。

そして何よりも、悪態・罵倒語や汚い言葉は変幻自在にかたちを変える言葉でもあります。時代の変化とともに社会のタブー観が変わると、別の言葉に入れ替わったり新たな言葉が加わったりするのです。かつては下品で不敬だとされた言葉が、時代が変わるとポジティブな気持ちを表現する言葉になってしまうことすらあります。たとえば〈fuck《ファック》（クソ）〉という言葉はムカついたりイライラしたりするときだけでなく、いい気分のときにもよく用いられます（〝クソむかつく〟とも〝クソ嬉しい〟とも言いますよね）。

ここでわたしの研究成果を短く紹介しましょう。わたしはロンドンのシティ大学の同僚たちと協力して、サッカーの大事な一戦のあいだに何千人ものサポーターたちが口にする汚い言葉や罵倒語を調査しました。サッカーのサポーターたちの悪態好きはよく知られていることで、とくに〈shit《シット》(クソ)〉と〈fuck〉を好んで使います。ところが調べていくうちに、このふたつの汚い言葉の使用比率に面白い事実が見つかりました。〈shit〉と〈fuck〉のどちらが多く使われているかで、そのときどっちのチームがゴールを決めたのかが本当によくわかるのです。〈shit〉はほぼ例外なく否定的な意味合いで使われるのに対して、〈fuck〉はいいときにも悪いときにも使われていることがわかったからです。サポーターたちは汚い言葉を使って相手チームやそのサポーターを挑発しているというイメージがあります。しかし彼らのツイッターを覗いてみると、ライバルをけなすツイートはほとんどなくて、罵倒の言葉を浴びているのはもっぱら彼らが応援するチームの選手たちだということがわかりました。[2]

わたしはこの研究で、悪態・罵倒語や汚い言葉の研究はまだまだ世間では受け入れられていないのだと思い知らされました。研究結果を発表したとき、とある新聞の記者がわたしたちに接触してきました。紙名はあえて伏せますが、さまざまな社会問題を道徳くさい論調で大上段に論じながら、その一方で体のある部位を〝売り物〟にしていると世間から冷たい目で見られている女性たちを望遠レンズで撮り、その写真で紙面を飾るイギリス随一の発行部数を誇る新聞です。その記者は、この調査にいくら費やしたのか（どぶに捨てたのか）、もっと世のためになる研究をするつもりはなかったのか（たとえば癌《がん》の治療とか）訊いてきました。わたしはこう答えました――調査にかかった費用は、仮説を思いついたときに飲んでいた七ポンドほどのボトルワインを含めて全部自費です。それにわたしたちはもともとコンピューター科学者で、癌についての知識ははなはだ乏しいので、癌で苦しんでいる人たちの邪魔になるようなことはなるべく控えたほうがいいと思うのですが……その記者から二度と電話が来ることはありませんでした。しかしこのやりとりで、悪態・罵倒語や汚い言葉がまともな研究テーマだと世間一般に認知されるのはまだまだ先のことだと痛感しました。

悪態・罵倒語や汚い言葉は日常にあふれていて、普通に口にする他愛のない言葉のように思えます。そんな取るに足らないものを、多くの科学者たちが研究していると聞くと驚かれるかもしれません。しかし神経科学者や心理学者や社会学者、そして歴史学者たちは、それなりの理由があって昔から汚い言葉に興味を抱いてきたのです。たしかにこうした言葉は他愛のないことのように思えますが、わたしたちの脳と心、さらには社会の仕組みまで、本当に多くのことを教えてくれるものでもあるのです。

この本では悪態・罵倒語や汚い言葉のみに目を向けるつもりはありません。というのも、こうした言葉はわたしたちの日常と実にさまざまなかたちで結びついているからです。だからこそ興味は尽きないのです。さまざまなトピックスを取り上げるつもりですが、そのなかには一見関係ないと思える話題も出てきます。日本語の遠まわしな言葉づかいやチンパンジーのトイレトレーニングの予期せぬ結果など、罵倒語がひとつも出てこない箇所も結構ありますが、それでも全部わたしたちの汚い言葉の使い方と関係があることなのです。

この本の目指すところとは、つまるところ無礼で攻撃的な言葉の正当化なのでは？　そう思われるかもしれません。言っておきますが、まったくちがいます。汚い言葉を常日頃からよく使うようにしましょうなど、そんなことを言うつもりはまったくありません。悪態・罵倒語や汚い言葉が劇的な効果を発揮するためには、感情に強く訴えかける力を持ち続けなければなりません。普段から使ったり耳にしたりしていると、その力が薄まってしまいます。この本の目的はただひとつ、人類史のなかで罵倒語などの汚い言葉がどのように変化してきたのかを確認することにあります。乱用や文化的価値観の変化などによって力が弱まったりなくしてしまったりした言葉と、その穴を埋める役割を果たしているタブー語についても取り上げます。昔は絶対的なタブーとされていた冒瀆の言葉や、人種差別主義者《レイシスト》や性差別主義者《セクシスト》が使う、現在では口にしてはいけない言葉も取り上げます。

現在、世界中で差別的な表現を避ける傾向が——いわゆるポリティカル・コレクトネス、略してポリコレのことです——どんどん強まっています。そうした風潮は嘆かわしいことなのでしょうか。それとも、カビの生えたような差別的な偏見は醜悪で有害で、時代にそぐわないものなのでしょうか。読者のみなさんそれぞれの視点で判断してみてください。

悪態・罵倒語の定義

歴史を振り返ってみると、汚い言葉は罵倒語・神の名の乱用などの冒瀆表現・呪いの言葉の三つに分類することができます。神に呼びかけて願ったり呪いをかけたりすれば、災いを引き起こし、文字どおり世界を変えることができるとされていました。こうした言葉には特別な魔力があると信じられていたのです。

もちろん現在を生きるわたしたちは、そうした汚い言葉に現実を変える力があるだなんてことはまったく信じていません。〈go fuck yourself!《ゴー・ファック・ユアセルフ》（マスでもこいてろ！・クソ喰らえ！・失《う》せやがれ！）〉とか毒づいたところで、せいぜい相手のプライドをちょっとだけ傷つけるぐらいが関の山で、ものすごいダメージを与えることができるだなんて誰も思っていません。それでもやはり、汚い言葉には今でもそれなりの魔力があるのです。悪態・呪いの言葉・下品な言葉・罵倒語・汚言など、いろんな言い方がありますが、こうした言葉は禁忌《タブー》を利用しています。タブーこそが魔力の源泉なのです。

だからといって、悪態や罵倒語は敵意を示したり侮辱したりする手段としてだけ使われるわけではありません。実際、悪態や罵倒語は〝喧嘩の売り言葉〟であると同時に、自分自身もしくは仲間うちでこぼす愚痴として、またはウケ狙いのために使われたりすることがさまざまな研究でわかっています。つまり悪態や罵倒語はとらえどころがない、ということです。ちょっと厄介ですね。明確に定義できないものを、どうやって研究すればいいのでしょう？　この本を書くにあたって、わたしは何百本もの研究論文を読み漁りましたが、そのなかに繰り返し出てきた悪態・罵倒語の定義がふたつあります。それは――一．感情をむき出しにした状態のときに使う、二．何らかのタブーに言及する言葉、というものです。罵倒語だと感じる言葉には、必ずこのふたつが当てはまります。

わたしのような門外漢だけでなく、言語学の世界でも悪態・罵倒語の構成要素を突き止めようとしている研究者はいます。そのなかでもストックホルム大学のマグヌス・リュング教授は罵倒語のエキスパートとして高く評価されています。リュング教授は二〇一一年に著した『*Swearing: A Cross-Cultural Linguistic Study*（罵倒語の異文化間言語研究）』で、さまざまな言語の何千例にもおよぶ罵倒語のなかから見つけ出した共通点を基にして、こう定義しました。

・〈shit・fuck（クソッ、ちくしょう）〉などのタブーとされる言葉を用いるが
・それらを逐語的に使わずに
・定型的な使い方をする
・感情に訴える言葉。つまるところ、罵倒語は話者の精神・心理状態を伝える言葉である。

罵倒語の研究者をもうひとり挙げてみましょう。カリフォルニア大学サンディエゴ校の言語・認知研究所所長のベンジャミン・K・ベルゲン教授は、二〇一六年に『*What the F: What Swearing Reveals About Our Language, Our Brains, and Ourselves*（なんてこった！——罵倒語が暴き出す言葉と脳、そして私たち自身）』を著しました。ベルゲン教授はこの本のなかで、全世界で七〇〇〇種弱ほどある各言語で、使われる汚い言葉のタイプ、使い方、そして言葉の数も著しく異なると指摘しています。[3] たとえばロシア語の罵倒語は相手の母親の〝道徳的側面〟をあげつらうものばかりですが、話し方に複雑な抑揚のルールがあり、ほぼ無限と言えるほどの罵《ののし》り方を生み出しています。日本語には英語の〈shit（ウンコ）〉や〈piss《ピス》（おしっこ）〉にあたる排泄物のタブー語はほとんどあり

ません（だからウンコの絵文字が普通に使われているのです）。他言語とちがって日本語にはタブー語はないと思われがちですが、実際にはいくつか存在します。たとえば〝知的もしくは精神的に問題を抱えた人〟をざっくりと意味する〈キチガイ〉という言葉は、一般的にメディアでの使用は許されません（いわゆる放送禁止用語です）。そして多くの言語と同様に、日本語でも汚い言葉の〝女王〟は女性器を意味するタブー語の〈おまんこ〉です。二〇一四年、漫画家の〈ろくでなし子〉こと五十嵐恵は、自身の〈おまんこ〉の３Ｄデータを芸術作品として配布して逮捕されました。

　悪態・罵倒語や汚い言葉のレパートリーは各言語で異なります。それぞれの言語を使う国・地域ごとに文化は異なるのですから、当然と言えば当然です。ベルゲン教授は、言語は罵倒語に基づいて四つに分類できると主張しています。教授はこの分類法を〈聖・セックス・糞尿・ニガー原則〉と呼んでいます。つまりその言語で一番強い力を持つ罵倒語で分けることができるというのがベルゲン教授の主張で、宗教系の罵倒語が強いもの、性交系が強いもの、排泄系が強いもの、そして中傷スラング系が強いものに分かれるということです。しかし四番目のカテゴリーについては、中傷スラング系の罵倒語が一番強い力を持つ言語に、わたしはお目にかかったことはありません。中傷スラング系の罵倒語はいろんな種類があります。たとえば、人間を動物になぞらえることが顰蹙《ひんしゅく》を買うタブーのひとつとされるドイツでは、人を〝まぬけな牛〟呼ばわりすると三〇〇から四〇〇ユーロ、〝老いぼれ豚〟だと二五〇〇ユーロの罰金が科せられます。[4]一方オランダには病気に関する汚い言葉がたくさんあります。この国で警官を〈kankerlijier《カンクレイヤー》（癌患い）〉呼ばわりすると、刑務所で二年過ごすことになりかねません。[5]

さらにベルゲン教授は、罵倒語や汚い言葉はその特性で分類できるかどうかを調べています。アメリカ英語で使われる汚い言葉は他言語と比べて若干短めなものが多いのですが、フランス語とスペイン語はそうではありません。汚い言葉の持つ響きも言語によって異なることがあります。ある言語のまったく無害な言葉が、別の言語を話す人々にはひどく不愉快な言葉に聞こえてしまうことがあります。これは昔からジョークの種になっていて、シェイクスピアも『ヘンリー五世』でこんなふうに使っています。フランス王女のキャサリンが侍女のアリスから英語を習う場面で、〈elbow《エルボウ》（肘）〉〈neck《ネック》（首）〉〈chin《チン》（顎）〉を習った王女は、次は〈pied《ピエ》（足）〉と〈robe《ローブ》（上着）〉は英語でどう言えばいいのかと尋ねます（この場面はフランス語で書かれています）。

キャサリン：ではこうね、〈ド・エルボー（肘）〉、〈ド・ニック（首）〉、〈ド・シン（顎）〉。〈足〉はなんて言うの、それから〈上着〉は？

ア　リ　ス：〈足〉は〈ド・フット〉、〈上着〉は〈ド・カウン〉です。

キャサリン：〈ド・フット〉に〈ド・カウン〉！　まあ！　なんていやらしい、聞き苦しい、下品な、みだらな発音でしょう、りっぱな貴婦人が口にすることばではないわ。フランスの貴族の前では、私、絶対に口に出さないから。ほんと、ひどい！　〈ル・フット〉に、〈ル・カウン〉なんて！　（小田島雄志訳、一九八三年、白水社刊）

アリスのめちゃめちゃな発音のせいで、〈foot《フット》（足）〉はフランス語で〝ファックする〟を意味する〈foutre《フートル》〉に、〈gown《ガウン》（上着）〉は〝女性器〟を意味する〈con《コン》〉に聞こえてしまい、キャサリン王女はヒステリーを起こす、というのがこのくだりのオチです。

長さは各言語で異なり、スペルと発音が同じでも言語によって何も問題がなかったり不快だったりする。これでは何をもって悪態・罵倒語だと判断すればいいのかわかりません。この行き詰まりを打破すべく、言語学では汚い言葉を発するときに働く脳の部位から悪態・罵倒語の定義づけをするという試みが続いています。言語学者で心理学者でもあるスティーブン・ピンカーは、自著『思考する言語 ――「ことばの意味」から人間性に迫る』（幾島幸子・桜内篤子訳、二〇〇九年、日本放送出版協会刊）のなかで、〝純粋な〟言語は思考・推理・記憶などの高次機能をつかさどる大脳皮質で生み出されるのに対して、悪態・罵倒語は運動や感情、身体機能をつかさどる皮質下部で生み出されると述べています。つまり悪態・罵倒語は、人間の言語というよりもむしろ動物の鳴き声に近いものなのではないか、と博士は主張しているのです。

最先端科学の見地から見て、わたしはピンカー博士の説には賛成できません。たしかに悪態・罵倒語はわたしたちの言動のなかに深く根づいています。しかし博士の定義には、悪態・罵倒語は退化してしまった原初の言葉だという前提が必要です。なんだか人間はさらに進化して、こんな言葉は捨て去ってしまうべきだと言っているようにも取れます。悪態・罵倒語には重要な意味があって、わたしたちの文化と社会を形成して、共に発達してきたことを示す研究ならごまんとあります。悪態・罵倒語は、感情の面から見ても文化の面から見ても非常に大きな意味を持つ、社会に向けて発信する複雑なシグナルなのです。決して鳴き声などではありません。

悪態・罵倒語の定義を知りたいのなら辞書で調べたらいいじゃないか。そんな簡単なことがどうしてできない？　きっとみなさんはそう思っていらっしゃるでしょうね。でもここで言っておきますが、辞書というものは、汚い・悪い言葉に関してはやたらと口が重くなるものなのです。一五三八年にイギリス初のラテン語辞典を編纂《へんさん》したサー・トーマス・エリオットは、汚い言葉を調べる輩《やから》が絶対にいるはずだと考えて、そんな言葉は一切載せませんでした。一八世紀に『英語辞典』を編纂したサミュエル・ジョンソンはこう言いました。「読者の胸の奥底に眠っている欲情をかきたてる卑猥な言葉がお望みなら、申し訳ないが別の辞書をあたってくれたまえ」[6]そんなジョンソンは、自分の辞書から〝淫らな言葉〟を除外したことをふたりの淑女から称賛されたとき、こう言いました。「何ですと！　ということは、あなたがたはそんな言葉を調べてみたというわけですね？」[7]やたらと上品ぶっていたヴィクトリア朝時代の絶頂期に編纂され、ズボンのことを〈trousers《トラウザーズ》〉ではなく当時としてもかなり古めかしい言葉の〈ineffables《イネファブルズ》〉と表記していた『オックスフォード英語大辞典』は、二〇世紀にはいってもなお〈fuck〉〈cunt《カント》（おまんこ）〉〈the curse《ザ・カース》（月経）〉といった言葉は除外していました。その一方で宗教的・人種差別的な罵倒語は載せていました。余談ですが、月経については〈the curse of Eve《ザ・カース・オブ・イブ》（イヴの呪い）〉とか〈crimson tide《クリムゾン・タイド》（深紅の満ち潮）〉とか、婉曲表現ならたくさんあります。しかし罵倒語として使われる例はほとんどなく、わたしの知るかぎりではジャマイカ英語で生理用ナプキンを意味する〈bloodclaat《ブラッドクラート》（血の服）〉しかありません。これは興味深いことです。二〇世紀後半以降、辞書編集者たちは上層階級で受け入れられるかどうかを基準にして、さまざまな言葉を辞書から削除し続けています。アメリカの『ウェブスター辞典』は、一九七六年に〝イタ公（イタリア人）〟を意味する〈dago《ディゴウ》〉〈wop《ワップ》〉、バイセクシュアルを意味する〈kiki《キーキ》〉、アラブ人を意味する〈wog《ワグ》〉を外し、こんな前書きを載せました。「近年、猥褻きわまりない言葉や人種・民族および各国国民を侮辱する言葉はどんどん廃れていく傾向にある。本辞典はそうした言葉を積極的に削除していく方針である」

ポリコレ的によくない言葉を載せないというウェブスター辞典の編集方針は素晴らしいとは思うのですが、ちょっと考えが甘いという気もします。辞書から消したとしても、その言葉が言語から消えてなくなって、誰も使わなくなるというわけではないのですから。もしかしたらこの辞典の編集者たちは、一九七六年が世界中のすべての人種・民族とすべての国々の人々が調和する新時代の幕開けの年となればと願っていたのかもしれません。でも四〇年後の今から見れば、笑ってしまうほど楽観的だと言わざるを得ません。

それでは、どんな言葉が〝猥褻きわまりない言葉〟になるのか、そしてそれを誰が決めるべきなのでしょうか？　それはわたしたち全員なのです。わたしたちそれぞれが属している社会集団や仲間のなかで何がタブーで何がタブーでないのか、さまざまな感情を的確に表現するためなら破っても許されるタブーは何なのかは、まさしくわたしたちが決めることなのです。同じ時代でも、何を汚い言葉とするかは社会の各階層で異なることがあります。一九世紀末に生まれた詩人で小説家のロバート・グレーヴスによれば、同じ〝くそったれ・バカ野郎〟を意味する言葉でも、もともとは私生児・隠し子を意味する〈bastard《バスタード》〉は支配階級内では使うことが許されませんでしたが、グレーヴス自身が属する階級では、ホモセクシュアルの意味がある〈bugger《バガー》〉のほうがもっとひどい辱《はずかし》めの言葉だったそうです。もっともグレーヴスは自分の作品で〈bugger〉をどうしても使うことができなかったらしく、代わりに〝ただならぬ悪行に身をついやす輩〟と表現したり、外国人が嫌いなのか〝ブルガリアの異端者〟というわけのわからない言葉をあてたりしています。

　支配階級についてグレーヴスは、「こと庶子《bastard》に関しては他の階級に比べてはるかに寛容だ。なぜなら貴族、さらに言えば王族の血が流れていることがままあるからだ」と説明しています。一方〈bugger〉がそれほど侮辱的ではないのは「同性愛的傾向は他の階級よりも少ないからではないだろうか」と、いささか無邪気な意見を述べています。それでもこうも語っています。「三〇年ほど昔のことだ。とある社交クラブの掲示板に会員のひとりを糾弾する文言が貼りだされ、そこにはそのものずばり〈bugger〉と書かれていた」グレーヴスは明かすことができなかったみたいですが、その会員とはかのオスカー・ワイルドのことです。「そのあと、爆弾が炸裂したような大騒ぎになった。そのとき飛び散った塵《ちり》と埃《ほこり》は、今なお上流社会内に漂っている」

　このように、悪態・罵倒語は社会の階層や集団ごとにちがいがあるのですが、どのグループでもやたらと型にはまった使い方をされています。悪態・罵倒語の大半は——少なくとも英語では——

ほんのいくつかの構文しか使いません。英語史研究家のジェフリー・ヒューズは自著『*Swearing: A Social History of Foul Language, Oaths and Profanity in English*（イギリスにおける罵倒語の社会学）』のなかで、〈Christ《クライスト》（キリスト・しまった）〉〈fuck〉〈pity《ピティ》（かわいそう）〉〈shit〉といった名詞の共通点はただひとつ、〈for Christ's sake《フォー・クライスツ・セイク》（いいかげんにしろ）〉のように、四つとも〈for ○○'s sake〉という構文に使われるところだと指摘しています。

　構文と言えばわたしにも持論があります。文法的には正しくてもめったに使われないフレーズ、もしくはその逆に文法的には正しくなくても日常的に使われるフレーズがあるということです。文法的に正しくないフレーズはわたし自身頻繁に使っていますし、誰かが口にしているのを本当によく耳にしますし、意味もちゃんと理解しています。たとえば〈shit〉は〝排泄する〟という動詞としても〝排泄物〟という名詞としても使われます。だから〈shit it!〉とか〈shit you!〉という罵倒語は文法的にはまったく正しいのですが、そう言っている人にわたしはお目にかかったことはありません。動詞としての〈shit〉は、今では〝だます〟とか〝嘘をつく〟という、ごく限られた意味でしか使われていないみたいです。たとえば〈You'er shitting me!《ユー・アー・シッティング・ミー》（くだらない嘘はやめろ!）〉と言われたら、ちょっと古めかしい言い方で茶目っ気たっぷりに〈I shit you not《アイ・シット・ユー・ノット》（嘘じゃないよ）〉と返すのがお約束になっています（図表1を参考にしてみてください）。

　最近、イギリスでの放送の規制・監督をおこなう英国情報通信庁《Ofcom》は、テレビとラジオで放送される悪態・罵倒語についての意識調査を実施しました。その結果を図表2にまとめてみました。[8]

　これを見ると、宗教系・性交系・排泄系・中傷スラング系という汚い言葉の〝ビッグ・フォー〟

図表１：イギリス英語でよく使われる、定型化した罵倒語の構文的変化

	You___	___you	___off	___it	___ing/___y
Cunt（名詞） おまんこ	1（クソ野郎・クソ女）	3	3	3	1（クソッたれな）
Fuck（名詞・動詞） 野郎・セックスする	1（嘘つけ）	1（クソッたれ）	1（マヌケ）	1（やめろ）	1（いまいましい）
Shit（名詞・動詞） 糞・糞をする	1（クソ野郎）	2	2	2	1（ひどい）
Cock（名詞） ペニス・バカ	1（クソ野郎）	3	1（へまをする）	1（へまをする）	1（ひどい）
Ass（名詞） 尻・クソ野郎	1（クソ野郎）	3	3	1（屁をこく）	1（やっつける）
Piss（名詞・動詞） 小便・怒らせる	2	2	1（イライラする）	2	1（ひどい）
Fart（名詞・動詞） 屁・ろくでなし	2	2	2	2	1（屁のような）
Bugger（名詞・動詞） 野郎・肛門性交する	1（くたばれ）	1（くたばれ）	1（失せろ）	1（クソッ）	1（カマを掘る）
Damn（動詞） 呪う・ちくしょう	2	1（この野郎）	2	1	2（クソッ）

1：広く使われている　2：文法的に正しいがめったに使われない　3：文法的に正しくない

図表２：悪態・罵倒語のタイプ別意識調査

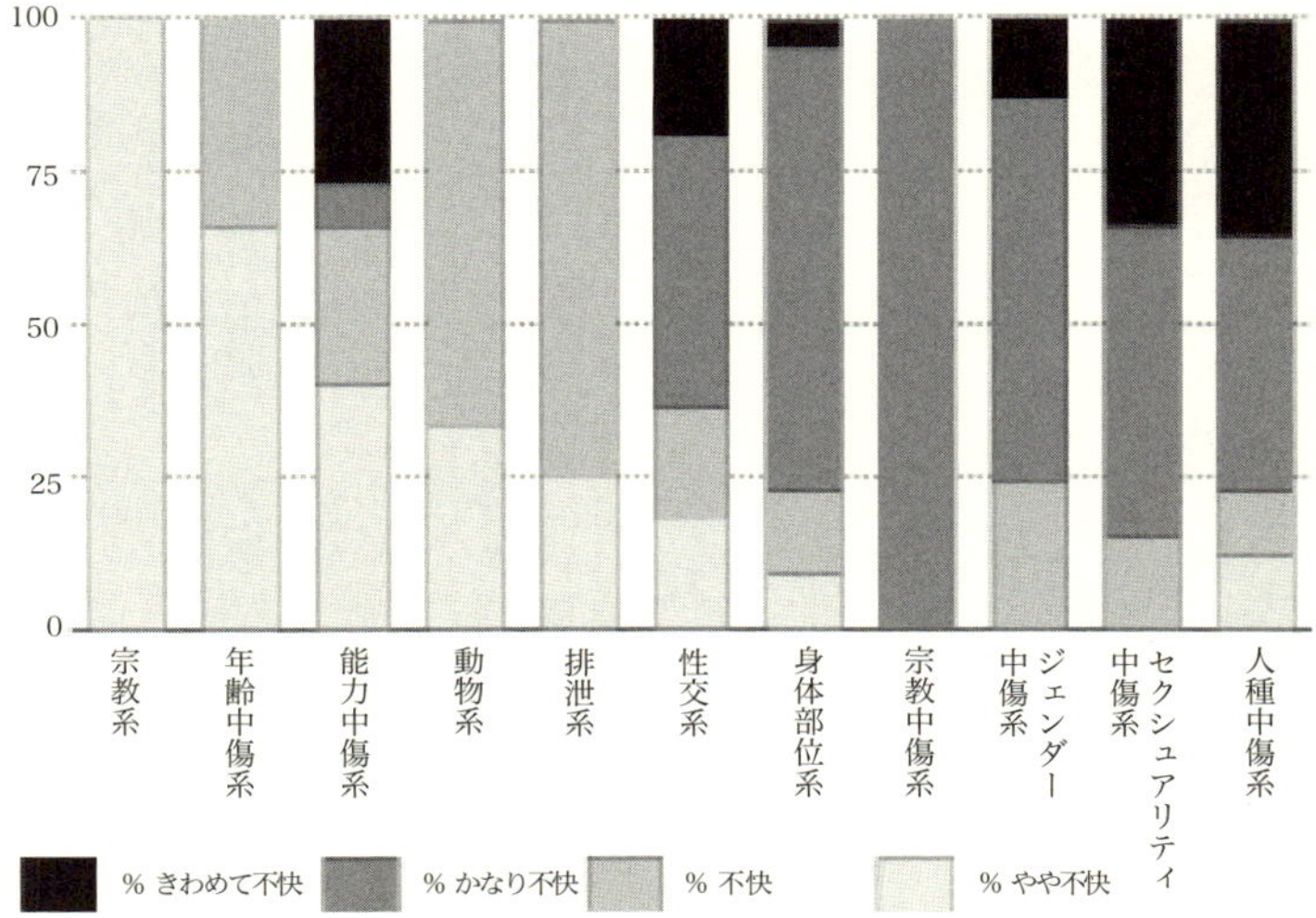

のなかで、イギリス人は宗教系が一番軽めでそれほど不快とは感じず、中傷スラング系――とくに人種とセクシュアリティを差別するもの――を一番不快に感じていることがわかります。事実、最新の調査では、三七六名の人々の会話を録音したものから一〇〇〇万語以上にものぼる単語を調べた結果、同性愛者と人種を差別するスラングは日常会話からどんどん消えていく傾向にあることが判明しました。

〝クソッたれ・失せろ〟を意味する〈fuck you《ファック・ユー》〉と〈bugger off《バガー・オフ》〉という昔から耳なじみのある罵倒語は今でもよく使われていて、まだ力を失ってはいないみたいです。それでもわたしは、このフレーズもあと一〇〇年もすれば時代おくれの古風な言葉になってしまうと思っています。賭けてもいいです。時代が変わると社会の価値観も変わるように、悪態・罵倒語もその形を変えていくのですから。

時代とともに変わる悪態・罵倒語

言ってみれば悪態・罵倒語は〝炭鉱のカナリア〟みたいなもので、その時代時代の社会のタブーを示して警告してくれます。〝クソッ!・ちくしょう!〟を意味する不快な言葉は、一五〇年前なら〈Jesus Christ!《ジーザス・クライスト》〉、今なら〈fuck〉と〈shit〉が代表的です。〈fuck〉と〈shit〉は現在のお上品な社会の検閲には通りそうにもありませんが、アガサ・クリスティーやマーク・トウェインといった昔の作家は使っていましたし、わらべ歌にも登場します。

悪態・罵倒語や汚い言葉に対する社会全体の許容度は、時代によって高くなったり低くなったりします。エリザベス朝時代にロンドンの演劇界を統制していた悪名高い祝典局長エドマンド・ティルニーは、舞台の上から汚い言葉を一掃してしまいました。だからシェイクスピアの『オセロ』と『ハムレット』の第一版には〝ちくしょう〟という罵りの言葉の〈sblood《ズブラッド》**（God's bloodで神の血の意味）**〉と〈zounds《ゾウンズ》**（God's woundsで神の傷口の意味）**〉が載っていますが、のちの版ではふたつとも全部削除されているのです。しかしそれから一世紀ほど経って、大衆文化内で言葉の淘汰が活発に進んだ結果、〈zounds〉は書物などでしか見られない化石のような言葉になって、〈zaunds《ザウンズ》〉と綴りも発音も変わり、語源との関わりが全部失われてしまいました。

社会的に受け入れられない言葉の変遷を物語るのは、シェイクスピア作品に対する検閲だけではありません。ルネサンス期には汚い言葉の感覚が大きく変化したのです。言語学者と歴史学者たちはこの大変動の全貌と流れを解明すべく、長年にわたって研究を続けています。ルネサンスに先立つ中世ヨーロッパでは、プライバシーと慎み深さ・恥の感覚は現在と大きく異なっていました。この時代には、性器などの身体の部位とその機能について口にすることは、必ずしも猥褻で不快なことだとみなされるわけではありませんでした。しかしルネサンス期に入ると、そうした身体系の言葉は宗教にまつわる罵りの言葉に取って代わり、きわめてみだらな言葉とみなされるようになりました。

汚い言葉・罵りの言葉の進化は今でも続いています。その中心は〝口にしてはいけない不敬な言葉〟から人種とセクシュアリティにまつわる言葉へと移り、そこに身体障害に関する言葉が続きます。進化が続いている理由のひとつに、わたしたちは〈他人化〉という概念の効力をより意識するようになったことが挙げられます。〈他人化〉とは、おそらく人間が原初の霊長類だったころから引き継いでいる、強力な知的ショートカット（身近な利用しやすい事例・経験だけに頼って判断してしまうこと）です。わたしたちは自分自身と他人のちがいを無意識のうちに判別して、周囲の人々を〝自分に似た人たち〟と〝自分とはちがう人たち〟に分ける性向を持っています。そして自分に一番よく似た人たちに対して最も寛容になって、信頼を寄せるものです。ここで問題なのは、少なくとも何百年、ことによっては何千年にもわたって、わたしたちのなかのより力のあるグループは力の劣るグループを迫害し、搾取してきていることです。そして力のあるグループは力の劣るほうに対して、服従させていることを強調するある種の言葉をあてる傾向にあります。その言葉が強烈な差別感情を引き起こすのです。白人男性であるスティーヴン・ピンカーは著書のなかでこう告白しています。「〈nigger《ニガー》〉という言葉を耳にすると、アフリカ系アメリカ人はわたしたち白人より劣る存在であるという思いが、ほんの一瞬だけだが頭に浮かんでしまう」[9]

　自分が信じる神を穢《けが》すような言葉を見聞きすると不快だと感じるものです。それと同じように、人種に対する考え方に基づく態度から生じる言葉も、みなさんを不快にするのです。わたしは〈ガーディアン〉紙を購読している中産階級の至極普通のアラフォー女ですが、自分がこの時代の申し子で、属する階級と生まれと育ちが今のわたしをかたちづくっていることを自覚しています。そんなわたしが、〈shit〉と〈fuck〉だらけのこの世界でどんな言葉を一番不快に感じているかと言えば、文句なしにレイシストが使う差別語とセクシュアリティを中傷するスラングです。同じ汚い言葉でも、身体の部位やその機能をベースにしている言葉のほうが人種とセクシュアリティを罵りの力の源にしているものなんかよりずっとましだと思っています。〈fuck〉がなければ、わたしたちはこの世に生を享《う》けることはできないのですから。そして日本の絵本作家の五味太郎は『みんなうんち』でこう言っています――みんなうんちをするんだね。

悪態をつく人・悪態をつく理由

正直に告白しますが、わたしは汚い言葉が大好きで、みなさんが引くぐらいたくさん口にします。わたしがそんな言葉を使うのは、みんなを笑わせるため、友情を固くするため、そして自分を〝タフ〟で〝肝《きも》が据《す》わっている〟女だと見せかけるためです。さらに言うと、みなさんのほとんどの方と同じように、わたしも痛みを感じたりイライラしたときに汚い言葉を口にしますし、おどけて見せたり、〝これ以上何か言ったらぶん殴るわよ〟というイエローカードを見せるときにも使います。ちょっと昔の話をします。二〇代前半のとき、わたしはフランスに留学していました。向こうに引っ越して間もない頃のことです。ある日の晩、家に帰る途中でひとりの男が尾《つ》けてきて、わたしは路地裏に追い詰められてしまいました。そしてとうとう男はスカートに手を突っ込もうとしてきたのです。当時のわたしは、フランス語の罵倒語をとくに頑張って覚えようとはしていませんでした。

それなのに、自分でも驚くほど流暢《りゅうちょう》に、そして怒りを込めて「とっとと失せやがれ、このクソ野郎！」とフランス語で怒鳴りました。フランスの映画とテレビ番組をほんの数週間見ただけなのに、それでも知らず知らずのうちに汚い言葉を身につけて変質者を見事に撃退したのです。

こんなに汚い言葉を使うわたしは、どこかおかしいのでしょうか？　そんなことはありません。自分は汚い言葉なんか絶対に口にしないと言い切る人もいますが、自分でも知らないうちに感情を爆発させてしまう状況に追い込まれてしまうことは誰にでも起こり得ます（脳卒中を起こした結果、汚い言葉をまったく言えなくなったごくごく少数の人たちは別ですが。この症例は、脳内で感情がどのような役割をはたしているのかを突き止めるのにひと役買いました）。それでも人によって差があることはみなさんご存じのとおりです。たとえば男性のほうが女性よりも少しだけ多く汚い言葉を言いますが、その差はどんどん小さくなっています。ソーシャルメディアでは、左翼的傾向のある人たちのほうが右翼的な人たちよりも罵倒語を使うこともわかっています。[10]ボキャブラリーが貧弱だから罵倒語を使うわけではないということもわかっています。[11]

この本で取り上げる罵倒語は、全部〈命題的罵倒語〉と〈非命題的罵倒語〉に分けることができます。便利な分類法を見つけてくれた科学者と言語学者たちに感謝です。命題的罵倒語とは、何らかの効果を期待して意図的に発するもので、おもに左脳で意味を考え、言葉を選び、文章を組み立てます。一方の非命題的罵倒語は、驚いたり身体的もしくは精神的に傷ついたりしたときに意図せずに発してしまう罵倒語で、もっぱら脳内の感情を処理する部位が集中する右脳でつくりだされます。だからと言って、命題的罵倒語は〝左脳的〟、非命題的罵倒語は〝右脳的〟だと言うつもりはありません。実際には、脳のさまざまな部位が複雑に絡みあって力を合わせ、罵倒語を発しているのです。そしてどんなタイプの罵倒語であっても、それがどのようなものでどのように生み出されるのかについては、わたしたちはようやく理解するようになってきたところです。

命題的罵倒語を避けている、つまり汚い言葉を極力吐かないように心がけている人たちでも、非命題的罵倒語ならどうかすると使ってしまうことがあります。しかし学術研究の場で対象になるのは命題的罵倒語のほうが圧倒的に多いのです。それは被験者を驚かせたりして、一時的であれ罵倒語を発するような状態にしてしまうことは（まさしく文字どおりそうなってしまうことがよくあります）倫理に反するから、というわけではありません。必要に応じて被験者に命題的罵倒語を言わせるほうが、つまり自発的に汚い言葉を言ってもらうほうがずっと簡単だからです。ただそれだけのことです。

ところ変われば罵倒語も変わる

この本を書くにあたって苦労したところのひとつが〝共通語のちがい〟です。悪態・罵倒語の調査研究の中心地は英語圏の北米・ニュージーランド・オーストラリアですが、それぞれの地域で話されている英語は少々異なるところがあります。ですから、それぞれの地域の汚い言葉の種類も使い方もまったくちがうかもしれないということは、なんとなくわかっていただけると思います。

英語圏の国のなかでも、イギリス・オーストラリア・ニュージーランド・アイルランドで話される英語はかなり近しいものです。これらの国々それぞれに人をからかうジョークと権力者を貶《けな》すことにかけては誇り高い伝統があって、このふたつに影響されて罵倒語の方向性が定まったのだと思います。それに比べると、アメリカとカナダでは汚い言葉に対する考え方は一様ではありません。この二国では、汚い言葉はどんなものであっても不快きわまりないものとみなす傾向があり、ごくごく無難なもの以外は意図的には一切口にしない人たちがかなり多いのです。

アメリカでは、二〇世紀に入ってもなおヴィクトリア朝時代のような価値観が幅を利かせていました。かのサー・ウィンストン・チャーチルは、とある会食の席で鶏肉料理を注文したときに胸肉《ブレスト・ミート》と言いました。すると社交界の花形のアメリカ人女性にこう言われたそうです。「わたしどもの国では、鶏肉料理を頼むときは胸肉《ホワイト・ミート》もしくはもも肉《ダーク・ミート》と言いますのよ」気分を害した彼女に、チャーチルはお詫びのしるしとして一輪の蘭の花を贈りました。さすがチャーチル、そのときこんなことをしたためたカードを添えたそうです。「この花であなたの〝ホワイト・ミート〟を飾っていただければありがたく存じます」[12]

もちろんイギリスにだって上品ぶった時代がなかったわけではありません。それでも親子関係にあると言っていいイギリスとアメリカのあいだに〝文化的遺伝子〟の不一致が見られるということは、汚い言葉もそのまま受け継がれるとはかぎらない、ということにもなります。たとえば〈Can I bum a fag?〉《キャン・アイ・バム・ア・ファグ》は、イギリスでは〝タバコを一本めぐんでくれないか?〟という、ごくごく普通の日常会話のひとつです。しかし〈bum〉は〝だます〟、〈fag〉は〝ホモ野郎〟の意味もあるので、アメリカではとんでもない意味に取られかねません。反対に、ウエストポーチのことをアメリカでは〈fanny pack《ファニー・パック》〉と言いますが、イギリスでは〈fanny〉はいわゆる〝おまんこ〟のことです。動物の名前も全然ちがう場合があります。〝若い雄鶏〟はイギリスでは〈cockerel《コッカレル》〉ですが、北米では〈rooster《ルースター》〉と言います。〈cock〉はペニスなどの性を強く意識させる言葉だからです。〈ass《アス》〉はイギリスでは〝ロバ〟、アメリカでは〝尻〟なので、〈ill-treated《イル・トリーテッド》**（虐待を受けた）**ass〉は、イギリスでは動物愛護団体、アメリカでは病院の扱いになります。

とはいえ、アメリカ文化は今や世界を席巻していて、多大な影響を与えています。その結果、イギリスでもアメリカ英語の悪態・罵倒語をよく耳にするようになっています。その逆はあまりないみたいです。アメリカでも人気を博しているテレビドラマ『ダウントン・アビー』と『ドクター・フー』はイギリスで制作されましたが、使われている汚い言葉や罵倒語のなかにイギリス英語のものはあまりありません。イギリス英語独特の罵倒語については、わたしも北米出身の同僚たちに何度も説明しなければなりませんでした。彼らが一番首をかしげた言葉は〝マヌケ・クソ野郎・ゲス野郎〟を意味する〈tosser《タッサー》〉〈wanker《ワンカー》〉〈twat〉でした。この本を読むにあたって、この三つのイギリスの罵倒語についての簡単なガイドをこれから説明します。

イギリスのパブでの飲み会には、守らなければならない〝作法〟があります。お酒を注文するとき、グループのなかの誰かひとりがバーカウンターに行って全員分の注文をして、代金もそのひとりが全員分を払います。そしてお代わりのたびに誰かひとりが同じ手順を繰り返すのです。これは〈ラウンド〉というルールで、飲み会の参加者全員がこなさなければなりません。だから飲み会も大人数になると、ぶっ倒れるほど酔っ払う人間が続出するのです。これがわたしたちイギリス人の飲み会のマナーなのです。イギリスで礼儀正しい人間だと思われたいのなら、ラウンドに加わらないという選択肢は考えられません。* わたしとしてはラウンドに加わらないことは、自分で自分に〝よそ者〟のレッテルを貼ることだと言いたいところです。このラウンドとアダム・バリー・クリスという三人の男性を例にして、イギリスの罵倒語を考えてみましょう。

・アダムは財布を持ってくるのを忘れてきてしまった。だからラウンドに参加するには誰かから金を借りなければならない。そんなアダムは〈tosser（**マヌケ**）〉だ。

・バリーも財布を持ってくるのを忘れてきてしまったが、誰からも金を借りようとはしなかった。ラウンドには加わらないくせにおごり酒は飲んでいる。そんなバリーは〈wanker（**クソ野郎**）〉だ。

・クリスは飲み会のたびに財布を持ってくるのを忘れる。そのくせラウンドごとにおごり酒にあずかり、そればかりか夜食のケバブ代までせびろうとする。そんなクリスは〈twat（**クズ野郎**）〉だ。

---

*せめて吐き気を催すまではがんばりましょう。

汚い言葉を擁護してみる

かなりの衝撃度があるにもかかわらず、悪態・罵倒語は驚くほど洗練された言葉です。巧みに使いこなせば、ウィットとユーモアに富んだ言葉にも無礼な言葉にも、そして徹底的に不愉快な言葉にもなります。これこそが悪態・罵倒語が持つ力なのです。そして汚い言葉を使ったり耳にしたりしたとき、わたしたちの脳と体に何とも不思議なことが起こります。罵倒語は痛みへの耐性アップ・ストレス発散・仕事仲間との絆の向上、さらには新しい言語の習得にも役立ちます。霊長類に教えると、すぐに独自の罵倒語を身につけます。そう考えると、罵倒語は人間の言語のなかでも最も古いもののひとつなのかもしれません。それにかなり使い勝手のいい言葉でもあります。

汚い言葉や罵りの言葉になんか大した意味はないし、そもそも気の利いた言葉じゃない。そんな言葉を使う人間は、自分のボキャブラリーの貧弱さと知性の低さをさらけ出しているだけだ、そんなことをよく耳にします。それでもわたしは、悪態・罵倒語や汚い言葉は知的で力があって、社会にも人間の感情にも必要不可欠なものだと断言します。それだけではありません。こうした言葉はわたしたちの心の仕組みと社会について教えてくれます。そしてわたしたちが教えられること——教わった方法も——本当に驚くものばかりなのです！

わたしは悪態・罵倒語や汚い言葉の伝道師を自任しています。こうした言葉の擁護と、その力と効用の周知に尽力しています。それは言論の自由を守りたいからというだけではありません。悪態・罵倒語や汚い言葉はわたしたちひとりひとりにとっても、人間という種全体にとっても有益なものだと信じているからです。こうした言葉には感情に強く訴える力があるというところも、そんな汚い言葉を耳にしたくないと思うのは当たり前だと思うことも、その理由でもあります。それでも誰かが罵りの言葉を発しているときは、ちゃんと耳を傾けたほうがいいのです。そういうときは何か大切なことを伝えている場合が多いという研究結果が出ています。わたしはみなさんに、汚い言葉をもっと使うようにしましょうと勧めているわけではありません。それでも、こんなに素晴らしくて役に立つ言葉に対して、しかるべき敬意を目一杯払っていただけたらと願っています。

1章 汚い言葉を吐き出す脳——神経科学と罵倒語

わたしたちが脳についていろいろと知ることができたのは、研究者たちが多くの成功と、それより多くの失敗を繰り返してきたおかげです。神経科学の大発見のいくつかは、頭に開いた穴に指を突っ込んでみるとか、ヴィクトリア朝時代の精神病院でずっと調べるとか、そんな程度の技術や調査の結果もたらされました。そうした調査対象のなかには、当然汚い言葉や罵りの言葉も含まれています。

神経科学が脳の機能と構造を分類してくれたおかげで、汚い言葉を発する理由と発し方が解明されました。でも汚い言葉を発する理由と発し方がわかったおかげで、脳の構造が解明されたこともあるのです。つまり神経科学と汚い言葉の研究はウィン・ウィンの関係にあると言えます。そうした神経科学の歴史のなかで一番有名な研究は、鉄道建設の現場監督フィニアス・ゲージのケースです。

一八四八年の九月中旬、フィニアス・ゲージはヴァーモント州の中央部で岩盤の爆破作業に精を出していました。ゲージは一八四〇年代アメリカの鉄道建設ブームにうまく乗った男で、勤勉で人好きがするとのもっぱらの評判でした。雇い主からの評価も高く、とにかく有能で腕がたち、〝きわめてエネルギッシュな、不撓不屈《ふとうふくつ》の男〟と評されていました。しかしエネルギッシュな不撓不屈の男だったせいで、ゲージの人生は変わってしまいました――鉄道建設のパイオニアであり模範的な労働者は、とある決定的な瞬間を機にして見世物小屋の〝出し物〟と人体の驚異を体現する男になってしまったのです。

その日、ゲージが率いる作業班は鉄道を敷くために岩盤を爆破する作業をせっせとこなしていました。その工程は危険に満ちたものでした。まず岩盤に穴を掘り、そこに爆薬と信管を詰めます。そしてその上から砂を注ぎ入れて、全長一メートル・重量六キログラムの鉄の棒で穴に詰めたもの全部を突き固めて仕上げます。その日は何がまずかったのか、本当のところは誰にもわかりません。どうやらゲージが鉄の棒を穴に押し込んだときに火花が飛んでしまい、火薬に火をつけてしまったみたいです。爆発の衝撃で吹き飛ばされた鉄の棒はゲージの頭に当たって貫通し、さらに二五メートル飛んで地面に落ちました。

現場に駆けつけたエドワード・M・ウィリアムズ医師は、怪我の具合はかなりひどく、頭にぽっかりと開いた穴は乗ってきた馬車のなかからでも確認できるほど大きく、〝脳の血管の拍動が見えた〟とのちに述べています。頭部にそこまでひどい怪我をしたのなら、せいぜいよくても身じろぎもせずに座ったまま、わが身の不幸を嘆いていたと思われるでしょう。ところがゲージはそうではありませんでした。ウィリアムズ医師とゲージの同僚たちの証言によれば、ゲージは半身を起こした状態で仲間たちとの雑談に興じていて、事故の様子を嬉々として語っていたそうです。

「ゲージ氏は、鉄の棒が自分の頭を貫通したのだと言ってきかなかった」ウィリアムズ医師はそう述べています。最初のうち彼はゲージの話を信じず、爆発で吹き飛ばされた岩の破片が顔を直撃したのだと考えていました。ところがです。「ゲージ氏は立ち上がり、嘔吐した。そして嘔吐しようとして踏んばった拍子に、ティーカップ半分ほどの脳があふれてこぼれ落ちた」。〝ティーカップ半分〟という表現は学術的な尺度としては厳密なものではないにしても、それでも想像するだにぞっとする光景です。そしてそんなことがあったにもかかわらず、ゲージは意識を失うことなどなく元気なままでした。

　このフィニアス・ゲージの事故で一番興味深いところは、脳がこぼれ落ちるほどの怪我を負いながらも生きていたという点ではありません。一介の工事現場監督が、人間の脳の構造をめぐる論争を引き起こし、その中心になってしまったところが、なんとも面白いのです。当時の医学界では、脳に対する考え方が激しく揺れ動いていました。脳はトライフル（カスタードやスポンジケーキ、フルーツなどを器のなかで層状に重ねたデザート）みたいなものだ、いや、そうじゃなくてブラマンジェ（風味をつけた牛乳をゼラチンで固めたデザート）だと互いに主張する人々のあいだで議論が交わされていたのです。デザートにたとえたそれぞれの主張を説明しましょう。ブラマンジェ説（正式な名前ではありませんが）とは、人間の脳は区分などない均質なものだという考え方です。どの部分を食べてもブラマンジェはブラマンジェ、そういうことです。一方のトライフル説は、脳はさまざまに異なるパーツでできていて、パーツごとの役割もちがう、というものです。一個のブラマンジェを三分の一食べたとしても、残りの三分の二はブラマンジェのままで、味も変わりません。しかしトライフルの層をひとつ食べてしまうと、残りはもともとのトライフルとはちがう、ちょっと寂しいものになってしまいます。全体の味も変わってしまいます。

脳の構造が解明されている現在のわたしたちから見れば、そんな議論が起こることすら驚きです。でも一八四八年には生きている人間の脳をスキャンする術《すべ》などなかったわけですし、脳に損傷を負った患者がいれば詳細に調べることもできたでしょうが、そんな怪我を負った人間は大体死んでしまいます。そんな時代にゲージの事故が報告され、燃え上がる議論に油を注いだのです。

ゲージの症状についてわかっていることの大半は、彼の担当医となったジョン・マーティン・ハーロウによる経過観察のおかげです。ハーロウ医師は、ゲージの怪我の状況とその後遺症を詳細に記した論文を二本著しています。『鉄の棒が頭部を貫通した事故の経過』というキャッチーなタイトルのものと、その続編の、これまた独創的なタイトルの『鉄の棒が頭部を貫通した事故からの回復』です。

ハーロウ医師は探究心豊かながら肝の据わった人物で、おまけに患者を説得する腕前も相当のものだったとみえます。彼が残したメモに、ゲージの頭のなかに比喩ではなく本当に指を突っ込んで、指の感触だけを頼りに鉄の棒が貫通したことで生じた損傷の形状を把握しようとした様子が記されているのです。傷のなかに骨の欠片や金属片が入っていないか確認したかったハーロウ医師は、事故発生から三時間ほど経った時点で指を使って調べてみることにしました。

「ゲージ氏の頭頂部に開いた穴から、私は人差し指を根元まで差し込んでみた。指は何の抵抗感もなくすっと入っていき、頬側の傷口から差し込んだもう片方の人差し指に触れた」

ショッキングな光景です。なんとハーロウ医師は、片方の人差し指をゲージの頬の傷口に突っ込んで、もう片方の指を頭のてっぺんの穴から突っ込んだのです。これを手始めとして、ハーロウ医師は損傷状態を何度も念入りに測定しました。それから数年間にわたって、彼はケージの怪我の状態をスケッチし、頭部の型を取ってつくった石膏モデルで数えきれないほど測定しました。そして最終的に、ゲージの左前頭葉は破壊されていると判断しました（あのこぼれたティーカップ半分が致命傷でした）。それでも右前頭葉はまったくの無傷でした。

ハーロウ医師によるゲージの損傷の観察記録は正確無比なものでした。二〇〇四年、マサチューセッツ州ボストンのブリガム・アンド・ウィメンズ病院の医師たちがゲージの頭蓋骨の３Ｄ画像をコンピューターで製作して――ゲージの死後、彼の頭蓋骨は遺族によってハーロウ医師に遺贈されていました――鉄の棒が頭部を貫通した様子を完全に再現しました。そこに映し出された損傷の状況は、ハーロウ医師の記述とぴったり一致したのです。[1]

ハーロウ医師の詳細な観察記録はきわめて重要な意味を持ちます。脳の構造の理解にひと役買ったからです。事故後、ゲージは怪我からすぐに回復しましたが、別人のように変わってしまいました。どれほど変わったかというと、彼のことを〝きわめてエネルギッシュな、不撓不屈の男〟だと評価していた雇い主たちが、事故の翌年に同じ鉄道建設の現場監督への復職を願い出たゲージを拒んだほどです。結局彼はあちこちの農場を渡り歩く労働者にまで身を落とした挙句、事故から一二年後に亡くなりました。ゲージを襲った後遺症のひとつが、これまで見られなかった汚い言葉を吐きたいという衝動強迫です。「ゲージ氏は気分にむらのある無礼な男になり、どうかすると不快きわまる汚い言葉をわめき続けることがある。事故以前の彼は、そんなことを言う男ではなかった」ハーロウ医師はそう記しています。

そういうわけで、ゲージの症例は脳の〝ブラマンジェ・トライフル論争〟にけりをつける大きな論拠になったのです。ブラマンジェ説が正しいとすれば、ゲージは脳の一部を失ったとしても、脳の機能全体に異常は見られないはずです。彼の脳はちょっと小さくなっただけで、以前と変わらないのですから。ところが事故後のゲージはまったくの別人になってしまいました。その変貌ぶりはあまりにも大きく、あまりにも特異なものでした。六キログラムの鉄の棒が頭を貫通したという大事故でこうむった精神的ダメージのせいにするのは無理があるほどの変化でした。「言ってみれば、彼の知的能力と動物的性向のあいだのバランスが崩れてしまったのだ」ハーロウ医師はそう述べています。ゲージの知性・記憶・身につけた技能はまったく失われませんでしたが、自制心は文字どおり吹き飛んでしまったのです。〝不快きわまる汚い言葉〟を使って罵る癖が出てきたということは、ゲージの性格を左右する重要な要素が、破壊された左前頭葉にあったことを示しているのではないでしょうか。

!

ゲージの事故当時に論じられていた脳の〝トライフル説〟、つまり脳は複数の部位に分かれているという主張は、現在のわたしたちが理解している脳の構造の考え方とはちょっとちがいます。この説の支持者は、もっぱら骨相学者たちでした。骨相学とは、人間の性格は頭部の隆起した部分で

判別できるという〝科学〟の一分野です。

当時、骨相学はブームになるほど大人気の科学でした。新聞も雑誌も犯罪報道で骨相学から見た〝証拠〟を載せるほどでした。そんな時代でしたから、ゲージの一件も何度か骨相学を絡めて報じられました。たとえば事故のあった一八四八年、ヴァーモント州ダンヴィルの〈ノース・スター〉紙は《死から生還したかに見えたが……》という記事を載せています。この記事を書いた記者は、事故後のケージの変化は骨相学できちんと説明できると考えていたみたいで、こう述べています。「頬骨の真下に当たった鉄の棒は、骨相学者たちが〈崇拝の器官〉と呼ぶ部分を直撃し、そのまま頭頂部付近まで突き抜けた」その後の一八五一年、アメリカ骨相学会誌は《最も刮目すべき事例》という報告記事で、崇拝の器官とその隣にある〈慈悲の器官〉が両方とも破壊されたことが〝ゲージ氏の汚言癖と、尊敬の念および親切心の欠如〟の原因だと主張しました。こうした記事が発表されてから一五〇年にわたって、ゲージの症例を根拠として、脳は部位別に機能が分かれているという説が——つまりトライフル説が——優位に立つことになります。

骨相学は現在では疑似科学扱いされています。骨相学者たちが展開していた理論には、それを裏づける科学的根拠などひとつもなかったのですから、科学界から無視されたのも当然です。それでも骨相学者たちは人間の気質と言動を観察した先駆者で、そんな彼らが脳には人間の各機能の専門領域があるという考え方へと通ずる扉を開けたことはまちがいありません。その結果、医師たちは脳に損傷を負った患者とその後遺症を注視するようになりました。かくして脳の構造と人間の行動との関連性について、系統だった研究が始まり、ブラマンジェ説が主流に返り咲くことは二度とありませんでした。骨相学の人気がすたれていくにつれて、科学者たちはこんなことを考えるようになりました。――ゲージの一件で鉄の棒が壊してしまったものは、これまで考えられていたものよりずっと根源的なものなのではないか。この疑問の答えは、ヴィクトリア朝時代のイギリスである程度解き明かされました。そしてその解答は悪態・罵倒語研究から得られたものだったのです。

ヴィクトリア朝時代に始まった神経科学

一八〇〇年代後半、〝精神病〟の治療は精神病院でおこなわれていました。この時代、癲癇《てんかん》から鬱病、統合失調症から脳卒中の後遺症に至るまで、とにかくいろんな病気が精神病として一緒くたにされていました。当時のイギリスで、ロンドンの悪名高い〈ベドラム〉をはじめとした精神病院に収容されていた患者の数は、一九世紀中頃はわずか一万人でしたが、一八九〇年代になると一〇万人以上に膨れ上がりました。患者たちは監禁され、ときには拘束衣を着せられ手枷足枷《てかせあしかせ》をつけられ、どんな症状であっても鎮静剤を投与されていました。

神経科学をひとつの研究分野として確立させた科学者のひとりに、ジョン・ヒューリングス・ジャクソンがいます。ジャクソンは一八三五年にノース・ヨークシャー州ハロゲイト近郊の農家に生まれ、ロンドンとスコットランドのセント・アンドリューズ大学で医学を学び、新しいタイプの若き医師として〝演繹的推論に基づいた医学〟の発展の一翼を担いました。演繹的推論に基づいた医学は当時としては革新的な医学的判断法で、サー・アーサー・コナン・ドイルが描いた世界一有名な名探偵シャーロック・ホームズの誕生に影響を与えました。

今からすれば信じられないことですが、一九世紀のイギリスでは精神病院は見世物小屋として一般公開されていて、多くの見物人を集めていました。当時の人々が刺激と娯楽を求めてベドラムなどの精神病院を訪れるなか、ジャクソンは〝精神病〟の研究に真摯に取り組んでいました。彼は、どうして患者たちがまったく同じタイプの発作に襲われるのかを知ろうとしました。発作の原因を探る過程で、脳の機能について重要なことがいくつも解明されました。たとえば、体の片側により激しい発作が現れる癲癇患者は、その反対側の脳にダメージを負っているとジャクソンは記しています。この記述は、〝脳の左側は体の右側の機能を制御し、その逆もしかり〟という、現在のわたしたちが常識のように知っていることの解明に役立ちました。

ジャクソンは、脳の各部位が互いに連携していることも明らかにしました。たとえば、手足に生じた発作が顔にまでおよぶ様子を観察して、体を動かす信号がどうやって神経をつたっていくのかを推理しました。

癲癇の研究を続けていたジャクソンは、〈失語症〉という別の症状を見せる患者の振る舞いについても興味深い記録を残しています。ベドラムなどの精神病院では、脳にダメージを負って言葉を話す能力が低下した患者を大勢収容していました。失語症の患者は、ちょっと前に自分が言ったばかりの言葉を繰り返すことができなかったり、どんなことを言ったのか説明できなかったり、言いたい言葉が浮かんでこなかったりします。当時の医師たちによる所見では、失語症の患者はまったなくしゃべることができないとされていました。それがヴィクトリア朝時代の医学の常識でした。なにしろ〈aphasia《アフェイジャ》（**失語症**）〉は、文字どおり〝言葉のないこと〟という意味のギリシア語を語源にしているのですから。しかしジャクソンはこの言葉が好きではありませんでした。あまりにも限定的で、あまりにも大雑把だからです。事実、失語症になったからといって話すことができなくなるというわけではありません。〝心の咽喉《のど》〟が腫れてしゃべれないというよりも、言葉と身振り手振りの両方で自分の考えを伝える力が奪われてしまうのです。しかし失語症患者のほとんどは話すことができますし、少なくとも単語を発することはできます。問題は、単語だけ並べても何の意味もないように聞こえてしまうところなのです。

失語症患者が発する単語やフレーズは、患者の心にがっちりと組み込まれている口癖のようなもので、まばたきを自分で止めることができないのと同じように、頭のなかから消し去ることができないのではないだろうか。ジャクソンはそう考えました。患者たちが頻繁に口にする言葉には、罵倒語や神を冒瀆する言葉などの汚い言葉がよく見られました。ジャクソンが診ていたある女性の場合、いくぶん朗らかな声色で「ウンコ！」と口にする程度でした。彼女のようなタイプの失語症患者は、過酷な二重苦を背負っています。彼女は自分の思っているとおりに話すことも助けを頼むことも、さらには愛も憧れも吐露することもできません。その一方で数少ない言葉のレパートリーを、まるで止めることができない輪唱のように何度も何度も繰り返し口にするのです。

ジャクソンは失語症患者についてふたつのことに気づきました。ひとつ目は、言葉を話すことと言葉を理解することはちがうという点です。「脳の左半分にダメージがある患者は話す能力を完全に失ってしまうが、言われたことについては、少なくとも簡単なものは理解する」ジャクソンはそう述べています。今のわたしたちからすればごく当たり前のことのように思えますが、この記述の裏には本質的に重要なことが隠されています。それは、言葉を話すことと理解することは別物で、別々の脳の部位で処理されているという点です。言葉はひとつの楽器が奏でるメロディではなく、たくさんの楽器が織りなす交響楽なのです。

ふたつ目は、脳にダメージを負った患者は口にすることができる言葉が少ないのですが、それでも口調を変えることで自分の感情を言葉で伝えることができるという点です。「患者の発する言葉は、苛立ちであるとか喜びであるとかの感情に応じて調子が変わる。前述したが、興奮すると汚い言葉を発することもある」ジャクソンはそう記述しています。弁論大会で入賞することは到底無理だとしても、それでも失語症患者は決してしゃべることができないわけではないのです。

ジャクソンは失語症患者が発し続ける汚い言葉を観察・記録しましたが、これは当時としては型破りなことでした。そんなことをしたのは彼ひとりしかいません。このジャクソンの努力がなければ、わたしたちは失語症と汚い言葉の関係をまったく知らなかったかもしれません。失語症患者を研究していた当時の医師たちは――現在の一部の神経科学者たちも――罵倒語などの汚い言葉を〝ちゃんとした〟言葉とは見なしていませんでした。それどころか理性にも知性にも欠けた、人間の表現手段というよりも動物の唸り声に近いものだと考えていました。汚い言葉は当時の上流社会ではタブー同然の代物だったので、ベドラムの囚われ人たちを診ていた医師たちのほぼ全員が無視していました。しかしそんなことなどお構いなしにジャクソン医師は記録を続けました。そのおかげで早くも一八八〇年代には、汚い言葉は脳にダメージを負っていても発することができる不思議な言葉だとみなされるようになりました。どんなことがあっても消えることのない汚い言葉についてのジャクソンの研究は革新的でした。それでも、失語症患者たちはほとんどの言葉を失っても汚い言葉だけは失わないということの重要性と、そんな汚い言葉を使って実際に意思の疎通ができるということを科学者たちがちゃんと理解するまで、それから一世紀もかかりました。ほかの言葉を失っても、汚い言葉だけはしつこく残り続ける理由の解明はようやく始まったばかりなのです。

ジャクソン以降、汚い言葉の研究は一世紀近い空白期間を迎えることになりました。そのあいだにセックスや死、さまざまな疾病を研究する科学者はごまんと出てきたのですから、汚い言葉と脳の関係を調べる人間がいてもおかしくなかったはずです。この研究対象がこんなに敬遠されてきた理由については、ただただ首をひねるばかりです……そこでふと気づいたのですが、汚い言葉をテーマにする論文は今でも謝罪から始まります。こんなにも長いあいだおざなりにされてきたのは、汚い言葉につきまとう不快感を乗り越えてでも研究する価値があるほど重要な分野だと思われていなかったからではないでしょうか。

これほどまでに嫌悪され蔑視され、まったくと言っていいほど手つかずの研究対象だった汚い言葉ですが、一九八〇年代後半になってようやく真剣に取り組む研究者が出てくるようになりました。イギリス・アメリカ・フランス・ドイツ・イタリアでの研究で、脳に損傷を負って失語症を発症した患者に罵倒語などの汚い言葉を繰り返し口にする症状が、全員とまでは言えないにしても広く見られることが確認されたのです。しかし報告した研究者たちの多くは必要以上の配慮を見せて、患者が使った言葉を論文に載せませんでした。患者が実際に発した汚い言葉がわからなければ、どんなタイプの言葉が最後まで消えずに残るのかがわかりません。本当に歯がゆいばかりです。

でも幸いなことに、ダイアナ・ヴァン・ランカーとジェフリー・カミングスの両教授が一九九九年にカリフォルニアでおこなった調査はそんなことはありませんでした。ふたりは、失語症患者が口癖のように何度も繰り返す言葉として〈well I know《ウェル・アイ・ノウ》（まあね）〉〈wait a minute《ウェイト・ア・ミニット》（ちょっと待って）〉〈don't be sad《ドント・ビー・サッド》（落ち込むなよ）〉と並んで、〈bloody hell《ブラディ・ヘル》（ちくしょう）〉〈bloody hell bugger《ブラディ・ヘル・バガー》（このクソ野郎）〉〈fuckfuckfuck, fuck off《ファックファックファック、ファック・オフ》（ふざけんなクソ野郎、失せやがれ）〉を挙げたのです。[2]

ヴァン・ランカー教授とカミングス教授は、脳の左半分を全部失ってしまったチャールズ（仮名）という患者を研究対象にしました。かわいそうなチャールズは、ごくありきたりなものを示されてもその名前を言うことができませんでした。安全ピンや巻き尺、時計や腕時計なども全然言えませんでした。言われた言葉をオウム返しするように言われたときも何度もまちがえました。たとえば〈remember《リメンバー》（覚える）〉と言われたら〈November《ノーベンバー》（一一月）〉と返してしまう始末でした。

それでもチャールズは、汚い言葉や罵りの言葉なら何も問題なく言うことができました。見せられたものの名前を言うテストの録音データのなかで、チャールズは五分間で〈God damn it!《ゴッダム・イット》（くそったれ！）〉を七回、〈God!《ゴッド》（ちくしょう！）〉と〈Shit!《シット》（クソッ！）〉をそれぞれ一回言っています。チャールズは普通の言葉は四苦八苦した挙句にようやく口にすることができましたが、こうした汚い言葉ならずっと簡単に言うことができました。そして普通の言葉ははっきりと言えなかったりぎくしゃくとした言い方になってしまうのに対して、汚い言葉や罵倒語はすらすらと言えて、何と言っているのかよく聞き取ることができました。ヴァン・ランカー教授たちの一番大きな研究成果は、ロナルド・レーガンの写真を見せたときのチャールズの反応です。チャールズはしばらくしてからようやく元大統領の名前を言うことができましたが、最初のうちは驚くほど流暢な口調でレーガンのことを罵り続けました。[3] つまりチャールズは政治についての自分の意見をしっかりと保ち続けていて、それを口に出そうとする意欲も失われてなくて、汚い言葉の力を少しだけ借りて主張することができたのです。つまり条件が整っていれば、汚い言葉をとっかかりとして、普通とはちがう表現方法でコミュニケーションを取ることができる、ということです。

ヴァン・ランカー教授とカミングス教授はこのやり方で研究をさらに進めようとしましたが、壁にぶち当たってしまいました。ユーモアのセンスを測る手段はあるのに、罵倒語や汚い言葉を話せる能力を確認できるテスト法はないことがわかったのです（このことは後述します）。患者の心理面にプラスになることがわかっているのに、それでも汚い言葉を発することはタブーとされていたことも研究の障害となりました。ふたりは自嘲まじりにこう述べています。「快復段階にある患者は、原則として不快な言葉を使わないように指示されています。まるでそうした言葉は患者の快復に役に立たないとされているみたいです」

悲しいことにこのアプローチの研究は人気がなく、どんどん尻すぼみになってきています。不人気の理由は、悪態・罵倒語は一般的に不快なものという認識が相変わらず根強いからです。重篤な病気や怪我のせいで人生が一変してしまった人たちにとって、悪態・罵倒語は唯一残されたコミュニケーションツールです。本来なら、その残されたわずかばかりの言葉を使う手法を促進すべきところです。それなのに、脳卒中などで脳にダメージを負った患者のコミュニケーション面でのリハビリでは、いまだに汚い言葉を言いたくなる衝動を抑えることに重きが置かれています。それはつまり、患者に残された小さな声を奪ってしまうことを意味します。それも汚い言葉に対する、わたしたち自身の強い嫌悪感を理由にして。わたしとしてはやりきれない気持ちで一杯です。

患者の脳内からほとんどの言葉が消え失せてしまったというのに、どうして汚い言葉や罵倒語だけはしつこく残っているのでしょうか？　確かなことはわかっていません。それでもこうした言葉は使い勝手のいいコミュニケーションツールだということは確かです。威嚇するときにも、警告するときにも、気合いを入れるときにも、笑いを取るときにも使えるのですから。それはつまり、悪態・罵倒語は脳のさまざまな部位と深い結びつきがあるということです。とくに感情を生み出す部位とは密接な関係にあると言えます。そしてそうした部位の一部は、わたしたちがヒトに進化する以前の遠い遠い祖先から受け継いだ、古い古いものなのです。

右脳と左脳

右脳と左脳については、本当にいろんなことがまるで常識みたいに世間に流布しています。でもそのほとんどはでたらめか、せいぜいよくても単純化され過ぎて何のことだかわからない情報ばかりです。それでも悪態・罵倒語を含めた言語一般との関わりについては、かなり明確にわかっています。

ある種の失語症が発症する可能性が一番高いのは、左脳が損傷したり失われたりした場合です。言語を使うときに必要不可欠な部位は左脳に集中しているからです。失語症を発症させるとコミュニケーション能力が激変します。そのおかげで、科学者たちは左脳半球の機能について多くのことを知ることができました。そして大変な研究ではありますが、左脳半球にダメージを負ったときに生じる、失語症よりも微妙で見つけることが難しい障害の解明も始まっています。

脳卒中で脳の右側に深刻なダメージを負った、デイヴィッドという男性の症例を見てみましょう。[4] デイヴィッドは七五歳で、生まれてからこのかたずっとフランス語とヘブライ語を使ってきました。脳卒中を起こしたあとも、以前と同じようにふたつの言葉を流暢に話していました。担当医師によればデイヴィッドは教養があり弁の立つ人物で、それは脳にダメージを負ってからも変わらなかったそうです。しかし話す能力には奇妙な変化が生じました。普通の会話をしているときには何も問題はないように見えるのですが、幼い頃から覚えていて、そらで言えたはずの言葉やフレーズがまったく言えなくなってしまったのです。たとえば、子供の頃から毎日唱えていたユダヤ教の祈りの言葉が言えなくなりました。一から二〇まで順に数えることもできなくなりました。実際のところ、暗記していた言葉がそっくり全部頭のなかから消え失せてしまったのです。

消え失せてしまった言葉やフレーズはそれだけではありませんでした。デイヴィッドはもともと汚い言葉をそんなに口にするタイプではありませんでしたが、脳卒中を患ってからはそんな言葉を吐きたいという衝動に駆られることがまったくなくなってしまったのです。研究者がさまざまなシチュエーションを示して、そこで使うべき罵倒語を尋ねても、デイヴィッドはまったく思いつかないと答えました。〈この○○野郎！〉という罵りの言葉の空白部分に何が入るのかと質問されても、それも答えることができませんでした。

デイヴィッドの症例はきわめて珍しいものですが、ほかにも例がないというわけではありません。右脳半球にダメージを負った人は無感動になり、想像力の欠如が顕著になる傾向があるのです。そうした人たちはジョークや比喩がわからないし、慣用表現も理解できないし、そして大抵の場合、罵倒語や汚い言葉が言えなくなってしまいます。普段から口の悪い人であってもです。こんなときに罵倒語や汚い言葉を話せる能力を確認できるテスト法があれば本当に便利なのですが……

先ほど触れましたが、ユーモアのセンスを測る手段なら、そのものずばり〈ユーモア測定尺度〉と呼ばれるものがあります。リー・ブロンダー博士とロビン・ヒース博士は、脳卒中で右脳半球が損傷した患者にこのテストを受けさせました。[5] 患者たちはジョークが面白い理由を理解することはできましたが、ジョークを言われても笑うどころか笑みを浮かべることもありませんでした。さらには本人がジョークを言おうとしても、そのほとんどは唐突で場ちがいなものか、全然面白くないものだったりしました。おそらく、そのジョークを相手がどう感じるのか想像できなかったのでしょう。

ジョークを言うことと理解することには複雑な感情プロセスで、ジョークに登場する人物の心の状態と、そのジョークを聞いたり言ったりする人物に生じると思われる気持ちを想像する力が求められます。ジョークを面白いと思わない、面白いジョークを言えないということは、脳内の感情プロセスに何らかの欠陥があることを匂わせます。ユーモアの理解力を測る基礎的なテストのひとつに、ジョークを完成させるという設問があります。被験者はジョークの舞台設定を読んだうえで、ぴったりとくるオチを選びます。そのなかの一問はこんな感じです。

スミスさんの隣人は、しょっちゅうものを借りに来ます。ある日曜日の午後もやってきて、こう言いました。「なあスミス、これから芝刈り機を使うのか?」「ああ、使うけど」スミスさんはまたかと思って、面倒くさそうにそう答えました。すると隣人は——

1　熊手の先のほうを踏みつけてしまい、柄が顔を直撃しそうになりました。「うわっ!」

2　「まあいいや。だったらゴルフクラブは使わないんだろ?　そっちを借りることにするよ」

3　「小鳥がいつも芝生の種をついばむものだからさ」

最高に面白いジョークとは言えませんが、それでもほとんどの人がまちがいなく2のオチを選ぶはずです。トロント大学のドナルド・スタス博士がこのテストを実施したところ、右脳半球の前部にダメージのある患者がまちがえた回数は、脳に何のダメージもない患者の一二倍もありました。

さらには、左脳半球に同じ程度のダメージがある患者よりもまちがいの回数は多かったのです。[6]さらには、右脳にダメージのある患者は、ジョークや面白いことを言われても身体的な反応を見せませんでした。この実験のことを考えると、クスリとも笑わない観客たちを相手に、命じられるがままに何度も何度もジョークを披露した研究助手たちが哀れに思えてなりません。そんな彼らの涙ぐましい努力は、コメディのことはさておき科学発展の役には立ちました。これで右脳にダメージのある人は悪態・罵倒語をうまく言えなくなる理由、逆に左脳にダメージがある人はほかのタイプの言葉より悪態・罵倒語を簡単に言える理由の究明に着手できたのですから。ここまで例を挙げた実験を見ると、少なくとも右利きの英語圏の人々の大部分には、〝控えめな〟言葉にとって必要不可欠な部位はおもに左脳にあり、感情の処理にひと役買っている部位の多くは右脳にあることがわかります。

左右の脳半球にちがいがあるという手掛かりが初めて見つかったのは、一九六〇年代後半から七〇年代前半にかけてのことです。発見者のひとりで、現在はローマ・カトリック大学に籍を置いているグイド・ガイノッティ教授は、その当時脳の片側に損傷がある患者の研究をしていました。左脳のみに損傷を負った患者は、治療中に面倒なことになったり嫌な思いをしたら、ひどく興奮したりイライラしたり、怒ったりしました。まあ、そうなるのも無理もないと思われますし、当然のことだとも言えます。ところがです。損傷が右脳にある患者の場合は、ガイノッティ教授は「無気力な反応を見せた」と記しています。どんなことがあっても、感情を表に出すことはこれっぽっちもありませんでした。脳にダメージを負ったことによる深刻な後遺症に悩まされたときでさえ、自分の気持ちを見せることはありませんでした。[7] 左脳半球にダメージのある患者は、自分の症状のことで怒ったり、イライラしたり、落ち込んだりと、自然なかたちの反応を見せる一方、右脳半球を損なっている患者はまったく反応しないという〝不自然な〟反応を見せました。ここから教授は、誰だって思いつくような結論に達しました――右脳半球には感情が〝宿っている〟。

重篤な脳卒中に見舞われても、『スター・トレック』のミスター・スポックみたいに平然としていられるだなんてうらやましいと思われるかもしれません。それでも感情はわたしたちの心のプロセスにとってなくてはならないもので、しかも感情を失ってしまったら認知機能に致命的な影響が生じてしまう危険もあるのです。わたしたちは何かを目にしたとき、感情が迅速に作用して（急速に生じる一過性の感情を〈情動〉とも言います）、それが自分にとって脅威となり得るものなのか、その反対に利益になり得るものなのか判断して意識を切り替えて、しかるべく行動します。危機が目の前に差し迫っている場合には、感情（情動）が作動して危機の回避を支援します。ややこしいくせにあっというまに消えてしまう、なんだかよくわからないものなのに、脳内で意識が動き出すより先に反応して素早く作用する、怪しげな心の動き。それが感情（情動）なのです。それを検証する実験を、スウェーデンのウプサラ大学のアーネ・オーマン博士らがおこなっています。この実験では、被験者たちはヘビとクモの画像を見せられます。画像が　映し出される時間は〇・〇〇三秒にも満たないのですが、被験者たちは手のひらが汗ばむという反応を見せました。[8] 脳が視覚刺激を分類して識別するまで〇・五秒かかります。被験者たちがヘビとクモを見せられた時間はその十分の一以下、つまり脳は認識していないので実際に見ているとは言えない状態でした。にもかかわらず被験者たちは反応を見せました。感情（情動）が無意識下で作用しているからこそ、人間の認知能力をはるかに超える時間で反応するのです。

そんな感情（情動）のプロセスに、右脳半球にダメージのある患者はアクセスすることができません。この点は悪態・罵倒語の発し方と発する理由の解明に役立っています。真っ先に想像がつくのは、悪態・罵倒語はわたしたちの感情と切っても切れない深い関係にあるので、右脳にダメージのある患者は罵ったり汚い言葉を吐いたりしなくなるのだろうということです。ここからふたつの仮説を導き出すことができます。ひとつ目は、右脳にダメージを受けてしまうと、罵倒したり汚い言葉を発したいという意欲すら湧かなくなってしまうのではないか、というものです。悪態・罵倒語は、怒ったりイライラしたり、逆に愉快な気分になったときに使う言葉であることはまちがいありません。だとすれば、怒りもイライラも愉しみも感じなければ、そんな言葉を使う必要はないでしょう？　この仮説は〝感情なければ罵倒語なし〟という、きわめてシンプルでありながら説得力のある言葉でまとめることができます。

ふたつ目の仮説はもう少し複雑です。それは、悪態・罵倒語は感情を雄弁に表現することに特化した言語で、発する本人だけでなく聞き手側にも感情のメンタルモデルを必要とする、という考え方に基づいたものです。わたし個人の考えとしては、このふたつ目のほうがより現実味があると思います。そうとしか思えないのです。右脳の助けがなければ、汚い言葉を吐くときにふさわしい感情をつくりだすことなど望むべくもありません。ふさわしい感情が伴わないまま汚い言葉を吐くことは、初めて入った部屋のなかをあえて目隠ししたまま歩き回ろうとするようなものです。自分でも面白くないし、相手だって笑わないだろうと思っているジョークなんか、誰も言いませんよね。それと同じことなのです。

このふたつ目の仮説は、左脳にダメージがあると言葉がなかなか出なくなるのに悪態・罵倒語だけはちゃんと出てくる理由も説明してくれます。左脳にダメージがある人々の感情はダメージを負う以前とまったく変わらず、消えることも衰えることもありません。深刻な脳障害に耐えるという苦しみと折り合いをつけなければならないのですから、むしろ強まっているかもしれません。そして患者は、わずかばかりに残された言葉を利用して自分の気持ちを表現しようとします。そのわずかばかりに残された言葉は悪態・罵倒語だらけになっていることが多いのですが、その理由はそうした汚い言葉は脳のさまざまな部位で生み出されるからです。汚い言葉が生み出されるのは、そうした言葉を意図的に巧みに発することを可能にする、脳内で比較的新しい時期に発達した部位だけではありません。遠い遠い祖先から受け継いでいる、感情を処理する古い部位も関わっているのです。ほかの言葉が失われるほどのダメージを脳が負っても悪態・罵倒語が消え失せてしまわないのは、脳の複数の部位の分業で生み出されるからなのです。

さらなる研究により、感情の処理は右脳と左脳の協調作業が必要なのかもしれないということがわかってきました。湧き起こってきた感情（情動）の〝意味〟を理解しなければならないとき、左脳がすぐに動き出します。たとえば実験で、被験者の右目を隠して左目だけに感情に訴える画像を見せると――つまり右脳半球だけで見ているということです――同じ画像を右目だけに見せて左脳半球で認識させた場合よりも早く、より感情的になります。右脳半球で認識すると、先ほどのヘビとクモの画像を見せられた被験者のように一瞬のうちに感情が生み出されます。ところが、画像を見て感情を揺さぶられたか、それともなんとも感じなかったのか被験者に質問すると、今度は右視野で見て左脳半球で認識したほうが速く答えます。つまり右脳半球は〝早期警戒システム〟の役割を果たして――感情に訴えるものを発見！　注意せよ！――左脳半球はそのあとに動き出し、この場合はどの感情を覚えるべきなのか解明しようとするのです。

右脳半球が感情を、左脳半球が言葉を支配すると説明しましたが、ほかにもこんなこともあります。感情を顔に出すとき、顔の左側のほうが右側よりも表情が豊かになるのです。左側のほうが表情が大きくなるばかりでなく、さまざまな感情が入り交じった表情もうまく表現できるのです。これは人間のコミュニケーションに必要不可欠な社会的シグナルの受発信で少々厄介なことになります。誰かと差し向かいで会話しているとき、右目は相手の顔の左側を真正面から見ることになります。右目で見た視覚情報は感情の分析に長けた左脳半球に送られます。そうなると相手の表情を目にして覚えた感情（情動）の処理に時間がかかることになります。一方、相手の感情そのものは素早く理解することはできます。

ペンシルヴェニア大学のティム・インダースミッテン教授とルーベン・ガー教授は、右脳半球は感情を迅速に処理することができるのであれば、左目が真正面から見る相手の顔の右側の表情は、ごく短い時間だけ見せられてもちゃんと読み取ることができるのではないかと考えました。そこでふたりは、点滅するフラッシュを顔の右側もしくは左側だけに当てて被験者に見せましたが、顔の半分だけだとどうしてもおかしく見えてしまい、実験としては不完全でした。そこでふたりは実に巧妙な手立てを考案しました。顔の右側もしくは左側と、それぞれを反転コピーしたものを合体させて、左右対称の顔を作ったのです（図表3）。そうすると、顔の左側だけでできた顔のほうが表情がより強調されたものになりました。ところが、被験者たちは左側だけでできた顔よりも右側だけでできた顔のほうがずっとよく表情を読み取ることができました。そして六秒以内に判断するように指示された場合は、その差が顕著になりました。[9]

図表3の顔をもう少し時間をかけて見てみると、実際には左側だけでできた顔のほうが感情を大げさに出していることがはっきりとわかります。しかし実生活では、顔の表情はすぐに変わったり消えてしまうことが多く、せいぜい数秒しかもちません。だから右目が見た相手の表情を左脳半球が確認できる時間は非常に短いのです。このことから、実際には相手の顔の右側をちらっとだけ左目で見て、その視覚情報は右脳半球にそのまま伝えられ、相手の心の状態を迅速に、より正確に判断することがわかります。

右脳と左脳は分業していて、それぞれ別の働きをすることは——〈脳の側性化〉と言います——まちがいありません。しかし感情と悪態・罵倒語はそれだけでは説明できないのです。

大切な大切な扁桃核《へんとうかく》

右脳が感情を、左脳が言葉を（つまり理性を）つかさどっているということは広く知れ渡ってい

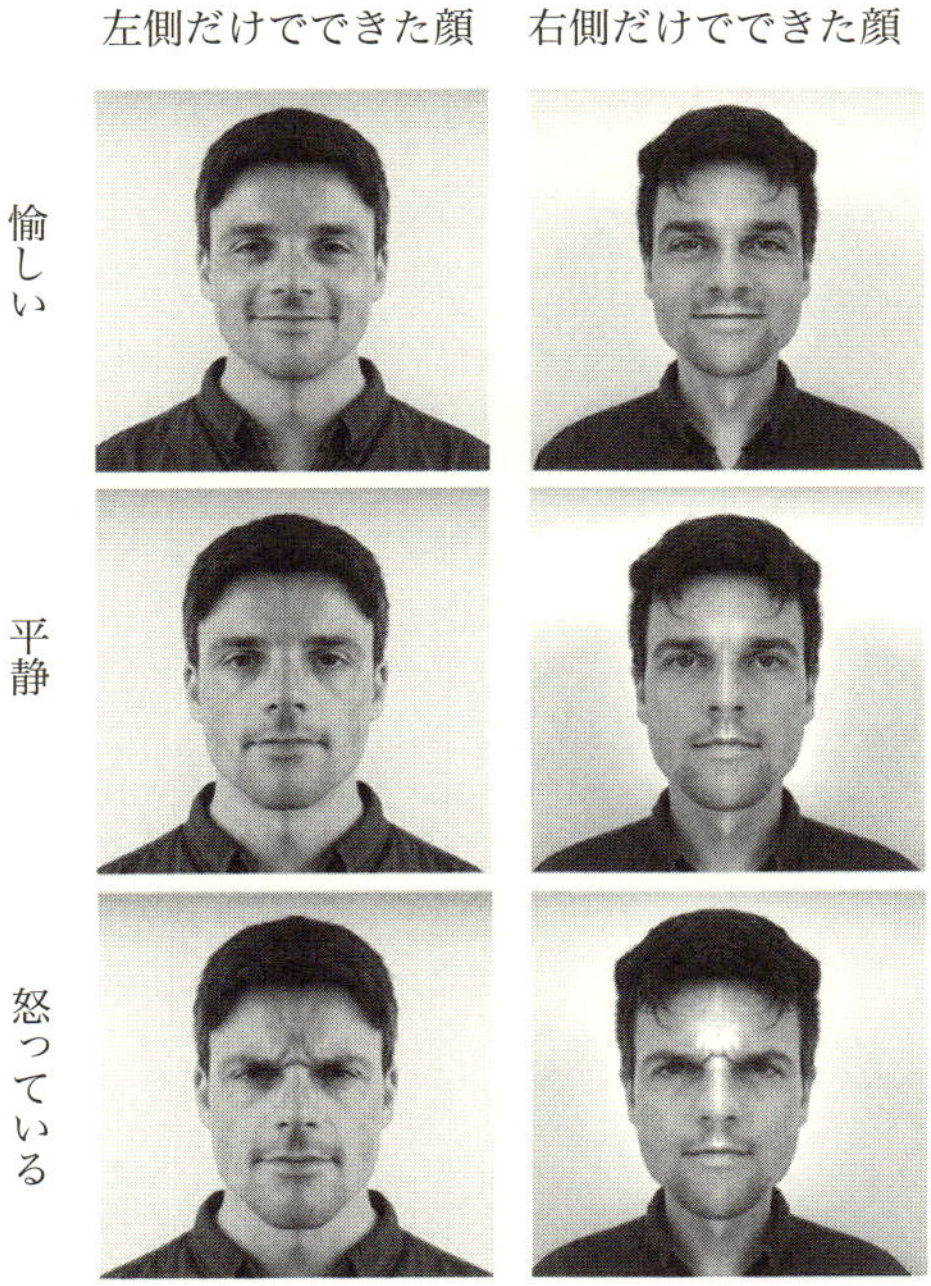

図表3：左右対称に合成した顔

ます。実際のところ、これはよくある民間療法の神経科学版みたいなもので、自己啓発本からマネージメント教育のセミナーに至るまで、あちこちで引用されています。しかし先ほど解説したように、感情の処理も理性の処理も、どちらも右脳と左脳は協力して取り組んでいるのです。さらに言えば、感情と理性に関わっているのは右脳と左脳だけではありません。汚い言葉を発しようとする感情の喚起にも制御にも、独自の役割を果たす右脳左脳以外の別の部位が関わっているのです。

ここで扁桃核を紹介しましょう。扁桃核はかたちも大きさもアーモンドによく似た、脳細胞でできた小さな塊です。脳の左右にひとつずつあって、左右の耳を結んだ線と両目を水平に貫く線が交わるところにあります。

これまで右脳と左脳のちがいを語ってきましたが、語っていたのは脳の進化の歴史から見れば、ごく新しい時期に発達した部位と機能についてです。わたしたちの脳の大脳皮質は複雑な処理をおこなう複雑なシステムで構成されていますが、その一部は霊長類特有のものです。言語の処理に特化した部分の一部は人間にしかありません。一方、扁桃核はすべての哺乳類が持っていて、似たような部位は爬虫類、魚類、鳥類の脳内にも見られます。つまり扁桃核は、わたしたちの遠い先祖がハトやチョウザメやカエルから分化したとされる二億五〇〇〇万年前からある、原始的な器官なのです。

大脳皮質に驚くほど高度なシステムを発達させているというのに、どうしてわたしたちは年代物の古道具を抱え続けているのでしょうか？　耳の奥にある、古くて小さな〝こぶ〟みたいなものが発するシグナルがなければ、その高度なシステムは機能しないからです。扁桃核は小さくて構造もシンプルなわりに多くの役割をこなします。たとえば、扁桃核が大きい人ほど友達づくりも友達づきあいも上手だということがわかっています。鬱病にかかりやすいかどうかも扁桃核の大きさでよくわかります。わたしたちが持っている扁桃核は、恐怖と不安、そして性的興奮を脳に伝える、活発に活動する感情の中継装置なのです。

脳そのものには痛覚受容体がありません。つまり脳が傷ついても痛みは感じないということです。だから運悪く脳外科手術を受ける羽目になったら、たぶん麻酔は頭皮に局部麻酔を打たれるだけで、目が覚めたまま手術を受けることになります。野蛮で原始的なやり方だと思われるかもしれませんが、そんなことはありません。患者の意識を保ったまま脳外科手術をすることには三つの利点があります。ひとつ目は、全身麻酔は時と場合によっては患者を死なせてしまうことがあるので、可能であれば避けるべきだという点。ふたつ目はもっと重要なもので、患者が目を覚ましていれば、執刀医が微弱な電流を流してシグナルを送り、切開もしくは切除する部位の位置を特定することができる点です。脳に電流を流すだなんてぞっとしないと思われるかもしれません。でも体と同じように脳もさまざまな細かい部位に分かれています。ですから脳のきわめて重要な部位を誤って切除してしまわないためには、切除する部位の位置の特定は必要不可欠なのです。そして三つ目は科学にとってとても役立つもので、手術中の患者の反応を確認することで、生きている脳の機能を知ることができる点です。こうでもしなければ、脳についての情報を集めることはできないでしょう。だからこそ、人の手で扁桃核に刺激を与えたとき、患者はどんなふうに話すのか確認することができたのです。

スコットランドのふたりの医師、エドワード・ヒッチコックとヴァレリー・ケアンズは三四歳の男性を手術中に、患者とこんな会話を交わしました。

ヒッチコック（執刀医）「気分はどうですか？」

患者「いつもと変わりません」

次にふたりは、患者の扁桃核に電気刺激を与えました。

患者「言葉が出てこない。×××……×××××、とっとここから出してくれ」（悲しいかな、論文からは罵倒語が削除されているので、患者が実際に何と言ったのかはここでご紹介することはできません。まあ、何と言ったのかは大体察しがつきますが……）

ヒッチコック「はい、オッケーです」（電気刺激を止める）「どうですか？」

患者「何ともありません」

ヒッチコック「さっきは怒っていましたか？」

患者（驚いて）「ええ、そういえば怒ってました」

ヒッチコック「今も怒っていますか？」

患者「いいえ、今は怒っていません」

ここで注目すべきなのは、患者が手術中に汚い言葉を放ったことではありません。状況を鑑みれば、そんな言葉が出てくるのも当たり前だと言えます。むしろ注目すべきなのは、患者の感情の昂ぶりは本人も驚くほど唐突に始まって、あっというまに終わってしまったというところです。[10]心を激しく揺さぶる感情が湧き起こってきたときに、そのことをわたしたちに知らせる。それが扁桃核の一番の役目です。そんな扁桃核を刺激すると汚い言葉を発するという事実は、扁桃核はこうしたタイプの言葉をつくりだすために必要不可欠なものということを示すだけでなく、わたしたちの感情は汚い言葉を発したいという衝動と表裏一体だということも暗示しています。

こうした脳外科手術から、扁桃核を切除すると感情全般、とくに攻撃性のある感情の反応が小さくなることが判明しています。つまり、扁桃核は汚い言葉を無駄に吐くのを抑える役目を負っているのではないか。いわば感情の交通整理をする信号機みたいな役割を果たして、怒りと恐怖をいつ、どうやって表現するべきなのか示してくれる器官なのではないか。そう考えられるようになりました。あと先考えずにとにかく怒りをぶちまけたくなったとき、扁桃核は好きなだけ罵ればいい、汚い言葉を浴びせればいいというシグナルを発してくれます。同時に、そんなことをしたらヤバいことになるかもしれないという警告も発してくれます。扁桃核はとても小さくて原始的なわりには、複雑な処理もそれなりにこなすことができる部位なのです。

罵倒語は共同作業で生まれる

フィニアス・ゲージの事故から流れた長い年月のうちに、脳にはさまざまな部位があり、その部位それぞれに異なる機能があることが判明しました。そしてそのさまざまな部位のうち、単独で機能しているものはひとつもないということもわかってきました。汚い言葉ひとつ吐くにしても、脳内のさまざまな部位が関わっているのです。汚い言葉をひねり出すときに協力してひと役買うか、もしくは汚い言葉を吐きそうになったときにストッパーとして働くかしているのです。当然のことですが、脳はトライフルでもブラマンジェでもありません。実際のところ、オーケストラに少し似たところがあります。高度に特殊化した各部位が協調して、どこからどう見てもひとつにまとまっているとしか見えないものをつくりだしているのですから。

悪態・罵倒語は右脳と左脳にある高い機能を持つ部位が主役となって生み出されますが、太古の昔から存在する、最も原始的な部位も力を貸しています。そのことは、実際にはどのような意味があるのでしょうか？　悪態・罵倒語が単純で本能に近いものだとしたら、比較的新しい時期に発達した、高度な機能をつかさどる脳領域がそんなに関わっているとは思えません。その一方で、悪態・罵倒語が感情とそれほど強く結びついていないものだとしたら、古い部位の扁桃核が重要な役割を果たしているとは思えません。それに、自分以外の人間の感情を想像する力を失ってしまったら悪態・罵倒語も失われてしまうという事実を見るかぎり、高度な社会性を持ち合わせていなければ汚い言葉を吐くことはできないと思われます。

つまり悪態・罵倒語は原始的で高度なものなのです。とんちんかんなことを言うんじゃないと叱られるかもしれません。しかしのちのち語っていきますが、人間の脳の進化という視点から見れば、とんちんかんどころか合点のいくことなのです。わたしたちは、ほかの人たちとうまくやっていくために言語を発達させていきました。たとえば、木の上からトラを見つけたときに群れの全体にそのことを伝えることができるサルは、それができないサルよりも種として存続する可能性が高いのです。さらにわたしたち人間は〝もう怒ったぞ、失せやがれ！〟とか〝さっさと寄こせよ、イライラする！〟とか、複雑な感情を伝える術《すべ》を習得しました。悪態・罵倒語は複雑な内容を強烈に訴えかけることができる、感情がぎっしりと詰まった言葉です。ざっくり言うと、感情を手っ取り早く伝える高性能の道具なのです。恐怖とか敵意をシンプルに伝えていたものが、わたしたちが社会的にも脳的にも進化していく過程で洗練され複雑になっていったのです。だとしたら、悪態・罵倒語は脳内の高度な共同作業で生み出されていると言ってもおかしくないでしょう。

2章

クソッ！　痛いじゃないか！　痛みと罵倒語

『悪癖の科学――その隠れた効用をめぐる実験』（藤井留美訳、二〇一六年、紀伊国屋書店刊）の著者である心理学者のリチャード・スティーヴンズ博士の悪態・罵倒語の研究に対する熱意はただならぬものがあります。スタッフォードシャー州のキール大学で教鞭をとるスティーヴンズ博士は、痛みと感情、そして悪態・罵倒語の三角関係の解明の手掛かりになる実験を毎年学生たちと一緒におこなっていますが、その実験が年を追うごとにどんどん面白くなっていっているのです。「心理学を教える側としては、悪態・罵倒語は優れた教材です。普段から口にしている言葉だから、みんな夢中になって学ぼうとするんです。しかしわたしがおこなう実験は、結果を検証するための比較対象を設定することがどれほど重要なのかを教えてくれます。証拠の大切さ、論理的・科学的思考を学ぶことも目的のひとつです」そう語るスティーヴンズ博士は、研究に携わる学生たちのことを〝最高の教え子たち〟と呼んでいます。つまり博士は、心理学者志望の学生なら誰だって教えを乞いたくなるような素晴らしい大学講師だということになるのでしょうか？　そう思えるかどうかは、科学に身を捧げる覚悟の度合いで決まります。なにしろ博士は、答えを導き出すために学生たちを痛い目に遭わせているのですから……

痛みを感じたとき、思わず〝クソッ！〟〝ちくしょう！〟と毒づいてしまうものです。しかし罵倒語を発しても痛みが鎮まるわけではないと、長いあいだ常識のように考えられてきました。心理学的に見ても、毒づくと〈破局化〉という〝認知の歪み〟が生じて、かえって痛みを強く感じてしまうとされていました。認知の歪みとは、今起きていることを大げさに考えてしまって、ちゃんと対応できなくなったり冷静な行動ができなくなったりすることです。そして破局化に陥ってしまうと、今起こっている〝ひどいこと〟は〝最低最悪なこと〟だと早合点してしまいます。〝最悪！こんなのムリムリ、絶対ムリ！〟みたいなことを考えたり言ったりすると破局化はよく起こります。そうした言葉や罵倒語を使うと無力感はさらに増す、これまではそう考えられていました。

汚い言葉や罵倒語を吐くことが破局化から生じた反応のひとつなのであれば、たしかに痛みにうまく対処できなくなってしまいそうです。痛みを感じたり災難に直面したときに〝ムリムリ、絶対ムリ！〟と思ってしまったら、たしかに痛みを鎮めたり災難を乗り越えることはできないでしょう。しかしスティーヴンズ博士はそこに引っかかりを覚えました。「痛みに対する反応としては汚い言葉や罵倒語を吐くことは不適切だとされているのに、どうして人は痛みを感じたときにそんな言葉を使ってしまうのだろう？」ご多分に洩れず、博士もハンマーで釘を打っているときに何度も自分の親指を打ちつけてしまったことがあります。そんなときはどうしても汚い言葉を吐いてしまうみたいだと気づくぐらい、何度も何度もです。罵倒語を吐くと、本当に痛みはひどくなったように感じるのだろうか。博士は学生たちと一緒になって確かめようと思い立ちました。

わたしがこの本を書こうと思ったのは、スティーヴンズ博士の一連の研究の最初の論文を読んだことがきっかけでした。その論文のベースとなった実験はこのようなものでした。どうやって説得したのかはわかりませんが、まず博士は六七名の学生たちに、氷水の入ったバケツに耐え切れなくなるまで手を突っ込んでいるように指示しました。それも一回ではなく二回もです。罵倒語や汚い言葉を言う回と言わない回です（こんな実験を、キール大学心理学部の倫理委員会は許可しました。どうです、こんな学校で学んでみたいと思いませんか？）。この実験の狙いは、罵倒語を吐くことは痛みに対する反応としては不適切なのだとしたら、氷水に手を突っ込んでいられる時間は罵倒語を言う場合のほうが普通の言葉を言う場合よりもかなり短くなるのではないのか、という点にありました。

実験の公正を期するため、学生たちが使える言葉は罵倒語も普通の言葉もひとつずつ、そして二回手を突っ込むときにどちらを先に言うかは学生によってまちまちにしました。スティーヴンズ博士は学生たちに、ハンマーで親指を打ちつけてしまったときに発してしまいそうな言葉と、テーブルを表現するときに使う言葉を、それぞれ五個ずつリストアップさせました。そしてひとつ目のリストのなかの任意の罵声語と、ふたつ目のリストでその罵倒語と同じ順位にある言葉を使わせることにしました。わたし自身がこの実験を試してみたときの罵倒語のリストは〈arrgh（アーッ）〉〈no（いやだ）〉〈fuck（クソッ）〉〈bugger（ちくしょう）〉〈shit（クソッたれ）〉、テーブルを表現する言葉のリストは〈flat《フラット》（平らな）〉〈wooden《ウッドン》（木製の）〉〈sturdy《スターディ》（がっしりとした）〉〈shiny《シャイニー》（ぴかぴかの）〉〈useful《ユーズフル》（便利な）〉でした。わたしは一回目の実験で〈fuck〉を選んだので、二回目は〈sturdy〉になりました。

この実験の結果をひと言で表現するとこうなります。〝痛みに効かないだなんて、一体誰が言ったのよ！〟――勇猛果敢な学生たちが氷水に手を突っ込んでいられた時間は、罵倒語を言いながらのほうが机についての形容詞を言いながらの場合の一・五倍近くも長かったのです。わかったことはそれだけではありません。罵倒語を発しているあいだ、学生たちの心拍数は上昇し、痛みの知覚度は下がりました。つまり学生たちは、罵倒語を発しているあいだは痛みをあまり感じなかったのです。[1]

簡単な実験なので、ぜひみなさんもやってみてください。しかるべき友人たちとのパーティーで試してみてもいいでしょう。用意するものはボウル一杯の氷水とストップウォッチだけです。こんな簡単な実験、アイスキューブの発明とほぼ同時におこなわれてもおかしくなかったはずなのですが……

「痛みは純然たる生物学的現象だと、これまで考えられていました。しかし実際には心理学的な側面もかなりあるのです。同じ程度の怪我でも、状況がちがえば感じる痛みのレベルもちがってきます」スティーヴンズ博士はそう語ります。たとえば痛みを感じる刺激を与えて、感じた痛みのレベルを答えてもらう実験では、被験者が男性で質問者が女性の場合、被験者は痛みのレベルを低めに答えがちです。[2] 痛みは、刺激の強度とその刺激に対する反応の大きさの関連性のみで決まるようなものではありません。痛みを感じた状況、痛みを感じた人の性格とそのときの気分、さらには以前に感じた痛みも全部関与しているのです。

わたしたちの考え方・気持ち・過去の経験が、痛みの感じ方にどれほど影響を与えているのかわかってきました。心理学者たちは、脳に影響を及ぼして痛みに対して我慢強くさせる方法を探り始めました。スティーヴンズ博士の実験を見るかぎり、罵倒語は痛みの感じ方に影響を与えていると思われます。しかしどんな手を使って影響を与えているのでしょうか？　汚い言葉を吐くと、痛みから気をそらせることができるからでしょうか？　気を強く持てるからでしょうか？　何らかの感情や気持ちを吐き出すことができるからでしょうか？　痛みの軽減に罵倒語がどのように役立っているのか調べるべく、スティーヴンズ博士をはじめとした研究者たちはこの現象の詳細な検証に着手しています。痛みと感情の結びつき、そしてわたしたちの体と言語の結びつきには実に興味深いものがあります。それをこれから学んでいきましょう。

罵倒語が脳に与える影響

スティーヴンズ博士たちの氷水に手を浸す実験の一番注目すべき点は、汚い言葉や罵倒語を吐くと痛みが軽くなることでも、痛みをしのぎやすくなるということでもありません。わたしたちの体のどこかに変化が生じたことです。先ほど述べたとおり、スティーヴンズ博士の実験では罵倒語を発しているあいだに心拍数の上昇が見られました。テーブルを表現する言葉を発した場合はそうでもありませんでした。心拍数が上昇しているということは、感情が関わっていることを如実に示しています。

心理学の実験では、被験者の強い感情を引き起こしたいときは罵倒語を示したり聞かせたりする方法が長年にわたって用いられてきました。それに比べて、被験者本人に言わせることで罵倒語の効果を調べる研究が始まったのはここ八年ばかりのことです。スティーヴンズ博士は、罵倒語はわたしたちの感情に影響を与えている可能性が高く、その影響を受けた感情が鎮痛剤の役割を果たしているのではないかと考えました。罵倒語で感情が喚起されたり刺激されたりした結果、わたしたちは痛みを軽く感じたりしのぎやすくなるのではないか。そして鎮痛剤になる感情は〈不安〉と〈攻撃〉なのではないか。博士はそんな説を唱えています。

不安感で痛みが消えたり小さくなったりすることはわかっています。オクラホマ州のタルサ大学のジェイミー・ルディ博士たちのチームは、痛みに対する感情の効果の研究を数年にわたって続けています。博士たちがおこなった実験のひとつでは、被験者を三つのグループに分け、各グループにそれぞれ実験で電気ショックを与える・与えるかもしれない・与えないと告げておきました——ここでひとつアドバイスしましょう。心理学実験の被験者になって、実験を受けるまえに担当者から「この実験では電気ショックは一切使いません」と言われたら、絶対に信じてはいけません。

結局、被験者全員がつらい目に遭うことになりました。三グループとも人差し指を〝放射熱源〟(その正体はプロジェクター用の高ワット数の電球でした)に近づけ、熱くてもちょっとだけ我慢するように指示されました。すると、電気ショックを与える・与えるかもしれないと言われていたグループの被験者たちは、与えないと言われていたグループの被験者たちほどには熱源を熱いとは感じませんでした。[3] さらに言うと、実際に電気ショックを与えられた被験者たちは、与えるかもしれないと言われていた被験者たちよりも電球の熱を低く感じました。

これはどういうことなのでしょうか？　電気ショックのせいで痛みが紛れたのでしょうか？　念のためルディ博士は、電気ショックを与えていないほうの手で耐熱テストを受けさせて、電流によって生じる局部的な麻痺の影響を排除しました。結果は変わりませんでした。この章であとで述べますが、たしかに痛みは全身麻酔のような効果を発揮することがあります。しかしそこまでの力を発揮するには手足がもげるかと思うほどの痛みが必要です[4]。痛みが生じるかもしれないという予感、つまり不安や恐怖は、これから感じるかもしれない痛みに取って代わって、その威力を削いでしまうだけのパワーがあるのです。手っ取り早く言うと、痛みを不安に感じれば感じるほど痛みをどんどん感じなくなるのです。

ルディ博士たちの研究結果は、痛みが生じるかもという予感と不安は、実際には脳そのものが知覚する痛みを増幅させてしまう（つまり破局化に陥ってしまう）と指摘する数々の研究例の逆をいくものです。被験者に激痛を与えたり、激痛が起きるかもと不安にさせたりする実験はそんなにありません。まさか拷問を受けてくれと頼むわけにはいかないですし、そんなことは倫理に反します。ところがです。近いうちに相当ひどい痛みを体験することが確実にわかっていて、しかもそのとんでもない痛みがいつ襲ってくるのか大体わかっていて、おまけにその痛みを軽くすることもなくしてしまうこともできない人たちばかりのグループがあるのです――それは妊婦たちです。研究者たちからしてみれば、妊婦たちは願ったりかなったりの研究対象です。

妊婦たちへの調査から、出産時の痛みを不安に思えば思うほど、陣痛と分娩の痛みをより強く感じることがわかっています。[5] 出産に対する不安感も、出産に関係のない痛みに対する耐性を下げてしまうこともわかりました。例の氷水の実験では、出産は痛いものと決め込んでいる女性は、その反対に出産なんかへっちゃらだと思っている女性よりも早く氷水から手を引っ込めてしまいます。[6] だからこそわたしは、出産にまつわる恐ろしい話をとにかく聞かないようにしながらこの本を書いています。そんな話を誰かがしようものなら、耳をふさいで「アーアーアー、聞こえない聞こえない！」とうそぶくほどです。最初の出産まであと二、三週間というところまで来ましたが、わたしは汚い言葉を使っていません——これは根拠に基づいた痛みへの対処法です。**

妊婦たちの体験を聞くかぎり、そんなに大したことないはずの痛みでも、不安に感じていれば痛みはもっと強くなるということになります。これはルディ博士の研究結果を否定しているように思えます。博士は研究を再検討しました。しかし実験に参加した被験者たちをまた集めて実験を再現することはありませんでした。痛みと痛みへの脅威で引き起こされる感情はほかにもあるのではないかと博士は考えて、研究をさらに先に進めることにしました。そしてこんな結論に達したのです。「前回の実験では不安だけではなく〈怒り〉も喚起された」[7] つまり、電気ショックを受けた被験者たちは不安だけでなく怒りも覚えていたということでしょうか？　それが事実なら、電気を使う実

** 二二時間にわたった出産を、わたしは罵倒語や汚い言葉を一切吐かずに乗り越えました。ガスや息は一杯吐き出しましたが。科学的根拠はまったくありませんが、わたしとしては安産の秘訣は頭の小さい、長くてほっそりとした赤ん坊をつくることにあると思っています。

験を考えるときにはそのことを絶対に肝に銘じておかないといけません。

ちょっとふざけた言い方になりましたが、ルディ博士が達した結論は感情的な反応を研究するときの注意点を如実に示しています。感情は、単独ではなく束になって襲ってくるのです。感情を〝ひとつだけ〟引き起こすことはできません。集団で湧いてくる感情をひとつひとつに分離することができないのなら、罵倒語がどんな感情を引き起こすのか調べようがないのではないでしょうか？ こんなとき、心理学では感情を引き起こすような刺激を〈感情価〉と〈覚醒度〉の二本の軸に分けて考えます。感情価はその感情の快不快の度合いを示します。〈幸せ〉は感情価が高く、〈惨め〉は低くなります。覚醒度はその感情の高低を示します。快不快は関係ありません。〈興奮〉と〈激怒〉は高く、〈退屈〉と〈満足〉は低くなります。

罵倒語の効果の研究にいそしむキール大学のスティーヴンズ博士も、罵倒語を発した被験者全員が感情をひとつしか喚起させていないとは考えていません。多くの心理学者と同じように、博士は被験者の覚醒度を数値で記録しました。数値化の手段は心拍数と電気皮膚反応です。電気皮膚反応とは、大雑把に言うと手のひらがどれぐらい汗ばんでいるかです。被験者の指先につけた小さな電極を通して、ストレスや恐怖、不安や興奮の度合いを測るのです。

氷水を使った最初の実験で、罵倒語は被験者たちの覚醒度を実際に変化させたことをスティーヴンズ博士は示しました。「罵倒語を発すると、氷水による痛みが小さく感じたばかりでなく、被験者の体のさまざまな部分に影響をもたらしました。そのひとつが心拍数の上昇です。つまり、ストレスのかかる事態に対処するための自律神経系の働きである〈戦うか逃げるか反応〉が生じたものと思われます。罵倒語に鎮痛作用があるのは感情の喚起をもたらすからなのだとしたら、罵倒語はどうやって感情を喚起するのでしょうか？」

そんな問題を提起するスティーヴンズ博士は、教え子のひとりのクレア・オールソップと一緒に精巧な実験を考案しました。[8] この実験はイギリス心理学会の名誉ある賞を受賞するほど、細部にわたって考え尽くされたものでした。ミス・オールソップは、攻撃性を煽《あお》り立ててやると被験者は痛みにより耐えることができるのかどうかを確かめようとしました。わたしたちそれぞれの痛みへの耐性は〝生まれ持った〟攻撃性で決まるのであれば、温厚な性格の人の痛みの耐性をアップさせることはできないはずです。しかし氷水の実験でわかるように、同じ人でも罵倒語を発したときのほうが発さなかったときよりも長い時間痛みに耐えることができます。つまり罵倒語は、攻撃性のレベルと刺激の覚醒度を上昇させることで痛みの対処にひと役買っているということなのでしょうか？

ミス・オールソップは師であるスティーヴンズ博士に倣い、四〇人の学生を何とか説得して氷水の実験をまたおこないました。*** 「私たちは、研究室で実施可能な、簡単な方法はないものかと考えました。そして学生たちに〈本人視点のシューティングゲーム〉をさせる方法を思いついたんです」スティーヴンズ博士はそう説明します。本人視点のシューティングゲームとは、画面が自分の視野になっている状態でゲームのなかの世界を駆けまわって銃で敵を殺していくテレビゲームで、

*** たぶんミス・オールソップは、学生たちのあいだですごく人気があったのでしょう。少なくとも実験をおこなうまでは……

ミス・オールソップは被験者である学生たちにそんなゲームとゴルフのゲームをやらせました。それぞれのゲームが学生たちに与える影響を明確にするために、ゲーム後にアンケートを取りました。アンケート内容は、自分の性格を〈カッとしやすい〉〈イライラしやすい〉〈平静〉〈温和〉などの項目で1から5までで自己評価してもらうものです。そして実験の仕上げとして、学生たちがどれほど攻撃的になっているのかを確認する、実に巧みなテストをしました。彼女は学生たちに、〈explo○e〉や〈○ight〉という字がひとつだけ欠けた単語を一瞬だけ見せて、何と書いてあったのか質問します。〈explode《エクスプロード》**（爆発する・激怒する）**〉〈fight《ファイト》**（戦い）**〉と答えた学生は、〈explore《エクスプロア》**（探検する）**〉〈light《ライト》**（光・明かり）**〉と答えた学生より攻撃的になっていると判断されます。

　その結果、どの学生もゴルフゲームをやったあとよりもシューティングゲームをやったあとのほうが、アンケートではより攻撃的な回答をして、言葉の穴埋めのテストではより暴力的な言葉を頭に浮かべました。でも、それと痛みがどう関係あるのでしょうか？

「要するにわたしたちは、氷水の実験で罵倒語でやったときと同じパターンの結果を見たのです。学生たちは、シューティングゲームをやったあとのほうが氷水に長く手を浸していられましたし、心拍数も上昇しました」ゴルフゲームをやったあとの氷水の実験で手を浸すことができた時間は、男子学生で平均一一七秒、女子学生で一〇六秒でした。一方シューティングゲームをやったあとは男子学生は一九五秒、女子学生は一七四秒にどんと上がりました。そんなの大した結果じゃないと思われるのであれば、自分でやってみろと言いたいです。ちゃんとしたやり方ではないにせよ、わたしたちも氷水の実験をやってみて、罵倒語を吐きながらの場合と〝わたしならできる！〟というポジティブな言葉を発した場合とを比べてみました。そのとき取ったメモはなくしてしまったのですが、ポジティブな言葉の場合は九〇秒しかもちませんでした。罵倒語の場合はもっと長く、三分ちょっとは耐えることができました。

ということは、もともと攻撃的な性格の人は、痛みによりうまく対処できるということなのでしょうか？　それを確かめるべく、ジョージア大学のクリスティン・ニール博士のチームは人間の攻撃的性格と痛みに対する耐性の関係を調べてみました。ニール博士は七四人の男子学生に〝リアクション・コンテスト〟に参加してもらいました。このコンテストの表向きの目的は、どれだけ素早くボタンを押せるのか調べることでしたが、本当の目的はちょっとちがうところにありました。

ニール博士の研究室でおこなわれた実験はこのようなものです。被験者に〈リアクションボタン〉を渡して、合図があったらボタンを押すように指示します。西部劇のガンマンのように（見えない）対戦相手より早く押せたらゲームは勝ちなのですが、博士はそこに面白い趣向を付け加えました。リアクションボタンの横に〈罰ボタン〉をつけたのです。罰ボタンは、対戦相手が〝ずる〟をして、合図より早くリアクションボタン押していると思ったときに押します。負けが込んでイライラして、何とかして勝負をイーブンに持っていきたいときに押してもいいことになっています。ボタンを押しているあいだ、相手に電気ショックを与えることができます。電気ショックの強度は被験者が決めることができます。ニール博士は事前に被験者に電気ショックを与えて、被験者がやめてと言うまでその強度をどんどん上げていきます。そうやって対戦相手にどれだけの罰を与えることができるのか理解させたうえで、ゲームを始めたのです。

ところが、このリアクション・コンテストは全部まやかしだったのです。見えない対戦相手の正体は、なんてことのない簡単なコンピュータープログラムで、ガンマン同士の〝決闘〟で被験者を一定の割合で勝たせるようにしてあったのです。罰ボタンは、被験者が相手に与える電気ショックの強度と、どれだけ早いタイミングでどれだけ長く押すのかを記録するだけのものでした。そして言うまでもないことですが、本当の実験はゲームが開始されるずっとまえから始まっていました。ニール博士はゲーム前に電気ショックを確認させながら、被験者がどれだけの痛みに耐えられるのかデータを集めていたのです。

こうした被験者をだます小細工は倫理に反しているように思えるかもしれませんが、心理学の実験ではよくおこなわれていることなのです。わたしたち人間は社会的な動物なので、協力的になったり期待どおりに行動したりするようにできています。だから何かの実験の被験者になると、その実験の理想的な被験者になるべく全力を尽くすのです。実験者の予想どおりにしようとして、わざと低い結果を出すことすらあります。実験者を満足させようとする意識下の願望が働くと、実験結果は大きく狂ってしまいます。そこでニール博士は、そうした被験者のささいな〝罪のない嘘〟への対策として、より大きな〝罪のない嘘〟を使ったのです。被験者たちがリアクション・コンテストでいい結果を出すことに気を取られているあいだに、博士は本当に求めているデータを収集していたのです。

ニール博士が知りたかったのは、被験者が痛みを感じ始めるポイント（痛覚閾値と言います）と罰ボタンを押すタイミングの早さと頻度、そして設定する電気ショックの強度のあいだに相互関係があるかどうかでした。結果は誰の目にも疑いようのないものでした。事前の説明でより強い電気ショックに耐えることができた被験者ほど罰ボタンを押すタイミングが早く、押す回数も多く、与えた電気ショックの強度も高かったのです。そして罰ボタンを押している時間も長かったのです。

これはどういうことなのでしょう？　痛みに対する耐性が低い被験者ほどゲームの〝敗者〟に同情しやすいのでしょうか？　それとも一番攻撃的だった被験者の脳は、痛みをもっと受け入れるように指令を出しているということなのでしょうか？　残念ながらニール博士の実験はその点を具体的に調べるものではありません。それでも、博士の研究結果とクレア・オールソップとスティーヴンズ博士が解き明かしたことを比較してみると、それなりに仮説を立てることができます。

どんな場合であれ、わたしたちの攻撃性のレベルは各自の性格上の攻撃的な要素と、その時点の状況に対する一時的な攻撃的反応が複雑に絡みあって決まります。ニール博士の実験では、一見すると攻撃的な性格の人ほど痛みに対する耐性が高いように思えますが、攻撃的だと判断された被験者は実験当日にたまたま虫の居所が悪かっただけなのかもしれません。結局のところ、博士の実験は攻撃的な性格と時と状況によって変わる攻撃的反応のもつれをすっきりと解きほぐすものではありませんでした。ミス・オールソップとスティーヴンズ博士の実験が素晴らしいところは、わたしたちは感情を如才なくコントロールして痛みに対処していることを証明した点にあります。ということは、罵倒語は――それと本人視点のシューティングゲームも――痛みに対する処方箋になるはずだ、ということなのでしょうか？

どんな罵倒語でも鎮痛剤になる？

罵倒語と本人視点のシューティングゲームは鎮痛剤的な効果を見せたというスティーヴンズ博士の研究結果は吉報と言っていいでしょう。怒りをベースにして人間を分類すると、怒りを多く見せる人間（怒りの外向性）と、怒りをおもてに出さない人間（怒りの内向性）に分けることができます。当初、スティーヴンズ博士は罵倒語が痛みに効くのは罵倒語を臆することなく吐ける人か、普段からしょっちゅう罵倒語を吐いている人だけなのではないかと考えていました。「怒りを外に出す人のほうが、怒りを内にこめる人よりも罵倒語の鎮痛効果は強くなると考えてもいいでしょう。怒りを外に出す人には使い慣れた怒りのはけ口が与えられているからです。それに対して怒りを内にこめる人は、本音では怒りを吐き出したいはずなのに、その手段の使い方に慣れていません」そう説明する博士は、自分は怒ったときにどれぐらい罵倒語を発しやすい人間なのか自己評価してもらうアンケートを取って、被験者である学生たちを怒りを外に出すタイプと内にためるタイプに分けてみました。すると博士にとっては驚きの結果が出ました。「実際のところ、ふたつのタイプにちがいはなかったのです。罵倒語の鎮痛効果は、どちらのタイプにも等しく見られるということです。これが科学の難しいところです。こっちの予想に反する結果が出ることなんてしょっちゅうなんですから」

スティーヴンズ博士と学生たちの実験では、ほかにも予想外の結果が出ました。氷水の実験では、罵倒語は被験者全員に対して鎮痛効果があることがわかりました。手を浸していられた時間は普段から罵倒語をよく使う学生も延びたのですが、それよりも何よりも、痛みの軽減度については罵倒語をあまり言わない学生のほうがずっと大きかったのです。[9] しかしこの効果はその後の実験では見られなかったそうです。科学的発見には、実験を何度繰り返しても同じような結果が出ること、つまり再現性が重要なのです。

しかし罵倒語の種類によってはちがいが出るかもしれません。たとえば、誰かに聞かれているかもしれないときに使う、言い換えたり遠まわしに言ったりすることで人前で使ってもいいと許されている罵倒語はどうでしょうか？ そうした穏当なタイプの罵倒語でも、口にすると攻撃性がレベルアップするのでしょうか？ どうやらできないみたいです。やはりより強い言葉のほうが鎮痛効果も高いのです。

「わたしの学生たちは、罵倒語の強さでちがいが出てくるのか突き止めようとしています」スティーヴンズ博士はそう言っています。言葉の強さと痛みの耐性の関係を調べる例の氷水の実験を、ふたりの学生がおこないました。ひとりが一年間実施し、もうひとりがそのあとを引き継いで同じ実験を続けましたが、二年目はちょっとだけ内容を変えました。一年目は〈fuck（クソッたれ）〉と〈bum《バム》（ろくでもない）〉、そして差し障りのない言葉を言った場合を比較しました。二年目の学生も同じ実験を続けましたが、〈bum〉は罵倒語としては弱すぎると考えて〈shit〉と入れ替えることにしました。一年目も二年目も一番鎮痛効果があったのは〈fuck〉で、〈bum〉と〈shit〉はそれほどでもありませんでしたが、それでも差し障りのない言葉よりも効果はありました。この研究は学生たちが好奇心に駆られて自主的におこなったもので、論文として発表されることはありません。それでも研究を先に続けるためには有望な手段のようにも思えます。

わたしとしては、反対側から見た実験をしてみてもいいのではないかと思います。つまり鎮痛効果の程度から、発した罵倒語の強度をランク付けできるのではないか？　ということです。ある罵倒語をどれほど強く感じるかを調べたいのなら、いちいち質問するよりも心拍数モニターの電極をつけてもらって氷水に手を浸してもらったほうがいいと思うのですが。『オックスフォード英語大辞典』の編集部のみなさんも、次の改訂版を編集するまえに試してみたらいかがでしょうか。

社会的苦痛と罵倒語

身体的苦痛と感情の関係は複雑きわまります。そこまで複雑なものにしているのは、わたしたちが全員経験している〈社会的苦痛〉と呼ばれるものの存在です。社会的苦痛とは、差別されたりのけ者にされたりしたときに感じる痛みで、身体的苦痛と同じように本当に痛みを感じます。鎮痛剤のパラセタモール[10]とマリファナ[11]は、身体的と社会的の両方の苦痛に対する効果がまったく同じだということが実験で判明しています。このことには進化論的な意味があります。人間はその歴史を通じて、喪失感と疎外感は虫垂炎や脚の骨折と同じぐらい命取りになりかねないことを、身をもって経験してきました。

身体的苦痛と社会的苦痛は痛みとしては等価だということを証明して見せてくれる、本当にとんでもない実験があります。しかしその実験を説明するまえに、痛みを立て続けに味わうと痛み同士が影響し合うという現象を見てみましょう。身体的苦痛を矢継ぎ早に二回受けると、まったく予想もしない感じ方をすることがさまざまな研究で明らかになっています。たとえば軽めの痛みを受けると、一時的に痛みに対して過敏になります。その反対に大きな怪我を負って激痛を感じると麻酔にかけられたみたいになって、次の大怪我の痛みに耐えることができます。[12] この現象については説得力のある理由があります。たとえば犬に噛まれると〝戦うか逃げるか反応〟が反射的に生じます。つまり、また噛まれることを強く警戒するようになって、勇気を奮い起こして犬に反撃するか、それとも尻尾を巻いて逃げ出すかするということです。戦うことも逃げることも、さらにひどく噛まれることを回避する行為です。それとは反対に、体を丸めて防御態勢を取ることが一番いいときもあります。このほうがさらに襲ってくる痛みがずっと軽く感じられます。たとえば脚の骨折のように大怪我をした場合は、戦うことも逃げることも無理なので、さらに続く痛みに耐えられるようになるのです。

社会的苦痛を感じると、心理学的にも生物学的にも身体的苦痛と同じ経路にスウィッチが入るのでしょうか？　弱めの社会的苦痛を感じると痛みを実際よりも強く感じるようになり、その反対に強い社会的苦痛は大怪我に対する麻酔のような役割を果たす、ということになるのでしょうか。これは本当に難しい問題ですが、今では解明されています。それもこれも、痛みに対する耐性の研究のなかでもとびきり嫌な実験のおかげなのです。

その〝とんでもない〟実験を説明しましょう。[13] 被験者たちは無作為にふたつのグループに分けられ、社会的苦痛を与えられます。一方のグループは、被験者全員でボールをパスし合うオンラインゲームをします。被験者たちはほかの被験者たちとパスまわしをしていると思っていますが、本当の相手はコンピューターで、それぞれの被験者には絶対パスがまわってこないようにプログラミングされています。すると被験者は無視されて仲間はずれになっているような気分になります。これは軽度の社会的苦痛です。もう一方のグループには性格と好みについてのアンケートに答えてもらいます。そしてその回答を、今後の人間関係を予測することができる信頼性の高いソフトウェアを使って評価すると告げておきます。しかし実際には回答内容に関係なく以下のような評価を被験者全員に渡して〝重度の社会的苦痛〟を与えます。

あなたは今後の人生を独りで過ごすことになる可能性が高いです。現在は友人がいて、恋人もいるかもしれません。しかし二〇代後半にはそのほぼ全員があなたから離れていくでしょう。それでも結婚することもあるかもしれませんし、何回かすることもあるでしょう。しかし結婚生活は短く、三〇代まで長続きする可能性は低いでしょう……あなたが孤独のうちに生涯を終える公算はますます高くなっていくでしょう。

そのあと被験者を思い切り強くつねります。普通の実験なら、こっちのほうがひどい行為になるのですが。全員が同じ強度になるようにしっかりと調節して何度かつねると、ボール回しゲームで無視された被験者たちのほうが、人としての魅力に欠け、孤独で惨めな人生を送ることになると宣告された被験者よりもかなり強い痛みを感じました。

社会的苦痛は身体的苦痛とまったく同じなのだとしたら、罵倒語は社会的苦痛も和らげてくれるはず。当然そう考えてもいいと思います。そしてオーストラリアのブリスベンにあるクィーンズランド大学のローラ・ローバードとマイケル・フィリップの両博士がまさしくそのことを証明してくれました。ふたりは被験者たちに、グループから仲間はずれにされたり仲間として受け入れられた経験を思い出してもらいました。すると、仲間はずれにされた記憶を呼び起こしたあとに罵倒語を発すると、その記憶が引き起こす痛みが軽くなりました。[14] しかし気をつけなければならないのは、罵倒語や汚い言葉を吐いていると仲間はずれになる恐れが大きくまるところです。とくに女性の場合は……

罵倒語と病気

国によっては、病気が大きな社会的タブーになっていることがあります。たとえばオランダでは〝癌〟という名前そのものが罵倒語になっています。そして癌のような長患《ながわずら》いに苦しんでいる人たちは罵倒語を発しやすいということは当然だと言えるでしょう。痛みと不安・恐怖、そしてフラストレーションは汚い言葉や罵倒語を吐く大きな要因ですし、重圧に耐えなければならないときは、そうした言葉は少しだけなら役に立ちます。

イギリスのウェスト・ヨークシャー州にあるハダースフィールド大学のサラ・セイモア＝スミス博士は、睾丸癌を患っている男性患者たちを研究していました。博士たちは患者たちの自助グループをサポートしていましたが、患者たちは闘病の苦しい気持ちをなかなか吐き出さなかったそうです。[15] しかし罵倒語を使うと、そうした心のもやもやがスッキリと解消されたというのです。研究論文のなかで、セイモア＝スミス博士はカルという睾丸の摘出手術を受けたばかりの患者のビデオ日記を書き起こしています。[16] カルは『オールウェイズ・ルック・オン・ザ・ブライト・サイド・オブ・ライフ』を聴きながら、誰に見せるわけでもなくビデオカメラをひとりでまわしていました。そしてまず彼は、癌に苦しめられてきた年月がどれほど〝クソ〟だったのかを語り始めました。

「本当に〝bollocks《ボコックス》（クソッたれ）〟な日々だったよ……えーっと、ごめんよ、なくなっちまったおれの片方の〝bollocks（キンタマ）〟！」と言いました。カルは自助グループに参加して自分の気持ちを語ることをかなり嫌がっていました。「椅子から立って〝わたしの名前はカル・ジャクソンです。睾丸癌を患っていました〟なんて言わなきゃならないこととか、そのあとどっと泣き出すことであるとか、自助グループにありがちなことなんか全部嫌いだし、そんなことをする男も嫌いだ。目の前で誰かに泣かれることも嫌いだ。とにかくそんなたぐいのことは大嫌いだ」カルはそう語りました。ところがです。そんなカルでもビデオ日記のなかで罵倒語を使うと、とくに仲間たちと一緒にいるときは十中八九、自分のつらい気持ちを吐き出すことができました。

「ビデオ日記のなかのカルは、男らしいイメージを使って癌という大きな問題を笑い飛ばしているんだと思います」セイモア＝スミス博士はそう説明します。「男性の場合、病気になったときは笑いやユーモアに走りがちです。たぶんそうやって強がっているんでしょう。睾丸癌患者のサポートフォーラムについて研究していたとき、フォーラムはいつも笑いに包まれていました」睾丸癌のサポートフォーラムに参加する男性たちは〈womble《ワンブル》（マヌケ）〉という言葉をやたらと使います。発音が〈one ball《ワン・ボール》（キンタマがひとつだけ）〉に似ているからでしょう。自分たちは〈玉なしクラブ〉のメンバーだとでも言わんばかりの話し方もします。セイモア＝スミス博士の研究から、こうしたタブーを破るおどけた言い方は〝睾丸を失ってしまった状態から脱して肯定的な自己認識を再生する手段〟であることがうかがえます。つまりそうやって痛みに対処し、同時に睾丸摘出で失った〝男らしさ〟を取り戻そうとしているのです。

一方、女性は人前で自分の感情や気持ちを吐露してもとやかく言われることはほとんどありませんし、泣くことすら許されていると言っていいでしょう。ところが罵倒語や汚い言葉というかたちで感情をさらけ出してしまうと、まずいことになります。例の氷水の実験では、罵倒語を使えば男性同様に女性も痛みに耐えやすくなることがわかっています。しかし研究室の外の実社会では、人生を変えてしまうような長い病《やまい》からくる痛みに対してそうした言葉を使ってしまうと、女性の場合は不利に働くのです。

アリゾナ大学のミーガン・ロビンズ教授たちの研究チームは、乳癌などの長患いに苦しむ女性は罵倒語や汚い言葉を発するものなのか、発することに効果はあるのかどうか調べてみました。ここまで痛みと罵倒語の関係をいろいろと語ってきたので、女性だって罵倒語を使えば痛みにもっとうまく対応できるはずだと、みなさんは思われるかもしれません。しかしロビンズ教授たちの研究結果に、わたしはびっくりしたと同時にがっかりしました。重い病気にかかったときに罵倒語を使ってしまう女性は、そんな言葉が口をついて出てくることがあまりない女性と比べて精神的に落ち込みがちで、友人たちからのサポートも得られにくいことがわかったのです。[17]

ロビンズ教授は、乳癌と診断されたばかりの女性たちを募って被験者になってもらって研究を進めました。博士は被験者全員に音声作動式のテープレコーダーを渡し、一週間のうちに交わした・発した言葉の一〇パーセントを収集しました。博士はそれぞれの録音データを分析し、データ収集後もしばらくのあいだは彼女たち被験者の日々の様子を確認し続けました。残念ながら、女友だちの目の前で罵倒語や汚い言葉を発していた女性ほど、闘病中に女友だちを失い、結果として抑鬱状態に陥ってしまう傾向が強いことがわかりました。

ロビンズ教授の研究の女性被験者たちが経験したことと、セイモア＝スミス博士の研究のカルとその仲間たちの話を比較すると、本当に気の滅入る事実が浮かび上がってきます。一九六〇年以前に生まれた女性たちのほぼ全員が、汚い言葉や罵倒語をいまだに不快に感じています。「これは年齢とジェンダーのせいだと思います」ロビンズ教授はそう説明します。「わたしの論文に登場する女性たちの年齢は五〇代後半です。この世代の女性たちは、女が男みたいに汚い言葉を口にするなんてとんでもないことだという空気が支配的だった時代を生きてきました」わたしは教授に、そんな空気もこれから変わっていくでしょうかと訊いてみました。自身も罵倒語を頻繁に口にする博士は、そうあってほしいと答えました。「（カルのような人たちに）もちろんわたしはシンパシーを感じます。罵倒語は仲間内の絆を強めてくれることもありますからね。でもわたしの親の世代はそうじゃありません」

罵倒語を吐く女性たちはもともと好かれていなかったというわけではなく、腹立たしげに罵るにしても友人たちに対して言っていたわけでもなく、心配する友人たちの気持ちをないがしろにしていたわけでもありませんでした。「友人たちは〝あらいやだ、あの人、よそ様に悪態をついてるわ〟と考えてしまい、支えてあげようという気持ちが削がれてしまうからだと思っていました。患者たちは、病気のことを罵っているということもほとんどありませんでした。大抵の場合、さり気なく罵倒語を使っていました。たとえば、夫と一緒に仕事をしている被験者は、夫にこう言っていました。〝じゃあ、あのクソ野郎をどうやってとっちめてやろうか？〟害のない汚い言葉ですが、それでも汚い言葉を言えば言うほど、女性患者の評価はどんどん落ちていったのです」。6章で論じますが、女性に対しても罵倒語に対してもきわめて保守的な考えが一般的な社会が現在でも存在します。二一世紀になっても〝男は涙を見せず、女はおしとやかに〟という価値観は根強いのです。

ロビンズ教授はこう語っています。

「三〇代なかばのわたしたちの世代がこの研究の被験者だったら、ちがう結果になっていたかも――そう願わずにはいられません。ウケ狙いであっても、絆を深めるためであっても、汚い言葉や罵倒語を使うことは中高年の人たち、とくに女性にとっては不利に働くのです。本当に苦しいこと、痛みを伴うことに耐えなければならないときに、そうした言葉が役に立つかもしれない状況があることを理解してくれる友だちがいることが大切なんです。だから友だちが罵りの言葉を口にしていても、一緒にいてあげてください」

汚い言葉や罵りの言葉は聞くに堪えない不快なものだということはまちがいありません。そうした言葉には感情に強く訴えかける力があることを、ここまでずっと検証してきたのですから。罵倒語と痛みの関係も解き明かしてきました。癌で片方の睾丸を失ってしまったカルの経験から、痛みと病気がもたらすいまいましいことに対処しなければならないときに、罵倒語は重要な役割を果たすこともわかりました。それにそもそもの話、病気になって不平不満をぶちまけているからといって友人を見捨てるようでは、友情に厚い人間とは言えないのではないでしょうか？

3章 トゥレット症候群

汚い言葉や罵倒語についての本を書いていると言うと、ほとんどの人が〈トゥレット症候群〉のことを訊いてきます。そしてそのほとんどの人がわたしの説明にがっかりします——トゥレット症候群のなかには日常の会話で汚い言葉を頻繁に発する〈汚言症〉がありますが、実際にはこの疾病に苦しんでいる人の七五パーセントは、汚い言葉を発したいという衝動に駆られることはないのです。それからこんなことを教えると、みんなさらにがっかりするのですが、残りの二五パーセントの人たちにしても、トゥレット症候群が原因で汚い言葉を発しているとは言い切れないのです。汚い言葉を発したいという衝動に駆られる理由については、なるほどと思わせる推論がいくつかあります。たとえば、トゥレット症候群の一番の症状であるチックの緩和には、ある種の薬剤が効果をもたらすことがわかっています。そのことから神経伝達物質のドーパミンが何らかのかたちで関わっていると思われますが、確かなところはまだわかっていません。患者の家系を調査した結果、遺伝的要因の関連性も指摘されていますが、どの遺伝子が関わっているのかも、その原因もまだわかっていません。

わかっていることはほかにもあります。トゥレット症候群に苦しんでいる人たちの多くは、強迫神経症や注意欠陥多動性障害（ＡＤＨＤ）などから生じるさまざまな問題にも苦しんでいるのです。トゥレット症候群以外の疾患を併発させてしまうと日常生活がさらに困難なものになってしまうばかりでなく、どこまでがトゥレット症候群の症状でどこからがほかの疾患の症状なのか判別することも難しくなってしまいます。

たしかにトゥレット症候群は汚い言葉や罵倒語と併せて語られることが多いのかもしれません。しかし実際にはその症状は多岐にわたります。マサチューセッツ・カレッジ・オブ・リベラル・アーツの心理学教授のティモシー・ジェイによれば、汚い言葉を発する衝動を抑えられない問題を抱えている患者は、全体の二五パーセント以下です。[1] その数字は正確ではないという意見もあります。汚言症をどのように定義するかで変わってきますが、トゥレット症候群に苦しむ人たちの七パーセントから四〇パーセントが汚い言葉を発したい気持ちに駆られていると思われます（ちなみに〈coprolalia《コプロラリア》（汚言症）〉はギリシア語で〝ウンコ〟を意味する〈copro《コプロ》〉と〝おしゃべり〟を意味する〈lalia《ラリア》〉を語源としています。つまりもともとの意味は〝ウンコのことのおしゃべり〟なのです）。

不確かなことだらけのトゥレット症候群でも、はっきりしていることがひとつあります。患者の全員が不随意運動（いわゆるチック）に悩まされているということです。だからチックはこの疾患の定義のひとつとなっています。アメリカの疾病対策予防センター《CDC》は、トゥレット症候群の患者を以下のように定義しています。

・頻繁なまばたきや肩をすくめるなど二例以上の運動チックと、ハミング・咳払い・短い叫び声などの音声チックが少なくとも一例見られるが、それらのチックが必ずしも同時に発生するというわけではない。
・それらのチックが少なくとも一年は続いている。チックの発作はほぼ毎日もしくは断続的に、日に何度も起こる（通常は連続して起こる）。
・一八歳未満で発症する。
・薬剤などの服用、もしくは他の疾患（癲癇《てんかん》、ハンチントン病、ウィルス性脳炎など）を原因とする症状ではない。[2]

トゥレット症候群のチックは、まばたきや咳のような普通の不随意運動とはちがいます。まばたきや咳ならわたしたちは気にもしませんが、トゥレット症候群の患者はチックが起こることを望まず、時と場合によっては抑え込むこともできるのですが、ストレスを感じていたり疲れたりしているとそれもできなくなります。チックの衝動は立て続けに湧き起こってきて、その結果、複数のチックが同時に発生することもあります。チックの強度も上下します。三分の二の患者は思春期後期までに症状は徐々に消えていくか、少なくとも軽くなっていきます。[3]小学校に通う児童の一〇〇〇人に六人が発症していますが、それが成人になると二〇〇〇人に一人程度に減ります。[4]

トゥレット症候群の患者の大半に、ほぼ同じパターンでチックを進行させる傾向が見られます。

ブラウン大学の精神医学・人間行動学部のクリスティン・コネリア助教授によれば、大抵の場合チックの衝動は目と顔もしくは頭から始まり、まばたきや鼻をひくつかせるなどの行為としてあらわれます。しばらくすると運動チックは全身に広がり、複雑なものになっていきます。子供たちのなかには、かかる時間は数カ月から数年とまちまちですが、肩の小さな震えが細やかな腕の動きに発展させてしまう子もいます。

同じパターンは音声チックにも見られます。まず鼻を鳴らすとか咳払いとか、何の意味もない叫び声などを衝動的に発することから始まり、それからちゃんとした単語やフレーズに進行していきます[5]。しかしすべての患者が汚い言葉を発するようになるわけではありません。汚い言葉をよく言う人のことを冗談めかして〝おまえ、トゥレット持ちだろ〟と言ったりする人もいますが、実際には汚い言葉を連発する傾向がもっと多い疾病があるのです。統合失調症と一部のパーソナリティ障害には罵倒語や汚い言葉と強い結びつきがあることがわかっています。そしてこれらの疾患の患者が発するのは、大抵の場合は〈命題的罵倒語〉、つまり相手に特定の効果を与えるために意図的に使われる汚い言葉です。一方、トゥレット症候群の患者たちは音声チックを自分でコントロールすることはできません。

1章で、脳卒中で失語症を発症させてあまりしゃべることができなくなったのに、罵倒語や汚い言葉だけはすらすらと口から出てくる患者の例を挙げました。罵倒語を発するという点ではトゥレット症候群と同じですが、実際には大きなちがいがいくつかあります。脳卒中の患者は自分の意思で罵倒語を発することができるようになりますが、罵倒語のボキャブラリーは発作を起こすまえに覚えていた言葉のみに限られます。それに比べてトゥレット症候群の患者の場合は、新しい罵倒語や汚いフレーズを学ぶことができて（多くの患者がそうします）、徐々に音声チックのレパートリーの一部にしていきます。

トゥレット症候群の汚言症で見られる汚い言葉や罵倒語は、ほかの疾患で発せられがちな言葉とは異なります。〝非命題的〟なもの、つまり本人の意思とは関係なく衝動的に出てくる言葉なのです。患者は口から次々とあふれ出てくる汚い言葉を止めることができません――できたとしても簡単なことではありません――そうした言葉は痛みや怒りに誘発されて発せられているわけではありません。トゥレット症候群の患者たちは、大抵の場合その言葉が周囲からどれほど嫌がられるものかどうかを基準にして汚い言葉を発しているのです。罵声語で痛みが和らぐように、発する言葉の威力が強ければ強いほど、患者の満足度はより大きくなります。そしてその〝禁断の言葉〟は汚い言葉や罵倒語だけとはかぎりません。ある患者などはとても悲惨で、昔の恋人の名前を現在のパートナーの面前で口にして、周囲を気まずい雰囲気にしたいという衝動に苦しんでいました。[6]

ここまでくると、トゥレット症候群の汚言症は患者にあらんかぎりのストレスと恥ずかしさを味わわせるためにあるのではないかと思えてしまいます。汚言症を発症させてしまった患者が汚い言葉や不適切な言葉を発するとき、それ以外の普通の言葉のときよりも大きくはっきりと口にします。そのせいで音声チックを起こしていることを周囲に知られてしまい、患者はますます恥ずかしい思いをしてしまいます。汚い言葉を吐きたい衝動を抑えることができる患者もいるにはいますが、抑え込んでしまうと今度は強い不安感が生じます。くしゃみや痒いところを掻くことを我慢すると、ものすごくじれったい気分になりますよね？　では、くしゃみや痒いところを掻くことを我慢すると、警察に通報されそうなほどものすごく変な顔になってしまう自分を想像してみてください。トゥレット症候群で汚言症を発症させた患者が汚い言葉を抑え込んでいる状況は、まさしくそんな感じなのです。患者のなかには、別の言葉に言い換えたり遠まわしな言い方にしてマイルドにした汚い言葉を使おうとする人もいます。この場合も痛みの緩和と同じで、弱い言葉は弱い満足感しか得られません。痒いところを掻くのではなく撫でるようなものです。

トゥレット症候群の汚言症がどのようにして進行していくのかはまだわかっていません。なぜなら、患者たちが具体的にどんな汚い言葉や不適切な言葉を発しているのかわからないからです。本当に苛立たしい状況です。トゥレット症候群のことを詳しく調査してきたマサチューセッツ・カレッジ・オブ・リベラル・アーツのジェイ教授も、ほとんどの研究者が汚い言葉に対して腹立たしいほど遠慮がちで、患者たちが実際に発した言葉をはっきりと記録していないことを嘆いています。「トゥレット症候群についての研究論文のほとんどは、どういうわけだか汚言症に苦しむ患者が発した言葉の具体例を記していません。せいぜい〝猥褻な言葉をわめきたてる衝動を抑えられない〟とか〝汚い言葉を繰り返し発する〟とか書いてあるばかりです」教授はそう説明します。それでも教授自身が何とかして収集したデータから、英語を話す患者が使う汚い言葉のトップファイブがわかりました——一位から順に〈fuck〉〈shit〉〈cunt**（おまんこ）**〉〈motherfucker《マザー・ファッカー》**（ゲス野郎）**〉〈prick《プリック》**（ちんぽこ）**〉です。

汚い言葉や罵倒語全般と同じように、トゥレット症候群の汚言症の場合でも患者が発する汚い言葉は文化ごとに極端にちがいます。ジェイ教授によれば、日本の患者は〈スケベ〉〈バカ・マヌケ・アホ〉〈ブス〉などの侮辱の言葉を吐きたい衝動に駆られるそうです。デンマークの〈kæft《ケイフト》**（黙れ）**〉、イタリアの〈taci, cretinaccio《ターチ、クリチナッチョ》**（黙りやがれ、クソが）**〉のように、命令形の罵倒語が多用されるケースもあります。一方ドイツでは、罵倒語ではありませんがタブー語の〈verfaulte Knochen《ファーファウルテ・クノッヘン》**（腐った骨）**〉がよく用いられます。

トゥレット症候群の患者を困らせる衝動的な行動は、汚い言葉や侮辱の言葉や、昔の恋人の名前を言ったりする汚言症ばかりではありません。猥褻な言葉や罵倒語を〝書く〟衝動に駆られる〈コプログラフィア（猥語性愛）〉や、公衆の面前で自分の性器をいじる〈コプロプラキシア（猥褻な動作）〉もあるのです。コプロプラキシアは下品な行為ですが、実際には何の意味もありません。殴られたり催涙ガスを噴きかけられたりする危険性はありますが……その一方で、手話を使う唖者の患者が手話で汚い言葉を言いたい衝動に駆られた場合はコプログラフィアだと判定されます。二三歳の女性患者の例です。彼女は一七歳のときに手話を習得し、ほぼ同じ時期に運動チックと音声チックを発症させました。そんな彼女は自分でも知らないうちに手話で〈fuck〉や〈shit〉と言い、口からは〝ブッ〟とか〝シッ〟とか甲高い音を発していました。[7] しかしこうした〝言語的な〟チックは、中指を立てたり〝マスをかく〟ジェスチャーをする衝動に駆られる症状とはまったくちがうものだとされています。

トゥレット症候群の患者が苦しめられているさまざまな衝動についての研究論文は山ほどあります。それでも、汚言症のような患者を消耗させる自己制御の難しい衝動強迫を発症させてしまう理由については、まったくと言っていいほど解明されていません。同じ衝動でも、図書館で〝このクソ野郎！〟と怒鳴り散らしたくなる衝動と、まばたきやジェスチャーを繰り返したいという衝動はとんでもないほどかけ離れているように思えますが、根っこにある原因はどちらも同じなのかもしれません。かつてトゥレット症候群は精神性疾患だと考えられていましたが、今では少なくとも初期段階は運動性疾患により近いものだということがわかっています。患者が悩まされているチックは、望んでもいないのについやってしまう、意のままにならない動作の抑制ができないからこそ発生するのでしょう。汚い言葉を口で言ったり手話で言ったりジェスチャーで示したりするような複雑なチックも含めて、あらゆるチックの原因はそこにあるのかもしれません。

しかしそこからさらなる疑問が生じます。そんな煩《わずら》わしい衝動なんか我慢すればいいだけの話なのに、どうしてトゥレット症候群のある人たちはそんなに四苦八苦しているのでしょう？　満員の映画館で〝火事だ！〟と叫んでみたいとか何かに火を点けてみたいとか、そうした絶対にやってはいけないことをやってみたいという衝動は、ほとんどの人が一度や二度ぐらいは覚えたことがあるはずです。でもほとんどの人は実際に行動に移すことなく衝動をやり過ごすことができます。トゥレット症候群の患者たちはそれができないのです。できたとしても、今度はとんでもないストレスと不安感を覚えてしまいます。衝動が湧き起こってしまったら最後、実際に行動に移すことでのみ心の平安を得ることができるのです。

トゥレット症候群のある人たちの脳は、どこがそんなにちがうのでしょうか？　残念なことに、詳しいことはまだわかっていません。解明を阻《はば》んでいる理由のひとつが、症状の種類が実に多いというところです。チックひとつ取ってもさまざまなタイプに分かれますが、衝動への対処の仕方も同じぐらい多岐にわたっているのです。ほかの人たちよりも衝動を抑え込むことを難しいと感じている人もいます。どうかすると大きなストレスを感じながらも衝動に身を任せてしまうことがある人もいれば、周囲の反応を恐れるあまりにチックを抑え込もうとする人もいます。医師のまえでは汚い言葉を吐きたい衝動を必死になって抑え込もうとする人がいるところも、汚言症についての研究をさらに難しくしています。

トゥレット症候群を正確に記録して研究するうえで一番難しいところは、トゥレット症候群を単独で発症させる患者はめったにないという点です。驚くようなことではありませんが、トゥレット症候群に苦しむ若年層の大部分は抑鬱症もしくは不安障害にもかかっていると診断されています。トゥレット強迫神経症やＡＤＨＤを併発させている可能性もかなり高いです。[8]しかも強迫神経症の症状のなかには、トゥレット症候群の症状とかぶっているものがいくつかあるのです。アメリカ精神医学会が発行する『精神障害の診断と統計マニュアル第四版（ＤＳＭ－４）』に書かれている、強迫神経症の症状のひとつとされる強迫観念のなかに〝教会で猥褻な言葉を叫びたい衝動〟があります。

トゥレット症候群は遺伝的影響が強いこともわかっています。トゥレット症候群にかかりやすくなる遺伝的変異があり、そして血縁内にトゥレット症候群の患者がいる子供はその遺伝的変異を起こす確率が高いのです。遺伝子構造の解析は時間がかかるものなので、変異を起こす遺伝子はまだ特定されていませんが、ヒントはいくつかあります。ただ厄介なことに、トゥレット症候群の患者に広く見られる遺伝的形質のなかに、またしても強迫神経症の患者にもよく見られるものが複数存在するのです。このふたつの疾患がいろんなところで密接に絡みあっているのはそのせいなのかもしれません。[9]

トゥレット症候群は身体的に大きなダメージを与えることもあります。運動チックや衝動性の行動は、余計な注目を集めてしまうだけでは済まないのです。たとえば筋肉の痙攣は骨折や頸部損傷、脳震盪《のうしんとう》を招きますし、肌を突いたり引っぱったりして傷つける衝動に悩まされている患者も大勢います。[10] 運動チックが患者の体に害を及ぼすことは火を見るよりも明らかです。それでも汚言症やコプログラフィア、コプロプラキシアを発症させてしまった患者たちにとっては、運動チックで体を傷つけることなんか、周囲の顰蹙を買う行為をしたくなる衝動がもたらす苦しみに比べたらどうということはありません。

ちょっと恥ずかしい思いをするよりも、脳震盪や骨折のほうがましだと考える人がいるだなんて驚きです。それでも、汚い言葉や不適切な言葉をわめいたり周囲をぎょっとさせるジェスチャーをしたりすると、さまざまな問題を引き起こしかねないのです。たとえば、ほとんどのトゥレット症候群の症状が一番激しくなるのは小児期後期から思春期にかけてで、つまり友情を育んだり将来のってからも、ずっと問題を起こし続けます。

夢を見つける時期とぴったり重なるのです。この悲しい事実は、少年少女の患者たちは学校で仲間はずれにされたり、いじめや嫌がらせの対象になったりする可能性がきわめて高いことを示しています。[11] トゥレット症候群がもたらす社会的ストレスは、この疾患そのものが日々の重荷ではなくなってからも、ずっと問題を起こし続けます。

クリスティン・コネリア博士が子供の頃にトゥレット症候群のある九七〇名の成人を調査した結果、その大部分が現在でも社会からの疎外と心の障害に苦しんでいて、惨めな暮らしを送っていることがわかりました。子供時代から続くトゥレット症候群がもたらす社会面・教育面への悪影響は、このように痛ましいほど甚大なものなのです。さらにコネリア博士は、トゥレット症候群に苦しむ二七〇名の子供とその家族を調査しました。すると七五パーセントの家族が差別を経験し、一四パーセントが〝ここから出ていってくれ〟と言われたことがあると答えました。だからでしょう、四三パーセントの家族が子供のチックのせいでさまざまな行事への参加を避け、三八パーセントが人前に出ることも避けていると答えました。人々からの非難や侮辱だけでは足りないとでもいうのでしょうか、トゥレット症候群は教育にも深刻な影響を与えるのです。六五パーセントの子供がこの疾患のせいで学習能力が下がり、二一パーセントが疾患を理由に教室などの教育の場から出ていくように言われたことがあると答えました。

ノッティンガム大学のルース・ワッドマン博士は、トゥレット症候群のある青少年と、その同年代の健常者の比較研究を続けています。ここでも周囲からの孤立と恥辱に苦しむ傾向が強いことがわかりました。引きこもりになったりいじめの対象になったり、知人たちから感じの悪い人間だと決めつけられる可能性が高いのです。

こうした患者たちの苦悩と孤立は、世間のトゥレット症候群に対する認識不足によるところが大きいのです。わたしたちは治療法を探すだけでなく、この疾患に対する理解をさらに深めることにも力を注ぐべきなのだと思います。理解が深まるまでのあいだは、若い患者たちを心理療法で支援して、自分にもっと自信が持てるようにしてあげるといいでしょう。ワッドマン博士はトゥレット症候群のある六人のティーンエイジャーに聞き取り調査をしました。その六人はそれぞれ異なる対処法を取っていました。[12] 一部の子たちは、チックを自分のアイデンティティのひとつとして受け入れようとしていました。そうすることでほかの人たちを不快にさせるかもしれないことは自覚しているのですが、それでも衝動を抑えて周囲になじもうと努力することに〝知ったことじゃないよ！〟と言っているのです。これは人によってはいい解決策です。ある子は、トゥレット症候群と〝ものすごくうまく〟付き合っていると答えました。重い症状に加えて抑鬱症にも悩まされているのに、その子は自分を受け入れてくれるかどうか決めるのはどうせ相手なんだからと考えることにしたそうです。「要するに、その人がぼくのことを受け入れることができなくても、それはぼくの問題じゃないってことです。そう考えることにするって決めたんです」

それでも、周囲からの評価にそこまで楽観的になれない患者もいます。たとえば、中度のトゥレット症候群と強迫神経症のある若者はこう語ります。「初対面の人に会うたびに、ぼくはふざけているみたいにして相手をなんとか笑わせようとします。でもそれはチックをごまかそうとしているからなんです。だから結局みんな、出会ったときからいきなりぼくのことをおかしな奴だって思うんです」トゥレット症候群と診断される子供の割合は一〇〇〇人に六人です。母数を考えると、疎外されている孤独な若者は意外と多いのです。

トゥレット症候群に対する認識が社会全体で欠如しているので、ほとんどの人々はこの疾患のことをよく知りません。だから患者たちの言動は、大抵の人の目には奇妙きわまりないものに映ります。自分の意思とは関係なく口をついて出てくる汚い言葉や筋肉の不随意運動以外にも、患者たちをかなりまずい状況に追い込んでしまう衝動強迫があります。マデリン・フランク教授が率いるバーミンガム大学とロンドン大学ユニバーシティ・カレッジの合同チームは、トゥレット症候群の患者の四分の三はさまざまな衝動の抑制に問題を抱えていることを発見しました。その衝動は、怒りや敵意を抑えられずに繰り返し見せるであるとか衝動買いを抑えられなかったり、正常な毛を引き抜いてしまう抜毛症《ばつもうしょう》や窃盗癖や放火癖など、多岐にわたります。一般の人々のなかでそうした問題に苦しむ人は一〇パーセント以下で、入院するほどの精神疾患のある人たちのなかでも三分の一以下です。

こうした衝動強迫は危険であるばかりではなく悲惨でもあります。わたしたちのほぼ全員が、たまに湧き起こってくる自己破壊的な衝動を難なく抑え込むことができます。まあ〝自己破壊的〟と言っても、せいぜい上司に向かって〝自分でやりな、クソ野郎！〟と叫びたくなる程度でしょうが……たまに四苦八苦することもありますが、それでもわたしたちのほとんどはこうした衝動を覚えても、あっさりと組み伏せることができます。トゥレット症候群のある人々はそうはいきません。自分自身を手ひどく傷つけてしまう言動をしたいという衝動を押しとどめることを、わたしたちよりもずっと難しく感じるのです。しかもその原因はまだわかっていません。有害な衝動を抑制する能力が、何らかの理由で落ちているのかもしれません。患者たちがチックをなかなか抑えられないことも、これで説明がつくかもしれません。もしかしたらその逆に、チックを抑えようと四六時中頑張っているせいで、衝動を制御する脳内の部位が疲れ果てているのかもしれません。

この現象は〈自己の消耗〉と呼ばれていて、実はわたしたち全員が経験していることなのです。この現象を最初に解明したフロリダ州立大学のロイ・バウマイスター教授は、衝動を無理に抑え込ませたあとで、自分が望まない行為をそれなりにこなすことができるかどうか確認する実験をいろいろとおこないました。ある実験では、被験者に愉しい映画や悲しい映画を見せて、見終わったときの感情を抑えるように命じました。そのあとに体力テストをやらせたら、映画を見ても感情を抑え込まなくてもいいと言われた被験者よりもずっと早くギブアップしてしまいました。

バウマイスター博士はこんな独創的な実験もしています。自己抑制と、困難な状態の下で困難な作業を続けることができる力の関係を調べる実験です。まず教授は研究室にやって来た被験者たちに、おやつはチョコレートがいいか大根がいいか選ばせました。勧められるままに生の大根を選んだ被験者も何人かいました――世の中には面白い人がいるものです。わたしとしては、チョコレートではなく大根を選んだ人がいたということのほうを研究してみたいところです。〝おやつ〟を食べさせると、次に博士は被験者全員に数学の問題を解かせました。その問題は正解が出ないようになっていて、もどかしさを感じさせる内容にしてありました。そして博士は、被験者たちが問題を放り出すまでにかかる時間を測ってみました。チョコレートを食べた被験者は二〇分近く頑張りました。一方、それでなくても生の大根を食べて不満を覚えていた被験者たちは一〇分ももたずに降参してしまいました。大根よりチョコレートを食べた被験者のほうがハッピーな気分になり、そのせいで困難により長く耐えることができた、ということでしょうか？　それとも血糖値と我慢強さに相関関係があるからなのでしょうか？　どちらもあり得るとは思います。ところがです。チョコレートも大根も食べなかった被験者は、解けるはずのない問題と二〇分以上も格闘していたのです！

つまり、自分の好きなほうを選んでいいかどうか〝考えなければならない〟という状況でさえ、わたしたちの根気と克己心をそれなりに疲れさせてしまうのです。根気も克己心も、イライラするけどやらなければならないことをやり抜くためには絶対必要なものです。[13]だからわたしは、ダイエットをしようだなんて考えもしません。

衝動の制御との複雑なつながりが広く見られるので、長いあいだトゥレット症候群は実行機能障害ではないかと考えられていました。実行機能とは、作業の切り替えをしたり計画を立てたりなど、脳の作業記憶（情報を一時的に保ちながら操作するための領域）を使う機能です。マンチェスター大学のレベッカ・エリオット教授によれば、実行機能とは脳内のさまざまな基本的機能が協力して、より高度な課題を達成する複雑なプロセスをひとまとめにしたものなのだそうです。[14]

実行機能は、軽いものなら疲労、重いものでは前頭葉の損傷などで悪化することがあります。この実行機能と衝動の抑制、そしてトゥレット症候群の結びつきを解明するために、バーミンガムにあるバーバリー国立精神保健センターのクレア・エディ教授たちは四〇人のトゥレット症候群の患者と二〇人の非患者を対象にして実行機能のテストをおこないました。ここで重要なのは、トゥレット症候群の被験者たちにはこの疾患しかなくて、強迫神経症にもＡＤＨＤにも、さらには精神面でも神経面でも問題のない人だけを選んだことです。そうすることでトゥレット症候群の影響のみを調べることができました。

実行機能のなかには発話流暢性、つまり言葉を適切に、素早く、数多く処理して発する能力があります。この発話流暢性を調べるために、エディ教授は被験者たちにＦとＳとＡから始まる言葉を一分間のうちにできるだけ多く言ってもらいました。汚言症に苦しむ英語圏の人たちにとっては〈fuck〉〈shit〉〈asshole《アスホール》（クソ野郎）〉を連想させる、かなり挑発的な頭文字です。次に教授は三桁《けた》から八桁の数字を聞かせて、その各桁を小さい順に並べて言ってもらいました。たとえば〈７６８４３〉だったら〈３４６７８〉になるということです。そして最後に〈ストループテスト〉という衝動の抑制を調べるテストをおこないました。

ストループテストは簡単な心理学実験です。被験者は色の名前が記されたカードを見せられます。しかし記されている文字のインクの色とカードに記された色の名前がちがうのです。たとえば青い文字で〝赤〟、黄色い文字で〝黒〟、オレンジ色の文字で〝緑〟と書かれています。被験者は文字の色ではなくカードに記された色の名前を答えていきます。これが意外と難しいのです。そしてそれぞれの被験者にとってのこの作業の難度は数値化することができます。まず文字の色と記された色の名前が一致している（つまり青い文字で〝青〟と書いてある）カードを一〇〇枚見せて、記された色の名前を答えてもらいます。これを〈一致課題〉と言います。次に文字の色と記された色の名前が一致していないカードを一〇〇枚見せて、同じように記された色の名前を〝正しく〟答えてもらいます。これは〈不一致課題〉と言います。そして両方の課題をクリアするのにかかった時間を比較するのです。健常者の一致課題の平均クリアタイムは六〇秒、不一致課題の場合は平均で一一〇秒です。[15]

ストループテストは、〝言うのは難しいけど正しい〟答えを言うために〝言うのは簡単だけどまちがった〟答えを言わないようにすることがどれほど難しいことなのか示してくれます。一致課題と不一致課題のクリアタイムの差が大きければ大きいほど、脳が衝動を抑えることが難しい、ということになります。

エディ教授たちのテストの結果を見てみましょう。FとSとAから始まる言葉を一分間のうちにできるだけ多く言う発話流暢性のテストでは、トゥレット症候群の患者グループは平均四〇語で、非患者グループは平均五〇語でした。数字の並べ替えでも差は出ました。患者グループは六桁の数字まで並べ替えることができましたが、非患者グループは七桁でした。ストループテストでは、患者グループのまちがえた回数は非患者グループの一・五倍で、クリアタイムの差も大きくなりました。

実行機能を調べる三つのテスト全部で、トゥレット症候群のみを発症させている患者グループは非患者グループよりもかなり低い成績でした。このことから三つの推論が導き出せます――一．トゥレット症候群が実行機能障害を引き起こす。二．実行機能障害がトゥレット症候群の各症状を引き起こす。三．実行機能障害とトゥレット症候群は個別の疾患で、トゥレット症候群と強迫神経症のように同時に発症することが多い。つまりトゥレット症候群が先か実行機能の障害が先か、それともふたつはまったくの別物なのか、ということです。どの推論が当を得たものかどうかは、今のところはまだわかりませんとエディ教授は言います。つまり、トゥレット症候群に苦しむ人たちは衝動の抑制に悪戦苦闘していることはまちがいないのに、結局その原因はわからずじまいということです。しかし多くの患者たちは、そうした衝動への反応を遅らせたり、衝動を紛らわせたりすることができるのです。

!

トゥレット症候群の汚言症を発症させている人のなかでも、人前で汚い言葉を吐きたくなる衝動を抑えたほうが楽だと感じる人もいます。衝動を抑えると不安な気持ちは募りますが、それよりも汚い言葉を発したことに対する罰のほうが怖いのです。よりリラックスしていられる、家族や友人たちと一緒にいるときは衝動を抑えやすいと感じている人もいます。ストレス度が高い状況ほどチックの症状は重くなるところを見ると、トゥレット症候群の患者が苦しめられている衝動の重症度を上げてしまう要因はストレスなのかもしれません。それでも人によっては、周囲の白い目に対する極度の恐れから、どれほどストレスを感じようとも汚い言葉を発する衝動やチックを抑え込もうとします。このもつれを解くべく、コネリア博士は患者が置かれた状況によって生じるストレスと

周囲からのプレッシャーを区別する実験をおこないました。博士は患者に制限時間を設けた暗算の問題を解いてもらって、基本水準になるストレスを生じさせました。暗算を解いているあいだは、好きなだけ汚い言葉を吐いていいし、チックも抑えなくていいことになっていました。すると、チックの発生率は何もしないでいるときに比べて若干低くなりました。暗算にはそれなりの集中力が必要だからなのかもしれません。博士は再度暗算の問題を解いてもらいましたが、今度はチックを抑える努力をしながら解くように指示しました。その結果、一分間に生じるチックの回数は倍になりました。チックの衝動を抑え込むとストレスを感じます。そのストレスのせいで、被験者はチックにより苦しめられることになったのです。

　こうした行動面の研究は、トゥレット症候群のある人々に影響を及ぼす環境面と心理面の要因について多くのことを教えてくれます。しかし脳のなかで何が起こっているのかはまだわかっていません。わたしたちの言動は化学物質と電気的信号の複雑な相互作用によって生み出されますが、どうしてそんなにうまい具合に組み合わさっているのかについては、現時点ではぼんやりわかっているというレベルです。それでもＣＴやＭＲＩなどの脳画像検査技術は進化し続けていますし、トゥレット症候群の患者が抱える複雑な問題に対する認識も進んでいます。前進は続いてはいるのですが、それでもチックを生じさせる完全なモデルはいまだに描けていません。

　トゥレット症候群でチックが発症するのは、脳内で重要な役割を果たす化学物質が関係しているのではないでしょうか。トゥレット症候群に対する治療効果が一番高い薬剤は、ドーパミンを信号として使う脳内の部位に働きかけるものです。ドーパミンは、神経細胞《ニューロン》が別のニューロンを刺激するときに放出される神経伝達物質で、脳内と体内でさまざまな働きをします。腎臓に尿を排泄するように指示したり、膵臓にインスリンをつくりすぎないように指示したりするときにもドーパミンが使われます。

ドーパミンは脳内で変幻自在の働きぶりを見せます。脳にはニューロンが千数百億個ありますが、ドーパミンを受け取ることができるニューロンは二万個程度しかありません。その二万個のニューロンは、わたしたちの行動に大きな影響を与えています。脳の特定の部位で、ドーパミンが〝ご褒美〟としてやり取りされるからです。困難なことをやり遂げて成果を上げたときにハイな気分になるのは、あるニューロンから放出されたドーパミンを別のニューロンが受け取ることが理由のひとつだと考えられています。ドーパミンが過剰に放出されると精神的におかしくなることがあります。逆に少な過ぎると、ご褒美としてもらえるはずの、ハイな気分にしてくれるドーパミンが少なくなるので、難しいことにチャレンジしようとするモチベーションが下がってしまいます。コカインをきめるとドーパミンが〝無料《ただ》で〟手に入ります。逆に抗精神病薬を服用すると、ドーパミンが放出されても全然ご褒美をもらったような気分になれません。

この脳内の〝褒賞制度〟が、何らかのかたちでトゥレット症候群に関わっているのかもしれません。そのヒントを最初に与えてくれたのは、パリ第六大学のステファノ・パルミンテリ教授でした。トゥレット症候群に対する抗精神病薬の効果を研究していたパルミンテリ教授のチームは、二〇一一年に巧みな実験で脳内の褒賞制度を調べました。[16] その実験とは、コンピューターのモニターに表示された文字列をキーボードでどれだけ素早く打てるのかを調べるというものでした。被験者たちは片方の手の五本の指をそれぞれキーボードのC・F・T・H・Nに置くように指示されます。試してみるとわかると思いますが、この逆V字形の配置だと指は少々動かしづらくなります。そしてモニターに表示されるC・F・T・H・Nの五つのアルファベットからなる文字列をキーで押していきます。

文字列は一〇通りあり、それぞれの文字列はテスト中に一五回表示されます。そして一〇の文字列のうち五番目と一〇番目を正しくキーを押せたら一〇ユーロが被験者に与えられ、それ以外の文字列は正しく押せても一セント（一〇〇分の一ユーロ）しか与えられません。

教授が集めた被験者はトゥレット症候群の患者と非患者たちで、患者たちのほうはふたつのグループに分け、一方には抗精神病薬を投与して、もう一方には投与しないで実験を受けてもらいました。

〈CFTNH〉を素早く正しく押せたら一〇ユーロもらえて、一方〈FTHCN〉だと一セントしかもらえない場合を想像してみましょう。テストが終わって結果を見たら、意識していようがいまいが〈CFTNH〉のほうが〈FTHCN〉よりも素早く正しく押せているはずだと思われるでしょう。たしかにそのとおりです。得られる報酬が高いと神経伝達物質であるドーパミンが効いてきて、記憶に対して脳内で形成される、神経組織の物理的・化学的な変化（これは〝記憶痕跡〟と呼ばれるものです）が活発になるからです。非患者たちの成績を見てみると、一〇ユーロもらえる文字列のほうが一セントの文字列より正確に押せて、キーボードを押す時間も四分の一秒短くなりました。

一方、患者たちのうち抗精神病薬を投与された被験者たちの場合、〝高報酬〟の文字列と〝低報酬〟の文字列の成績の差はほとんど見られませんでした。押すまでにかかる時間については、一五回押すうちにどちらも向上しました（向上したと言っても、どちらも二〇分の一秒速くするのがやっとでしたが）。しかし正確に押すことについては、そんなに努力しなくても高報酬の文字列のほうがいい成績を残しました。しかし抗精神病薬を投与されなかった患者の場合、高報酬の文字列と低報酬の文字列のあいだに極端な成績の差が見られました。一〇ユーロの報酬につられた非患者たちがキーを押す時間を四分の一秒縮めたのに対し、抗精神病薬を投与されなかった患者たちは丸々一秒も縮めてみせたのです。

抗精神病薬を投与されなかった患者グループの好成績の源《みなもと》は何なのか、正確なことはわかっていませんが、彼らの脳内ではドーパミンが大量に放出されたと見てもいいでしょう。それはつまり、ほかのふたつのグループよりもかなり大きな〝ご褒美〟をもらったということです。これでチックの症状が徐々に拡大して、しかも強くなっていく理由が説明できるかもしれません。つまり、チックを生じさせると衝動が満たされ、大量のドーパミンが放出される。ご褒美のドーパミンをたんまりともらってしまうと、患者たちの脳は放出が終わってもチックをするようにどんどん信号を送り続ける。そして衝動に駆られるがままにチックを生じさせて大量のドーパミンが放出されてしまった結果、衝動を抑えてドーパミンの放出が止まると今度は苦痛を感じてしまう。そういうことなのではないでしょうか。まるでクスリが切れて禁断症状に陥ってしまった薬物中毒者みたいです。

トゥレット症候群のない人たちにとって、ドーパミンの放出という脳内のご褒美には、困難だけどそれなりの利益が見込めることにチャレンジする気を起こしてくれる力があります。しかしそのご褒美の力は、衝動を抑え切れなくなるほど強いものではありません。トゥレット症候群に苦しんでいる人たちが抑えようにも抑え切れないチックを生じさせてしまうのは、キーボードを押すという単純作業で圧倒的な成績を出す力を与えてくれる、過剰に放出されるドーパミンのせいなのかもしれません。しかし本当のところは、わたしたちの脳のことをもっと深く理解しなければわかりません。その一方で、トゥレット症候群の患者たちの脳は普通の脳とどうちがうのか、抗精神病薬がどんな作用をするのかはよくわかってきています。

抗精神病薬がトゥレット症候群の症状緩和に効果があることは一九五〇年代からわかっていました。だったら患者たち全員に投薬療法をすればいいと思われるかもしれませんが、そういうわけにはいかないのです。一九五〇年代から六〇年代にかけて抗精神病薬の投薬療法がおこなわれた結果、トゥレット症候群は心の病《やまい》ではなくむしろ体の病だということが初めてわかったのですから。[17]

トゥレット症候群は精神性疾患だという誤った認識は、興味深いながらも理不尽な〝呪い〟を生み、長年にわたって患者たちを苦しめ続けました。一九五七年、〈ブリティッシュ・メディカル・ジャーナル〉誌はロンドンのモーズレイ精神科病院のリチャード・マイケル博士による、今から見れば〝尋常ならざる療法〟について報じました。マイケル博士は二〇代後半のトゥレット症候群の男性患者に対して、当時最先端の精神分析を試みました。患者の家庭生活（気丈な母親と気弱で優しい父親）とセクシュアリティ（軍隊に在籍していた頃は積極的な同性愛者でした）を調べた博士は、発症の原因は、除隊後の市民生活でみずからのセクシュアリティを隠さなければならなかったことと結論づけました。

それからマイケル博士が実施した治療法は〈炭酸ガス療法〉と呼ばれるもので、患者は炭酸ガスの濃度が七〇パーセントの空気を吸わされるという憂き目に遭いました。わたしたちが普段吸っている空気中の炭酸ガス濃度は〇・〇四パーセント程度です。博士の観察によれば、炭酸ガス療法を受けているときの患者は〝男性器だらけの夢〟を見ながら〝ものすごい勢いで何かをしゃぶるような動作〟をしていたといいます。三〇回にわたって炭酸ガスを吸わされた患者は〝すっかり治りました、本当にありがとうございました！〟と言ったそうです。患者がそんなことを言ったのは炭酸ガス療法が本当に効いたからなのか、それともただたんにこれ以上炭酸ガスを吸いたくなかったからなのかは、いまだにわからずじまいです[18]。

マイケル博士の治療法は啞然とするもので、非人道的行為の一歩手前と言えるものだということは、その後の半世紀以上にわたる投薬療法と何百もの研究例を見ればわかることです。とは言え、抗精神病薬は効果はありますが、場合によってはマイケル博士の治療法と同じぐらい許しがたいこともあるのです。

たしかに抗精神病薬はトゥレット症候群のある人たちのチックの緩和に役立ちますが、全員に効くというわけではありません。それに副作用に悲鳴をあげている患者も多いのです。副作用は頭痛、めまい、無感情、抑鬱症状、体重増加などがあり、パーキンソン病に似た症状を見せることもあります。抗精神病薬を服用して副作用にも耐えてチックも消えたからと言って、それでトゥレット症候群を完全に克服したことになりません。服用をやめるとチックは再発するのです。

〝代替医療〟に救いを求めている人々がいまだに多いのもうなずける話です。そうした医療で改善が見込める可能性はかなり低いのですが、少なくとも震えと痛みは生じませんし、惨めな思いをすることもありません。1章でご登場願った、現在はニューヨーク大学に在籍しているダイアナ・ヴァン・ランカー教授によれば、音声チックと運動チックの両方の緩和に、筋肉の緊張緩和に効果のあるボトックスが有効かもしれないとのことです[19]。ボトックスは、多くの患者たちが苦しめられている前駆的な衝動の力を弱めてくれて、一回の注射で三カ月から六カ月間効果が見込めると言われています。ボトックスは声帯の筋肉の緊張をほぐし、その結果、汚い言葉を発する衝動も少なくしてくれるとヴァン・ランカー教授は述べています。しかし炭酸ガス療法よりもずっと効果のある、本当に見込みのある治療法だと断言できるほど研究は進んでいません。

トゥレット症候群の症状緩和に取り組んでいる医師たちのなかには、意外なことに歯科医師たちも少なからずいます。ボトックスと同じような理屈で、歯のインプラントもトゥレット症候群の症状緩和に有効だと考え、インプラント手術による治療法を勧めているのです。その根拠は、トゥレット症候群のチックの原因として顎の筋肉の緊張が挙げられるからです。臨床試験はまだ実施されていませんが、慈善団体〈トゥレッツ・アクション〉のアンドリュー・クレムソン博士らは会員の患者たちと連絡を取り、インプラント手術を受けたあとに症状が和らいだかどうか尋ねてみました。結局インプラント手術を受けたことのある患者は九人しかいませんでした。そのうちの三人がいくらか和らいだと答え、二人が手術を受けても変わらなかったと答え、それ以外の四人は別の症状が出てきていると答えました。手術費用については三六〇〇ポンド（約五三万円）から一万ポンド（約一四七万円）もかかったということなので、クレムリン博士は費用面から見ても今のところはインプラント手術を控えたほうがいいと勧告し、さらにこう言っています。「インプラント手術による症状緩和にはちゃんとした論理的根拠はありません。わたしたちがちょっと調べただけでわかったように、この治療法は〝効くこともある〟というレベルを超えるものではないのです」しかし〈アメリカ・トゥレット協会〉がインプラント手術の効果を詳細に調べる臨床試験を近々実施する予定とのことなので要注目です。[20]

一万ポンドの顎へのインプラント手術だけでなく、三万ポンド（約四四〇万円）の脳への埋め込み《インプラント》手術というものもあります。脳深部刺激療法（ＤＢＳ）は比較的新しい医療技術で、その名のとおり脳の奥底にある部位に電極を埋め込みます。二〇〇〇年代初頭からパーキンソン病・強迫神経症・抑鬱症などの治療に使われてきましたが、最近はトゥレット症候群にも使われるようになりました。

費用が結構高額なうえにかなり複雑な手術なので、ＤＢＳを受けた患者は今のところ少数です。しかし視床という部位に電気刺激を与えると、ほとんどの患者に効果が見られました。視床とは、ほぼすべての動物の脳のかなり深いところにある部位で、知覚意識や運動、睡眠などを調整します。視床の両側を断続的に刺激すると、チックの発症程度が七〇パーセントも低くなるようですが、この療法にも欠点がないわけではありません。脳卒中や感染症を発症させる危険性があるのです。体のあちこちに奇妙な感覚を覚えたり、倦怠感や視力の問題が生じることもあります。[21]オランダでおこなわれたDBSの臨床試験では、患者全員が消耗性の副作用を見せたので中止を余儀なくされました。[22] 別の研究では、女性患者が症状を悪化させたうえに何も食べることができなくなって死に至りました。その患者は二〇歳のときにDBSの電極埋め込み手術を受けましたが、スウィッチが入れられ電気刺激が始まった途端にチックを起こす回数が増え、かなり深い不安感と、自分の体を突いたり引っ掻いたりしたくなる衝動に襲われるようになりました。彼女は電気刺激を切るように頼みましたが、スウィッチを切っても症状はおさまりませんでした。そのうえ、食べ物や飲み物が咽喉を通らなくなりました。その挙句に鬱状態になって内にこもるようになり、養護施設に入りました。そして最終的には点滴も拒むようになり、脱水症を重症化させて二三歳の若さで亡くなりました。[23]

こうした実験的な治療法は重大な問題を引き起こします。トゥレット症候群だと診断される患者の大部分は児童とティーンエイジャーで、その多くが自傷的な行為の衝動に悩まされています。そんな患者たちに、深刻な別症状を併発させかねない実験まがいの治療を施すことは、果たして倫理にかなっていると言えるでしょうか？　ニュージャージー州にあるアトランティック神経科学研究所の運動障害プログラムのロジャー・クラン医長は、患者の治療法の選択には最大限の注意を払い、併発症を起こす可能性を常に意識して、その重度も想定しておかなければならないと警告しています。[24]

つまり今のところは、トゥレット症候群に対して特に有効な治療法はないということです。投薬療法には体を衰弱させてしまうという副作用がありますし、ボトックスと歯のインプラントは検証が必要ですし、最新技術のＤＢＳはまだまだ不安定であてになりません。マサチューセッツ総合病院とハーバード大学医学大学院のサビーン・ウィルヘルム博士は、今こそ行動療法を再考すべきだと考えています。二〇世紀前半には実効性に乏しい心理療法がとんでもない失敗に終わりました。そのことを考えれば、心理療法のひとつである行動療法がトゥレット症候群の治療法の真っ当な選択肢として再浮上するまで五〇年もかかったのも当然と言えば当然です。しかし二〇〇〇年代に入ると、脳が行動をかたちづくるのと同様に、逆に行動が脳をかたちづくるということがだんだんとわかってきました。その結果、投薬療法の対案として行動療法にふたたび光が当てられるようになり、研究もいくつか進められています。

トゥレット症候群に対する行動療法の研究が始まるまで、医学界の常識ではチックを抑えることはできないとされていました。ひとつのチックを抑え込もうとしても、今度は別のチックが湧き起こってきて取って代わってしまう。行動療法は症状を悪化させるだけだ。研究者たちはそう考えていました。ところがです。〈チックに対する認知行動介入療法（ＣＢＩＴ）〉という新手法がめざましい成果を見せるようになったのです。

行動療法に頼ってしまうとチックは悪化するのではないか。行動療法は体力と気力を必要とする治療法なので、患者たちは余計な重荷を背負うことになるのではないか。結果としてトゥレット症候群が神経障害ではなく精神障害だと見なされていた〝暗黒時代〟に逆戻りするのではないか。そんな不安を、研究者たちも専門医たちもみな一様に感じていました。しかしウィルヘルム博士は、CBITが大きな成果を上げているのだから、行動療法に対する抵抗感はもうそろそろ捨て去るべきではと主張しています。

行動療法に対するそうした不安はどれも見当ちがいだとウィルヘルム博士は言います。[25] 事実、生活の質が今後ずっと向上するのであればと、一〇週間にわたる治療プログラムを積極的に受けようとしている患者は大勢いるのです。信頼できる治療手段が抗精神病薬しかないとなればなおさらです。さらに言えば、充分な強化要素と支援があれば、行動で神経構造を変えることができるのです。つまり行動療法は、患者の衝動とチックの感じ方を心理的なレベルだけでなく生理的なレベルで大きく変えることができるのかもしれないのです。この章で紹介した、ノッティンガム大学のワッドマン博士が研究していたティーンエイジャーの患者に対する治療は、チックを受け入れて折り合いをつけることに主眼を置いていました。一方ウィルヘルム博士は、CBITは患者ではなくチックと衝動そのものを変えてしまうものだと強く信じています。

トゥレット症候群は精神障害などではなく、遺伝と脳の構造を原因とする身体的な障害であることはまちがいありません。テキサス大学心理学部のアラン・ピーターソン博士によれば、トゥレット症候群に対する行動療法とは、遺伝子の作用と脳の構造と身体現象を、患者が置かれている環境と状況を結びつけるもの、というのが現時点での認識なのだそうです。ＣＢＩＴのような行動療法は、衝動はどんな環境でどんな反応を引き起こすのかを理解して、ストレスをより低く感じる言動のレパートリーを身につける手助けをしてくれるものです。[26]「行動療法はチックを治すことが目的ではありません。患者たちがよりよい生活を送ることができるようにする管理術なのです」ピーターソン博士はそう語ります。

ＣＢＩＴでは、どんな状況に置かれるとチックとその衝動が重症化するのか割り出し、前兆となる衝動を早い段階で察知できるようにします。患者たちは、自分のさまざまなチックを一番苦しいものからそれほど苦しくないものまでランク分けして、そのランクに応じて対処するように指導を受けます。それぞれのチックに対して、チックが起こらないようにすると同時に、人間関係を損なったり自分の体を傷つけたりしないような行動をあらためて身につける努力をします。たとえば、汚い言葉を発したい衝動に対しては、ゆっくりと規則正しい深呼吸をすると効くことがあります。このように習慣を変えるトレーニングを積むと、衝動とチックのあいだの結びつきを驚くほどの短期間で――二、三週間から場合によっては数日で――なくしてしまうことができるのです。

ＣＢＩＴにはリラックス講習もあります。そして両親や教師といった、患者の生活で重要な役割を果たす人たちにも参加してもらって、患者の習慣を変えるトレーニングをサポートできるようになってもらいます。両親には、子供がチックを起こしたい衝動をうまく紛らわせることができたら、ちゃんとそれに気づいて褒めるように指導されます。そして衝動を悪化させてしまうことがわかっている状況を避けるように支えてあげることも求められます。

ＣＢＩＴはかなりの効果が見込める有望な治療法です。九歳から一七歳までの一二六人の患者を対象にした研究では、一〇週間・八セッションにわたるＣＢＩＴに参加した患者は、チックの臨床査定評価度として使われる〈イェール全般的チック重症度尺度《YGTSS》〉で測ったチックの重症度が三分の一近く下がりました。これは同じ期間だけカウンセリングのみを受けた患者と比べると二倍の数字です。[27]そのうえ、ＣＢＩＴで症状の改善が見られた少年少女たちの三分の二は、参加してから六カ月経ってもこの療法の効果を感じていました。そしてＣＢＩＴを受けた一二二人の成人患者も、子供たちと同じように症状の改善が見られました。[28]

　ＣＢＩＴを受けるとチックの重症度は三〇パーセント程度まで下がりますが、投薬療法の場合は大部分の患者で六〇パーセントから八〇パーセント下がります。この点だけ見るとＣＢＩＴは投薬療法ほどの効果はないように思えますが、抗精神病薬には副作用があります。多くの患者は、トゥレット症候群で背負わされている心理面と人づきあいの面の重荷と、投薬による衰弱のあいだで身動きが取れなくなってしまいます。一方、ＣＢＩＴのような行動療法は、少なくともある程度の症状緩和がリスクを伴うことなく見込まれるという妥協点を示してくれます。

　トゥレット症候群の研究はいろいろと進められていますが、今のところはチックの発生頻度を少なくする治療法に焦点を当てたものばかりです。ですがトゥレット症候群が患者の周囲と感情に与え続ける影響を改善する方法はほかにもあります。患者が周囲からいじめられたり疎外されたり、鬱々とした気分になったり不安感に襲われたりするのは、この疾病に対する理解が社会全体で欠けているからです。だったら、患者の日々の暮らしをもっと過ごしやすいものにする、至極簡単な方法がひとつあります――わたしたちがこの病気のことをもう少しだけ学べばいいのです。

わたしたちはときたま口達者になって、弁舌さわやかにべらべらとしゃべり続けることがあります。ですが汚言症に苦しむトゥレット症候群の患者にとって、汚い言葉を吐きたくなる衝動はそんなにいいものではありません。患者たちは衝動との戦いを日々余儀なくされ、そして衝動が勝ってしまうと、患者以外の人たちが決して味わうことのないほどのドーパミンの大量放出が起こります。そしてご褒美のドーパミンをたくさん受け取ったのに、患者自身にとってとてつもなく不適切で有害なチックが起こってしまうのです。そんな羽目に追い込まれてしまう理由はまだわかっていません。わたしにとって、汚い言葉は痛い思いをしたときに思わず吐けば、感じる痛みを小さくしてくれます。ジョークのネタとしてわざと使うこともあります。ですがトゥレット症候群の患者たちにとっては、自分の意思に反して口から出てしまう汚い言葉は、自分たちの生活をとてつもなく困難なものにしてしまう代物なのです。

投薬療法も行動療法も衝動を和らげることができます。しかしそのためには、重い副作用を覚悟するか、必死になって頑張って、チックをいくらか封じるテクニックを身につけるかしなければなりません。周囲の人たちを快適な気分にするためだけに、患者はますます募る不安感と不快感を我慢しなければならない。そんな病気が、トゥレット症候群以外にあると思いますか？

トゥレット症候群に苦しむ人たちに、わたしたちはそんな苦行を強いているのです。児童とティーンエイジャーの発症率は成人の一二倍だということを思い出してください。つまりわたしたちは、発症させてしまった子供たちとその親たちにとんでもない選択を迫っているのです――困難と、ときに危険を伴うやり方でチックを抑えるか、さもなくばいじめや嫌がらせ、仲間はずれを覚悟するか。

ここまで説明すればおわかりかと思いますが、もしみなさんにトゥレット症候群があるとしたら、汚い言葉や罵倒語を吐いたら気分はすごくすっきりするかもしれませんが、実際にはみなさんにとっては全然よくないことなのです。だから本当は、この章は書くべきではなかったのかもしれません。トゥレット症候群を、汚い言葉や罵倒語にまつわるひどいジョークのオチにしてはなりません。原因がわからず、社会の理解もまったく進んでいないので患者たちは惨めな思いをし、そのせいで深刻な結果をもたらす疾病なのです。マンチェスター大学のヘザー・スミス博士は、トゥレット症候群に苦しんでいた若者たちから闘病時の話を聞きました。[29] ひとりのティーンエイジャーはこう言ったそうです。「あのころのぼくは人間じゃありませんでした。いろんなものを殴ってはわめき散らしている、ただの機械にしか過ぎませんでした」自分しか信じることができなくなってしまうと、どんな子供でも恐怖と孤独に苛まれます。

もしわたしたち全員がトゥレット症候群のことをもっとよく学んだら、どうなるでしょうか？ たしかに患者たちのチックはわたしたちを嫌な気分にさせます。でもそれ以上に患者たち自身も嫌な思いをしていて、苦しんでいることをわたしたちが知ったら、どうなるでしょうか？ もちろんそんなことをしたぐらいで患者が打ちのめされている衝動が消え去ることはありません。それでも少なくとも、打ちひしがれて内にこもる生活を送る若い患者の数を減らすことはできるのではないでしょうか。行動を起こすべき時期はもう来ているのです。

4章 仕事の場での罵倒語

アメリカの低所得者向け高金利住宅ローン《サブプライムローン》危機に端を発した二〇〇八年の世界的金融危機（いわゆるリーマン・ショックです）で一番広く世界中に拡散された暴露報道は、ウォール街の違法行為や業務怠慢とはまったく関係ない内容でした。それは金融大手〈ゴールドマン・サックス〉のさる経営幹部が、サブプライムローンを〝クズみたいな金融商品〟と表現したメールを送ったことをすっぱ抜いたものでした。新聞各紙はかなりの紙面を割いて息せき切ってがなり立て、テレビの報道番組もかなりの熱の入れようでした。この件が明るみになったときに〈ゴールドマン・サックス〉が取った行動は、そのクズみたいな金融商品を長年にわたって売り続けてきたことへの謝罪ではありませんでした。メールのフィルタリング機能を全社的に強化して、〝汚い言葉の使用を禁止する〟方針を発表したのです。どう？　これで気が済んだでしょ？　とでも言わんばかりに……

仕事の場で汚い言葉や罵倒語を使うことについては意見が分かれます。イギリスのセレブシェフのゴードン・ラムゼイは、テレビでは毒舌や罵倒語を吐くキャラを演じていました。タブロイド紙〈デイリー・メール〉のポール・デイカー編集長はあるひとつの汚い言葉をしょっちゅう使うので、編集長によるブリーフィングは編集部内で〝女性器の独白《ヴァギナ・モノローグス》〟と呼ばれています。その一方で、アメリカの企業や組織はキリスト教に基づいた厳格な道徳観に支配されています。多くのアメリカ企業は、不良品よりも汚い言葉のほうが顧客や消費者からのクレームを招くものとして恐れ、そうした言葉の使用を禁じています。しかしほかの国々、とくにオーストラリアとニュージーランドでの研究では、汚い言葉や罵倒語を言い合う職場は離職率が低いという結果が――少なくとも何件かは――出ているのです。

〝からかい〟の学術的研究

職場で使われるからかいの言葉や冗談には、ほぼ例外なく汚い言葉や罵倒語が交じっています。新入りにはかなり棘《とげ》のある言葉に聞こえることでしょう。しかしそうした言葉は仲間意識を育み、そして高い仲間意識は生産性の高い労働力を生み出します。オークランド大学経済・経営学部のバーバラ・プレスター博士は、二〇〇七年の論文『*Taking the Piss: Functions of Banter in the IT Industry*（IT産業界におけるからかいの言葉の効用）』でこう述べています。「からかいの言葉や冗談は、陽気なときにふと口を衝いて出てくるものだ。そして人間がその創造的能力を最大限発揮するのは陽気になっているときである」[1]

プレスター博士は、大学で教鞭をとる以前はIT業界で働いていました――かく言うわたしもですが。「夫はまだあの業界にいるので、あそこで働いている人たちとのコネならいくらでもあります。それにわたしには兄弟がふたりいるんですが、ふたりともやっぱりＩＴ業界人です。つまりうちの家族はＩＴオタクだらけなんです」そんな博士にとって――わたしにとってもですが――研究の過程で目の当たりにしたからかいの言葉やおどけて使う罵倒語は別に驚くようなものではありませんでした。むしろ博士が驚かされたのは、誰かに〝fuck off《ファック・オフ》（このバカ）〟と言うときのニュアンスです。

プレスター博士は、ニュージーランドにある三つの小規模なＩＴ企業の男女社員に聞き取り調査をして、その日常を観察しました。彼らのほぼ全員が、仕事中に誰かをからかったり誰かにからかわれたりしていると答えました。実際、からかいはプライドに関わることで、男性も女性もほとんどの社員は職場の〝からかいの輪〟に入っていて、からかったりからかわれたりしているとはっきりと答えました。

三カ月にわたる観察調査で、プレスター博士は多くのことを発見しました。まず第一に、〝からかい〟は汚い言葉や罵倒語の有無にかかわらず、職場内の団結と士気向上にきわめて重要だということが明確になりました。一番よく使われるからかいの言葉は、あらゆる面で職場内の距離を縮めてくれるものでした。調査した三企業の社員たちがからかうのは、ごく親しい仲間内のメンバーだけです。〝からかいの輪〟に入ることができたということは、ようやく仕事仲間として認められたということを意味します。新人が入ってくると必ずからかわれます。最初は軽めのジャブ程度のものから始まり、その新人がからかいの言葉を笑って受け流すことができるかどうかを見きわめつつ、徐々にハードなものにしていきます。

もっとも、すべてがこの流れで進むわけではないそうです。論文のなかでプレスター博士は、(少なくとも新人にとっては)ぎょっとするような例外をひとつ挙げています。職場のひょうきん者を自任する男性社員が、男性新入社員を昼休みにおこなわれる〝フルチン馬跳びゲーム〟に誘って恐怖に陥れたのです。

「よく覚えていますよ」博士はわたしにそう言うと笑い転げました。「だって〝フルチン馬跳びゲーム〟なのよ!」その新入社員は本当に〝恐怖に陥った〟のでしょうか? もちろんです。それからすぐに会社を辞めてしまったのですから。「実にフロイト的な出来事です。フロイトはこう言っています——我々は、我々自身を守るためにいろんなことを冗談にしてしまう。そうやって口にしてはならない言葉を言えるようにしているのだ。わたしの好きな言葉です」

職場内の団結を示す——もしくは示すと言っていい——からかいの言葉やおどけて使う罵倒語というかたちであれば、人種やセックス・ジェンダーなどにまつわる、普通なら口にできないような差別表現であっても使うことができます。〈アルファ・テック〉社の例を見てみましょう。同社は社員数一五名のニュージーランド企業ですが、国際的なＩＴ企業グループの一員です。プレスター博士は〈アルファ・テック〉社の月曜の朝の定例テレビ会議に出席していました。

「普段どおりの冗談の言い合いの場でしたし、その頃はもうわたしも仲間のひとりになっていました。みんなそれぞれのテーブルに座ってのんびりしてました。ほら、ＩＴ機器って起動するまでちょっと時間がかかるでしょ……」

そのとき、女性社員のカーラがリモコンをひったくりました。テレビ会議用の機器をいつも男性社員ばかりが扱っていることが不満だったのです。すると同僚のアルフが彼女のことを〝リモコンばばあ〟呼ばわりしました。そう言われてもカーラは腹を立てませんでした。それどころか、男の手からリモコンをもぎ取った女として認めてもらった証しだと考えて大喜びしました。男性優位の業界で働く女性にとって、こうした悪意のないからかいの言葉は仲間として受け入れられ、ようやく男性たちと肩を並べることができたことを示すものなのです。

調査中は〈アルファ・テック〉社の一員とみなされていたプレスター博士にも同じようなことが起こったのでしょうか？　博士も罵倒語を研究する科学者として、やられたらやりかえしていたのでしょうか？　そんなには、と博士は答えていますが……しかし博士の立場では、微妙なバランスを維持しなければならなかったのです。

それがどれほど難しいことだったのかを、博士はこう語っています。

「からかいの輪には加わらずに傍観するという、あくまで客観的な立場を取る研究者に徹してしまったら、場が白けてしまいます。そうしないためにはみんなと打ち解けて、それとなく輪のなかに入らなければなりません。でもこちら側からからかってはいけません……それでも、しかるべきシチュエーションではそうした言葉をいくらかは口にしなければなりません。誰かにからかわれたら〈Fuck off（うるさいわね）〉と答えておけばいいんです。そう言い返さなかったら、どんどんからかわれ続けるんです。本当ですよ！」

汚い言葉や罵倒語をはっきりと含んでいない場合でも、からかいの言葉はそうした言葉と同じように相手の痛いところを思い切り突いてきます。普通、からかいの言葉にはタブーが必要で、少なくともからかわれる方が傷つくような内容でなければなりません。だから身長についてのジョークはチビ、もしくはものすごいノッポに向けられることが多いのです。そしてからかいの言葉は相手から感情的な反応を引き出すようにできています。からかいの言葉を発したときと聞かされたときの心拍数・電気皮膚反応の変化についての研究は見つけることができませんでしたし、あるかどうかもわかりません。しかしわたしの直感では、笑いと同じように、からかわれた方は（たぶんからかった方も、まわりにいた人たちも）感情がかなり喚起されていると思います。ですから、それなりの信頼関係を築いて仲間意識を育んでいないと、冗談で使う罵倒語やからかいの言葉は好意的に受け入れられるはずがありません。

プレスター博士の調査チームは、重要なのは人間関係だという結論に至りました。

「からかいの言葉がきわめて有効なコミュニケーションツールとなるのは、人間関係が良好で、からかいの言葉を言われたときの切り抜け方がわかっていて、越えてはならない一線がどこにあるのかしっかりと把握している場合に限られます。からかいの言葉は人種であるとかジェンダーであるとか、そういったものを前提としているものではありません。要は、どれだけ互いのことを知っているかなのです」

それでも〈アルファ・テック〉社で交わされていたジョークの多くは汚い言葉や罵倒語を含んでいて、少なくともタブーに触れるものでした。「あからさまに人種差別的だったり性差別的だったりするものばかりで、それ以外は特定の誰かを茶化すものです」サモア系ニュージーランド人女性のファレはそう説明します。彼女が言うところの〝新参者〟のヨーロッパ系ニュージーランド人の同僚のことを引き合いに出してこう語ります。「彼のことは〝でぶっちょ〟って呼んでます。みんな大笑いしてますよ」その同僚を笑いものにして、ファレは気がとがめているのでしょうか？　もちろんとがめてなんかいません。プレスター博士の聞き取り調査では、彼女は笑っていました。そして同僚をからかうことは〝愉しい〟と言い、〝言われた分だけ言い返す〟とも言いました。

　プレスター博士が耳にしたからかい・侮辱の言葉やジョークには一線を踏み越えるものはほとんどありませんでした。たとえば、体重のことで絶対にからかわれない人たちが何人かいることに博士は気づきました。体重についてのジョークは、自分で自分の体重のことをジョークのネタにしたり、誰かの体重のことを笑ったりする人にのみ向けられていました。そうしたジョークが交わされたあとは背中を叩き合ったり笑いや笑顔に包まれたりしているところを見ると、彼らは怒ってはいないみたいです。誰も怒らせることなくからかいの言葉で笑いを取るためには、ふたつの方法があります。ひとつ目は、各人それぞれが決めている、越えてほしくない一線を越えないようにすることです。その一線が引かれている位置は、相手が自虐ネタにしている内容から摑むことができます。ふたつ目は、こんなこと本気で言っているはずがない、ジョークにちがいないと思わせるほどひどい言葉をぶつけることです。

　ポリコレの対象となる人種や性、そして現代のタブーに関するジョークを口にする場合は、細心の注意を払わなければならない。そうしないと耳障りなだけのきわどい侮辱の言葉になってしまって、ついにはそんな言葉の応酬に発展してしまうだろう。プレスター博士はそう考えていました。ところが、ある種の人種差別的な侮辱表現を使うと、奇妙な効果が生じることがあるのです。少な

郵便はがき

料金受取人払郵便

新宿局承認

5338

差出有効期限
平成31年9月
30日まで

切手をはらずにお出し下さい

160-8791

343

（受取人）
東京都新宿区
新宿一－二五－一三

原書房

読者係 行

1608791343 7

図書注文書（当社刊行物のご注文にご利用下さい）

書　　名	本体価格	申込数
		部
		部
		部

お名前　　　　　　　　注文日　　年　　月　　日

ご連絡先電話番号　□自　宅　（　　　）
（必ずご記入ください）　□勤務先　（　　　）

ご指定書店（地区　　　）（お買つけの書店名をご記入下さい）　帳合

書店名　　　　書店（　　　店）

5591
悪態の科学

愛読者カード

エマ・バーン 著

＊より良い出版の参考のために、以下のアンケートにご協力をお願いします。＊但し、今後あなたの個人情報(住所・氏名・電話・メールなど)を使って、原書房のご案内などを送って欲しくないという方は、右の□に×印を付けてください。 □

フリガナ
お名前　　男・女（　　歳）

ご住所　〒　　－

市　郡　　町　村

TEL　（　　）

e-mail　　@

ご職業　1会社員　2自営業　3公務員　4教育関係
5学生　6主婦　7その他（　　）

お買い求めのポイント
1テーマに興味があった　2内容がおもしろそうだった
3タイトル　4表紙デザイン　5著者　6帯の文句
7広告を見て(新聞名·雑誌名　　)
8書評を読んで(新聞名·雑誌名　　)
9その他（　　）

お好きな本のジャンル
1ミステリー・エンターテインメント
2その他の小説・エッセイ　3ノンフィクション
4人文・歴史　その他(5天声人語　6軍事　7　　)

ご購読新聞雑誌

本書への感想、また読んでみたい作家、テーマなどございましたらお聞かせください。

くとも理論上は、ですが。一九七〇年代におこなわれたある研究は、侮辱の言葉がひどいものであればあるほど、人は直感的にその言葉をジョークとして受け取ってしまうことを示しているのです。その一方で、侮辱の程度が低くなればなるほど、その意味どおりに聞こえてしまいます。侮辱の言葉を言われたほうは一瞬ぎょっとしてしまいますが、その言葉の強弱で反応は分かれて、ジョークと取られたりそのまま取られたりすることがあるということです。この齟齬《そご》は汚い言葉や罵倒語に対する反応と実によく似ています。聞いた瞬間は感情的に反応してしまいますが、一拍置いてから頭で判断するのです。状況はますます複雑になってきました。ジョークとして相手を侮辱するときは汚い言葉や罵倒語を言うものですし、タブーを大きく大胆に破れば破るほど、そのジョークはもっともっと受けて、ますますとんでもないものになるのですから……

汚い言葉への反撃

ここまでの話を、著述家でモチベーショナルスピーカー（聴衆のやる気を喚起させたり鼓舞する講演をおこなう専門家）のジェイムズ・V・オコナー氏はお気に召さないでしょう。なにしろオコナー氏は〝汚い言葉および罵倒語に毒されたアメリカの労働環境の浄化〟という錦の御旗を掲げ、一九九八年にイリノイ州ノースブルックで〈罵倒語制御《カース・コントロール》アカデミー〉を設立して、孤軍奮闘頑張っているのですから。[2] 一時間一五〇〇ドルの講演料を払えば、オコナー氏は《ユーモアと見過ごされている良識》と題した、ありがたい話を聞かせてくれます。聖戦を遂行するオコナー氏の本拠地は自然保護区に囲まれ、ふたつのゴルフコースが隣接する、開き直ったように上品ぶった地区にあります。オコナー氏の物腰にもそんなところがあります。講演に招いてくれた企業や団体、学校で、オコナー氏は落ち着きのある、ちょっとくだけた感じの語り口で、汚い言葉を一掃しようとする招聘先の努力を褒め称えます。

「社内で不適切な言葉が蔓延していて困り果てている企業があるんです。それでも企業側としては、そんな言葉を使っているからといって社員の首を切るということはしたくない。そこでわたしの出番ということになるんですよ。そうした会社に呼ばれていって、全社員のまえで講演をするんです」汚い言葉や罵倒語を言ってはいけないと教えられる講演を、アメリカの人たちは心から喜んで耳を傾けているとオコナー氏は言います。わたしは、そこには高校生たちも含まれるのでしょうかと尋ねてみました。思いっきり疑ってかかっているように聞こえないようにしながら、ですが。

「ええ、もちろんですよ！」オコナー氏は自慢げにそう答えます。「これまで何度も高校で話しています。みんな面白がって聞いてくれます。ある学校ではスタンディングオベーションすら受けました。二〇〇〇人の生徒たちが、席から立って拍手喝采してくれたんです」

ホルモン過多の二〇〇〇人のティーンエイジャーが一斉に感銘を受けるだなんてことは奇跡に近いと言っていいでしょう。ましてや、汚い言葉を言わないように指図される話がそこまで受けるとはとても……オコナー氏は、一体どうやって高校生たちをきれいな言葉に夢中にさせるのでしょうか？

「子供たちにこう言ってあげるんですよ。『ものすごく怒ったとき、みなさんは……（ここでオコナー氏は言い淀みました。これから口にする言葉はゴム手袋をはめた手で扱わなければならないようなものだと思っていたのでしょう）みなさんは〝ムカつく〟とか〝超ムカつく〟とか言いますよね。でもそれって、ものすごく極端な言葉なんです。そんなときは、ほかに使える言葉がないか探してみてください』すると子供たちは〝カンカンに怒ってる〟とか〝はらわたが煮えくり返っている〟とか〝イラつく〟とか〝頭に血がのぼった〟とかを挙げます。そこでこう言ってあげるんです。『友だちに対して怒っているときに〝きみの言葉にぼくの心はかき乱されている〟と言ったら、たぶん友だちは笑うでしょうね。ちょっとかしこまった変な言い方ですからね。でも〝ぼくは本当に腹立たしく思っている〟と言ったら、何をそんなに怒っているのか気にかけてくれるでしょう。〝超ムカつく〟と言ったときよりもね』」

　ちょっとだけわかる気もします。わたしだって〝きみの言葉にぼくの心はかき乱されている〟はちょっと大げさなような気がします。それでも、この程度の話で高校生たちからスタンディングオベーションを受けるはずはないでしょう。そこでわたしは、アメリカから汚い言葉や罵倒語を一掃したいという思いは一体どこから湧いてきているのか訊いてみました。清廉で厳格だった清教徒の先祖たちの遺伝子のなせる業《わざ》なのでしょうか？　オコナー氏によれば、そんなに古いことを動機としているわけではないのだそうです。曰く、汚い言葉や罵倒語は現代が抱える病《やまい》なのだそうです。

「社会全体がカジュアルになってしまったことの弊害のひとつなんです。みんなカジュアルな服を着て、カジュアルなセックスに耽っているじゃないですか。人間関係だってそうです。昔はミスター〇〇とかミセス〇〇とか言っていたものです。上司のことをファーストネームで呼ぶことなんか絶対にあり得ないことでした」オコナー氏の（ここでジェイムズだなんて絶対言えませんよね）良識論はヒートアップしていきます。「一九五〇年代と六〇年代は、きわめてフォーマルで厳格な社会でした。しかしそれから公民権運動が、反戦運動が、ウーマンリブ運動が起こりました。とにかくいろんなことがあったんです。そのせいでみんなカジュアルになり、自分たちのやりたいようにやるようになりました」

　そうしたことと併せて、女性の社会進出も社会を変えてしまったとオコナー氏は考えています。たしかに男性は数十年前でも汚い言葉や罵倒語を使っていましたが、女性の面前では絶対にそんな言葉を吐くことはなかったとオコナー氏は言います。しかし女性が男性たちのいる仕事場に入ってくると事態は変わりました。「女性たちは、男性たちの一員にならざるを得ませんでした。男性のように振る舞ったり、スーツを着て男性のような服装をしたり、とにかく男性の真似をしました。話し方も真似しました。そして男っぽく話すためには汚い言葉を使わなければならないと、女性たちは考えたのです」

　汚い言葉や罵倒語と戦う理由は、結局のところはそこにあるのでしょうか？　今よりもシンプルで、より幸せだった古き良き時代へのノスタルジアにあるのでしょうか？　男性は男性らしく、そんな男性に女性は感謝し、そしてマイノリティの人たちは分をわきまえていた時代が理想だと言うのでしょうか？　その点についてはいろいろと問い質《ただ》したいのですが、自分の信念を折り目正しく語るオコナー氏に、わたしはどうしても気おくれしてしまいます。それでもわたしは取材に応じてくれたオコナー氏に感謝していますし、その成功を祈るばかりです。ですが二一世紀に引きずり戻してあげたい気もします。言葉はカジュアルに使われているかもしれませんが、少なくともわたしがズボンをはきたければはくことができるこの時代に……

オコナー氏が懐かしんでいる時代は、きれいな言葉の黄金時代だったのでしょう（6章で語りますが、たぶんそんな時代なんかありませんでした）。でも、生まれ育った文化的背景が異なる男女が共に働く、現実世界の二一世紀の労働環境はどうでしょうか？ その答えをあれこれ考える必要はありません。ニュージーランドのヴィクトリア大学ウェリントン校のジャネット・ホームズ教授たちの〈労働環境における言語〉プロジェクトチームが解明してくれたのですから。

罵倒語に関するアプリシエ《A》イティブ・インクワ《I》イアリー

ジャネット・ホームズ教授は、人間同士のコミュニケーションの解明に情熱を捧げる、物腰柔らかなニュージーランド人です。労働環境での意思疎通の研究に着手したホームズ教授は、仕事場では〝どのように話すべきなのか〟ではなく〝どうやって話せばいいのか〟という点に主眼を置きました。教授の研究チームは工場やオフィスを訪ね歩き、冗談や世間話、そして汚い言葉や罵倒語が職場で果たす役割を調べました。「わたしたちのチームは〈アプリシエ《A》イティブ・インクワ《I》イアリー〉という、個人や組織の持つ〝強み〟や〝大切にする価値〟を解明するというアプローチを用いました。つまり従業員たちが好業績を上げるためには何が必要なのかを調べたのです。その過程でとある企業の人事部から連絡を受け、社内できわめて高い成績を上げ続けているチームがあるので、その好成績の理由を探ってほしいと依頼されました」

　そのチームはサモア系・マオリ系・トンガ系・ヨーロッパ系のニュージーランド人からなる、男性一六人に女性四人という構成で、〈パワーレンジャー〉というニックネームの結束の強いチームです。教授は彼らの同意を得て、一週間のあいだ仕事中にボイスレコーダーを着装してもらうことにしました。一週間後に再生してみると、いきなり罵倒語がぽんぽんと飛び出してきましたと教授は語ります。

〈パワーレンジャー〉内で使われている汚い言葉や罵倒語は、どれも外部の人間が聞けば不快に感じるようなものばかりでした。まるで敵意に満ちた人間だらけのチームに見えるほどです。しかしここでも、言い方のニュアンスがきわめて重要だとホームズ教授は強調します。ありがたいことに、教授にインタビューすると、〈fucking《ファッキング》（**クソッたれ**）〉という言葉の使い分けを進んでわたしに披露してくれました。それも言語学者にしかできないようなやり方で――

「汚い言葉や罵倒語には複数の異なった機能があります。そのひとつが、言っている内容を強調する機能です。つまり増幅器みたいな働きをするということです。たとえば〈fucking〉はグループ内のみの〝隠語〟として、特定の状況下で日常的に使われることがあります。大抵の場合、声の大きさと勢いで、たんに強調しているだけなのか、それとも喧嘩腰になっているのか見わけることができます。こんな感じです――〝not fucking likely《ノット・ファッキング・ライクリー》（**クソいやだね**）〟と〝not **FUCKING** likely（**クソいやだねっ！**）〟です」

たしかにそのちがいはよくわかりました。ひょっとしたら、そのとき隣のオフィスにいた教授の同僚たちにも……「ね？　わかったでしょ？」ホームズ教授はそう言いました。わたしはと言えば、誰かがオフィスのドアをノックして、大丈夫ですかと確認しに来るのではないかとハラハラしていました。「〝言葉を盛る〟ためだけに使う場合とは対照的に、声を荒らげて言えば言うほど、言っている本人が本当に怒っていることがよくわかるんです」

ホームズ教授たちが二〇〇四年に発表した論文は、汚い言葉や罵倒語に満ち満ちています。[3] オコナー氏が読んだら歯ぎしりすることでしょう。そうした言葉は全部チームの結束にひと役買っています。とくに愚痴と苦情として言う場合には。

愚痴と苦情なんて同じようなものじゃないかと考えているあなた、あなたは言語学者向きではないですよ。ホームズ教授は、そのちがいをこう説明します。状況が変わるとは思えないときに口にしてしまうのが愚痴です。雨の日を例にすると〝ほんとクソみたいにいやな天気だな〟という感じです。一方、状況を変えることをそれとなく求めるときに口にするのが苦情です。〝濡れた傘を引きずるのはやめてもらえないもんかな。床がクソびしょびしょじゃないか〟苦情とは〝面子《メンツ》威嚇行為〟だと教授は説明します。

威嚇行為とは穏やかではありませんが、これはあくまで比喩です。厳密に言うと、誰かの〝顔（面子）を潰す〟かもしれない言動が面子威嚇行為です。具体的に言うと、仕事について苦情を言ったり、誰かの仕事ぶりについて疑問をさしはさむことです。

〈パワーレンジャー〉の一員の、ヨーロッパ系サモア人の二〇代後半男性のラッセルと、サモア人の三〇代前半女性のレーシャ（人名はすべて仮名です）のやり取りを例にして考えてみましょう。

ラッセル「このラインにはクソうんざりさせられるよ。いつもここで詰まっちまうんだ」
レーシャ「そうね、このラインをあんたに任せたら、もともとのろまなあんたはもっとのろまになっちゃうわよね。ほんとジジイみたいにクソのろまになっちゃうんだから」

わたしには口喧嘩をしているように聞こえます。でもその第一印象ははずれです。ホームズ教授のデータを見るかぎり、こうした侮辱の言葉や罵倒語は〈パワーレンジャー〉を動かしている歯車の潤滑油となっているとしか思えないのです。「とても和やかなやり取りなんですよ。腹を立てて文句を言っているわけじゃないんです。彼らにとって罵倒語は、自分たちは仲がよくて、うまくやっていることを表現する手段のひとつなんです」

仲がいいことを示すための汚い言葉や罵倒語という点では、〈パワーレンジャー〉のリーダーであるジネットはその達人です。〈パワーレンジャー〉のメンバーが結束して仕事を続けられるようにすることがジネットの仕事ですが、それよりも何よりも彼女はまさしく〝ボス〟なのです。彼女の勤務時間のほとんどは、メンバーたちの愚痴と苦情に耳を傾けて対処することに費やされます。でもジネットには別の顔があります。それは、汚い言葉や罵倒語を、いつ、どのように使えばいいのかしっかりわきまえているエキスパートという顔です。

ジネットのことになると、ホームズ教授は話に熱が入ります。彼女を気に入っていることがよくわかります。

「ジネットはサモア語を流暢に話します。彼女の興味深い一面は、毎朝六時におこなわれるチームミーティングで出てきます。その場でジネットはきわめて単刀直入に〝喧嘩腰の〟言葉を使います。前日のノルマを達成できなかったメンバーがいれば徹底的にこき下ろして、今日はもっと頑張るように活を入れます。でもミーティングが終わって作業が始まると、職場を歩き回ってメンバーひとりひとりに声をかけます。そしてミーティングのときとはうって変わって、母親のように優しく接します。サモア語を話すメンバーにはサモア語で話し、やるべきことをちゃんとわかっているか、仲間たちとうまくやっているのかチェックするんです

めったにあることではありませんが、たまに〈パワーレンジャー〉が大失敗をやらかしたときは、ジネットはメンバーひとりひとりに面と向かって厳しいことを言います。しかし社内のチーム外の人々に対しては、丁寧で如才のない言葉を使ってメンバーたちのことをかばいます。ジネットは本当に口達者な女性です。英語とサモア語だけでなく、罵倒語も普通の言葉も同じように流暢に話すのですから。」

実際のところジネットは、かのオコナー氏なら半狂乱になるような、男性の仕事場に進出してきた女性です。でもホームズ教授から見れば洞察力に富んだコミュニケーションの達人です。そして汚い言葉や罵倒語は彼女のコミュニケーションツールのひとつなのです。「大抵の人たちと同じように、彼女も話している相手と話している内容に応じてスタイルを変えます。かなりつっけんどんでずばりとものを言うこともあって、毎朝のミーティングで声を荒らげて歯向かってくるメンバー

に罵声を浴びせることもありますが、そのあとでふたりきりになると、おどけた雰囲気で感じよさそうに接するんです」

〈パワーレンジャー〉内で使われている汚い言葉や罵倒語は、使い方や話し方でちがいが出てくるものばかりです。そんな言葉を、新人が使おうとしたらどうなるでしょうか？　もしわたしが明日から〈パワーレンジャー〉に加わったら、すぐに使わなければいけないのでしょうか？　ホームズ教授もこの問題に注目していて、ニュージーランドに来たばかりの外国人たちが体験したことを研究していました。大切なのは、そうした新人たちがショックを受けないように注意を払うことだと教授は言います。

「調査対象にしている工場や建設現場は汚い言葉や罵倒語がやたらと飛び交う場所で、使わない人がいたら逆にびっくりなんですが、同時に外国人労働者も多いんです。ですからこの問題は本当に何度も何度も考えてきました。海外から働きに来た人たちには、現場に入ったらそうした言葉を耳にすることになるからと、あらかじめ注意しておくべきですね」

職場で汚い言葉や罵倒語を耳にすると、国外からやって来たばかりの人たちの多くはショックを受けます。それは彼らがそんな言葉を使ったことがないからではありません。そうした人たちの出身国の文化では、大抵の場合は汚い言葉や罵倒語は否定的な意味合いを持っているからショックを受けるのです。そしてそんな言葉を平気で口にする仕事仲間たちに溶け込めなくなることがあるのです。これまで見てきたとおり（ドイツの動物の名前やオランダの病気の例を思い出してください）、汚い言葉や罵倒語は必ずしも下品であったり猥褻な言葉であったりする必要はないので、ある文化では許しがたい侮辱と受け取られる言葉が、別の文化では面白いジョークになることもあります。どんな文化出身の人も等しく怒らせたり笑わせたりできる言葉はなかなかありません。

「この国に来たばかりの人たちには、まずこう言いたいですね。とんでもないことだって頭から決めつけないでって。そして、うーん……（ここで教授は言葉を切って、次の言葉を慎重に選びました）そして、そんな言葉を使いたくなかったら使わなくてもいいって。でも仕事仲間と仲良くしたいのであれば、そうした言葉を使うことを拒んでいると打ち解けるまで時間がかかるでしょうね。そしてこうも言ってあげたいです。気がとがめることなくそうした言葉を言えるのであれば、それはそれで大丈夫です。でもどうしても心に引っかかるのであれば、その引っかかりが取れるまで待てばいいだけ。仲間内だけで通じる会話術を使っているグループで孤立していたら、そんな言葉を使うのはやめようとみんなに訴えても、職場を変えることはまずできないでしょうね」

職場で汚い言葉や罵倒語を言うという点では、イギリス人はニュージーランド人と負けず劣らずです。それでもやはり仕事仲間として受け入れられるまでの期間は、生粋のイギリス人であっても乗り切ることが難しいものがあります。イギリス人研究者のステュアート・ジェンキンズの例を見てみましょう。学生時代、ジェンキンズはイースト・アングリアにある通販会社の倉庫でバイトをして学費の足しにしていました。彼が配置された作業ラインにはジネットのようなチームのまとめ役はいませんでした。いたのは、そのフロアの〝リーダー格〟のアーネストという、やたらと騒々しい大男でした。アーネストは、隙あらば仕事仲間に意地悪をして愉しんでいる男で、臨時雇いの作業員はもちろん、とくに学生バイトを恰好のカモにしていました。足を引っかけたりとか、ふざけて腹を殴ったりとか、罵詈雑言を浴びせるとか、そんなことばかりしていました。当然ジェンキンズもアーネストの餌食になりました。そして二カ月が経ったとき、とうとう堪忍袋の緒が切れてしまいました。

ある日の午後のことです。その日もアーネストは、ジェンキンズに何度も何度もひどい言葉を浴びせていました。〝おいジェンキンズ、チビでガリガリなおまえのせいで、きつい仕事はいつもおれがやらされてるんだぞ〟そんなことをくどくどと言い続けました。

ジェンキンズはキレてやり返しました。「へえ、そうかよ。だったらそのクソきつい仕事とやらをとっとやりやがれよ、グズでノロマなクソ野郎！」

周囲にいた作業員たちは〝おいおい、そんなこと言っちゃって大丈夫か？〟とざわつきました。ジェアーネストはと言えば、ぼそぼそとした声で悪態をつくとすたすたと歩き去っていきました。ジェンキンズには、これからは足元に気をつけろと忠告したくなるところです。でもジャネット・ホームズ教授の研究結果を知っている読者のみなさんなら、そんな忠告は無用だと思うでしょうね。そのとおりです。それからというもの、ジェンキンズは毎晩アーネストたちからパブに誘われるようになりました。ジェンキンズはようやく職場の仲間入りを果たしたのです。

汚い言葉や罵倒語には、職場内の人と人とのあいだの壁をぶち壊せるだけの力があることは確かです。もちろん、そうした言葉を交えたジョークが毎回好意的に受け取られるとはかぎりません。本当に重要なのは、そのジョークに〝含み〟があるかどうかです。含みのある、汚い言葉や罵倒語を交えたジョークのことを、バーバラ・プレスター博士は〝棘のあるメッセージ〟と呼びます。博士の調査対象だった〈アルファ・テック〉社のカーラの例を見てみましょう。会社主催の映画鑑賞会があったとき、鑑賞券を手配する係だったカーラはアルフの分を買い忘れてしまいました。のけ者にされたと思って怒ったアルフは、オフィスに飛び込んできて怒鳴りました。「この〈bitch《ビッチ》（くそアマ）〉！」そして去り際には、今度は穏やかにこんなことを言いました。「まあカールが何とかしてくれたからいいけど。それでもやっぱりおまえは〈bitch〉だよ」

　同じアルフから〝リモコンばばあ〟呼ばわりされたときは何とも感じないどころかむしろ喜んでいたカーラも、このときばかりは嫌な気分になったみたいです。そうしたいつもの際どいジョークとちがうところは、アルフは心底怒っていて、自分の怒りのほどをカーラに思い知らせたかったという点です。いつものオフィスジョークのひとつを装うことで、アルフは自分の怒りをぶちまけると同時に、〝いつものジョークだよ〟と言って反撃を振り払うことができるようにしておいたのです。言語学的な〝一石二鳥〟を狙って苦情を言っているのですとプレスター博士は言います。

　イギリス人も同じことをします。オーストラリアのグリフィス大学のマイケル・ハフ博士とイギリスのセントラル・ランカシャー大学のデレック・ボウスフィールド博士は、男性による〝冷笑的なからかい〟と呼ばれる行為に対する英豪比較をおこないました。[4] その結果、イギリス人はパンパンに膨れ上がっている相手のエゴをパチンと破裂させるために、わざと汚い言葉で罵る傾向にあることがわかりました。

〝からかい〟の重要性

社会人類学者のケイト・フォックスは、イギリス社会を面白おかしくも辛辣に観察した『イングリッシュネス――英国人のふるまいのルール』（北條文緒、香川由紀子訳、二〇一七年みすず書房刊）でこう述べています。

「どこの国でも、自分のことを目一杯アピールすることは善《よ》しとはされないだろうが、そうしたからといって罰せられるわけではない。ビジネスの場でなら、偉そうにふんぞり返っていたり、周囲が引くほど大真面目になっても、少しぐらいなら大目に見てもらえるし、むしろそうすることが望ましい場合もある。しかしイギリスのビジネスシーンでは、やる気満々の頑張り屋であるとか上から目線で大きなことを言う気取り屋は、容赦なく馬鹿にされる。面と向かって笑われなくても、陰では確実に笑いものにされてしまうだろう」[5]

こうしたタイプの冷笑や揶揄《やゆ》は、どんどん天狗になっていく人を棘《とげ》のある言葉で嘲笑《あざわら》って、その鼻っ柱をへし折るために使われます。イギリスでは、自分の手柄を自慢げに話すことはきわめて悪趣味で卑しい行為だとされています。大勢の人のまえで自分の成功を鼻にかけたいのなら、ちょっとだけ自嘲気味に語るしかありません。でないと反発を買ってしまいます。自分をからかうようなことなんかできないと思っていても心配ありません。あなたがやらなくても、友だちがちゃんとからかってくれますから。ハフ博士とボウスフィールド博士は、何とか頑張ってテレビに出た同僚のことを書いています。サイモンという名前のその同僚は、テレビ中継もある有名なハーフマラソン大会に三銃士のコスプレで参加しました（ちなみに、マスコミから注目を集めるためなら何でもやる人のことを〈Media Whore《メディア・ホア》（メディアの娼婦）〉と言います）。そして同じく三銃士に扮《ふん》したふたりの仲間と一緒にテレビ局にインタビューされましたが、サイモンだけが何度も繰り返して放送されました。そしてサイモンはそのことを自慢するというミスを犯してしまいました。

「あんなくそったれなテレビに四回も出ちまったよ」サイモンはそう言って、仲間と一緒になって笑います。仲間のひとりのデイヴィッドは、呆れながらもうらやましそうにこう言います。「へん、そりゃよかったな」それでもサイモンの自慢話は止まりません。そしてとうとう、自分はちょっと特別な存在だと思い込んで、失言を放ってしまいました。

「でさ、テレビにはおれしか出てなくて、こいつらはちっとも映ってなかったよな。だよな？」これは大失言です。

「おまえはクソッたれなうぬぼれ屋だな」すかさずデイヴィッドが口をはさみ、仲間たちに笑いが起こります。「ほんといやらしいうぬぼれ屋だ」

サイモンも一緒になって笑いました。そして同時に、自分の自慢話を中和しなければならないと思い、賢明な手を打ちました――あれは自分のためにやったんじゃなくて、郷土愛のためにやったんだよ、ここのよさをアピールするためにやったんだよ、と。

「だっておれ、地元大好き人間じゃん」仲間たちは笑い、かくして危機は回避されました。

からかいの言葉は他愛もない広く受け入れられるようなものでなければなりません。さもないと棘のある言葉になってしまって、何か裏があるんじゃないかと疑われてしまいます。面白おかしいものは大体受け入れられますが、プレスター博士の研究を見ると、嫌なところとかとげとげしいところなんかない、素直なからかいの言葉でも受け入れようとはしない人たちがいることがわかります。文化のちがいが大きな問題を引き起こすことがあるのです。

社員数四五名の〈バイツビズ〉社はプレスター博士の論文に登場する三つのＩＴ企業のなかで一番規模の大きい会社で、使われているからかいの言葉は一番穏当なものでした。しかし新入社員のブレンダにとってはそうではありませんでした。ブレンダが入社して間もない頃の話です。同僚のキャシーが得意先の男性に「今日のあなたは〈wanker《ワンカー》（クソッたれ）〉ですね」と言って、客と一緒にきゃっきゃとはしゃいでいました。ふたりのあいだには親しげに冗談を言い合える関係ができあがっていたのです。しかしそれを聞いていたブレンダはキャシーをとがめました。憤慨して、お客様にそんなことをしてはいけないと言いました。キャシーと客のやり取りは、ブレンダにとってはまったく許し難いものだったのです。

そのとき入社三年目だったキャシーは新入りに注意されて腹を立てました。この一件は社内で語り継がれる伝説になっていて、自分たちなりのコミュニケーションの取り方に敢《あ》えて逆らおうとしたブレンダにすごくムカついていたと（オコナー氏なら〝心をかき乱された〟と言うところです）五人の社員が証言しました。結局ブレンダは同社を去っていきました。辞める直前の彼女は、〈バイツビズ〉社のことを動物園みたいだと評していて、そんな場所に自分が馴染めるはずがないと漏らしていたそうです。新入りのブレンダがジョークの的になることはありませんでしたが、それでも彼女にとっては社内の空気自体が毒気に満ちたものだったのです。ジャネット・ホームズ教授が言うように、汚い言葉のジョークを言い合う社内環境に拒否反応を示していると、どうしても部外者扱いされてしまうのです。

プレスター博士の研究では、侮辱的だったり汚い言葉を交えたりするジョークは一般社員のあいだでのみ積極的に交わされていることもわかりました。通常、管理職はそうしたジョークの輪には加わりません。部下に対してそんなジョークを使うとトラブルが生じるとプレスター博士は言います。自虐的なジョークなら許されますが、上に立つ人間が誰かを思い切り貶《おとし》めるようなジョークを言うことは危険な行為であり、とてつもないリスクをはらんでいるのです。

ですが、一九八二年にアメリカでおこなわれた研究では逆の結果が見られました。上司が部下のことをからかっても、部下たちがかなり用心深くなるだけでネガティブに取られることもトラブルを引き起こすこともないことがわかったのです。これはアメリカとオーストラリアでは管理職に対する考え方がちがうからなのか、それとも三〇年のあいだに時代が変わったからなのかどうか教授に尋ねてみました。

「状況が変わったからだと思います。わたしが話を聞いた管理職のなかには、部下に対するパワハラに過敏になっている人が何人かいました。ですから、部下がジョークを言い合ったり、上司をからかうぶんには構わないのですが……」プレスター博士は言葉を濁しました。管理職の人たちは一般社員と同じ自由を享受していないという印象があります。

ですが管理職の人たちは、ああしろこうしろと具体的に指示しなくても職場の雰囲気に影響を与えることができるみたいです。プレスター博士が調査した三つのＩＴ企業のうちの一社は、ふたりの男性によって経営されています。ふたりの話しぶりは、ほかの二社の経営者よりもずっと穏やかで物静かです。その会社の従業員たちもご多分に洩れずにからかいあったりジョークを言い合ったりしていますが、ほかの二社とはちがって汚い言葉や罵倒語をわめき散らすこともありませんし、騒々しくはしゃぐこともありません。

言いたいことをズバリ伝える――罵倒語のレトリック

汚い言葉や罵倒語を交えたジョークを互いに言い合うと職場の結束に役立つのかもしれません。しかし、そうしたジョークは本当に仕事に役立つのでしょうか？　それを確かめるべく、ノーザンイリノイ大学のコーリー・シェーラー博士とブラッド・サガリン博士は論文『*Indecent Influence*（下品な言葉の効用）』で、穏当な汚い言葉や罵倒語を使った場合、そのメッセージがどのように伝わるのか調査しました。[6]

一九九〇年代におこなわれたある研究で、汚い言葉や罵倒語を交えたメッセージを聞かされると聞き手側は嫌悪感を覚え、メッセージを伝えた側を否定的に見て、メッセージの内容も聞き入れないことがわかっています。シェーラー博士とサガリン博士は、聞き手側が共感できる内容のメッセージでも同じ結果になるだろうかと考えました。そこでふたりはこんな実験を思いつきました――あるスピーチの映像を、八八人の学生たちに個別に見てもらいます。スピーチの内容は、近隣の大学の授業料の値下げを訴えるものです。しかし映像は三バージョンあって、ランダムに流れます。学生たちはそのことを知らされていません。ひとつ目のバージョンは最後に中程度の罵倒語が出てきます。『授業料の値下げはいいことであるばかりじゃなくて、まったくもって当然のことだよ、〝damn it《ダム・イット》（バカなこと言うな）〟』ふたつ目は罵倒語から始まります『〝Damn it《ダム・イット》（バカなこと言うな）〟、授業料の値下げはいいことに決まってるじゃないか』そして三つ目は罵倒語抜きです。『授業料の値下げはいいことであるばかりじゃなくて、まったくもって当然のことだよ』スピーチをする演者は、三つのバージョンをどれも同じ口調・同じ表情で言いました。そして学生たちに、演者の授業料値下げを訴える熱意と誠実さを評価してもらいました。

すると〈damn it〉を交えたふたつのバージョンのほうが熱意がよく伝わり、誠実さも交えないバージョンと変わらないという結果が出ました。さらには、〈damn it〉を交えたバージョンを見た学生のほうが、交えないバージョンを見た学生よりも授業料の値下げをより強く支持するようになったのです。

学生たちは、演者の熱意と誠実さを瞬時に判断したのかもしれません。そして学生が下した評価を見るかぎり、〈damn it〉のような罵倒語と誠実さにはポジティブな相関関係があるように思えます。[7] そう指摘する研究が二〇一七年の七月に発表されました。ケンブリッジ大学の心理統計学研究所でビッグデータ分析を教えるデイヴィッド・スティルウェル博士はオランダ・アメリカ・香港の研究者たちと共同で、汚い言葉や罵倒語と嘘の関係性をふた通りの方法で研究しました。博士たちは二七六人の被験者たちに自分たちが知っている汚い言葉や罵倒語と、そのなかで使っている言葉をリストアップしてもらったうえで、〈虚構尺度〉と呼ばれるアンケートに答えてもらいました。虚構尺度とは〝それがどんなに難しい内容であっても、やると言ってしまったからには絶対にやる〟であるとか〝自分は正しいことしかしない〟といった質問に〈はい・いいえ〉で答えてもらうものです。

スティルウェル博士たちによれば、「このふたつの質問に心の底から〝はい〟と言える人間がいるとは思えません。つまりそう答えた人は嘘をついているということなんです」正直な人間ほど虚構尺度の質問のほぼすべてに〝いいえ〟と答えます。考えてもみてください。正しいことしかしない人間がいると思いますか？　この実験で、汚い言葉や罵倒語をあまり知らないしあまり使わないと答えた人は、美徳の鑑《かがみ》ともいうべき驚異の善人か、とんでもない嘘つきのどちらかだということがわかりました。

でも、自分は聖人だと〝うそぶいている〟人たちは、汚い言葉や罵倒語をあまり知らないしあまり使わないと嘘をついているのかもしれません。この可能性を取り除くために、スティルウェル博士たちはソーシャルメディアに目を向けました。博士たちが七万三〇〇〇人の〈フェイスブック〉のプロフィールとタイムラインの投稿内容をつぶさに調べた結果、タイムライン上で汚い言葉や罵倒語を多く使う人ほど、その人が正直な人間であることを示す言葉や構文を使う傾向にあることがわかりました。[8] たとえば、嘘をついているときは〝わたしは〟とか〝わたしに〟とかを使う頻度がぐっと低くなることがわかりました。それに、嘘をつくときはいろいろと複雑なことを考えなければならないので、より簡単な言葉を使いがちになります。博士たちは、フェイスブックのプロフィール内で汚い言葉を使っていることを暗示する言葉が投稿内容に登場する頻度を比較してみました。すると、汚い言葉を使っている割合が高い人ほど、嘘をついていることを暗示する言葉をあまり使わないことがわかりました。

それでも、汚い言葉や罵倒語をどう思うかと訊かれたら、そんな言葉をよく使う人間はあまり信用できないし、言っていることも説得力に欠けると答える人が多いと思います。とくに女性が使うと信用も説得力もガタ落ちになってしまいます。オランダのエラスムス・ロッテルダム大学のエリック・ラッシン博士とシモーネ・ファン・デル・ハイデン博士は、汚い言葉や罵倒語を交えながら話している人の言うことは、ある程度は本当のことを言っているように聞こえるかどうか、例を一切示さずに質問してみました。七六人に尋ねたところ、そんな言葉を使う人の言うことは信用できないと答えた人の数は、信用できると答えた人の二倍以上になりました。[9]

〈ソーンダズ法律事務所〉のジェイムズ・ソーンダズ弁護士に、汚い言葉や罵倒語は仕事の現場で影響を与えるかどうか尋ねてみました。

「裁判沙汰になるようなことをしでかした人間は、大抵の場合逮捕されたときにとんでもない言葉をわめき散らすものです。たしなみのある弁護士なら、こんなことを法廷で言うときはいつもウキウキしてしまうものです――フレッド・ジョーンズさん、調書によれば、あなたは逮捕時に“You'er a fucking cunt《ユーアー・ア・ファッキング・カント》（**この腐れマンコー!**）”と言いましたね……わたしの経験上、法廷でそんなふうに自分のことを言われても警官は気にしません。むしろ被告に不利になって好都合だと考えるものです」

汚い言葉や罵倒語を使うと、話の内容と話している本人の信頼度は本当に低くなるのでしょうか？　ラッシン博士とデル・ハイデン博士はさらに研究を続け、今度は例をいくつか示したうえで質問してみました。ふたりは架空のひったくり事件の証言を創作して、二〇代前半の女性三五人に証言内容の信頼度を一（信じられない）から一〇（信じられる）まで評価してもらいました。まずは容疑者の証言です。

『やってないったら、〝god damn it《ゴッダム・イット》（いい加減にしろよ）〟。もう一〇回は言ったけど、そんな事件におれは関わってない。これはどういうことなんだ？　こんな〝shitty《シッティ》（小便くさい）〟部屋に、かれこれもう二時間も押し込められてるんだぞ。もう帰らせてくれ、じゃなきゃ弁護士を呼ばせてくれ。〝Fucking《ファッキング》（クソ）〟ひどい話だ』

そして別のグループの女性たちに、ほぼ同じ内容の証言を聞いてもらいました。

『やってないったら。もう一〇回は言ったけど、そんな事件におれは関わってない。これはどういうことなんだ？　こんな部屋に、かれこれもう二時間も押し込められてるんだぞ。もう帰らせてくれ、じゃなきゃ弁護士を呼ばせてくれ。ひどい話だ』

どちらも犯行を否定する証言ですが、汚い言葉や罵倒語を交えたほうが交えないほうよりもずっと信じられるという結果が出ました。これはジャネット・ホームズ教授が言っていた増幅効果によるものなのでしょうか？　それとも誤認逮捕されたら、自分だってこんなふうにわめきたてるだろうと想像したからなのでしょうか？　次に両博士はひったくりに遭った被害者の証言を聞かせました。こちらも汚い言葉や罵倒語を交えたバージョンと交えないバージョンがあります。

『あの男よ、あの〝asshole《アスホール》（クソ野郎）〟がわたしのハンドバッグをひったくって逃げたのよ。バッグから手を放さなかったから、何メートルか引きずられたわ。ふざけるんじゃないわよ、〝god damn it（まったく）〟。一体誰が弁償してくれるのよ？　あの〝Dirtbag《ダートバッグ》（クズ野郎）〟につけを払わせるべきだわ』

『あの男よ、あの男がわたしのハンドバッグをひったくって逃げたのよ。バッグから手を放さなかったから、何メートルか引きずられたわ。一体誰が弁償してくれるのよ？　あの男につけを払わせるべきだわ』

この被害者女性の証言を二〇歳前後の男女五五人に聞いてもらいましたが、容疑者の証言と同様に、汚い言葉や罵倒語を交えた証言のほうがずっと信じられるという評価が下されました。法廷でそんな言葉を吐いたところで誰も得をしないという、ソーンダズ弁護士の話と食いちがう結果です。そのことをソーンダズ氏に伝えると、この研究で創作された証言は、陪審たちが実際に耳にしている本物の証言のようには聞こえないと反論しました。第一に、この架空の容疑者と被害者の口調は流暢すぎるのだそうです。

「証言台に立つとしどろもどろになって、どうでもいいこととか意味のわからないことばかりしゃべるものなんです。この研究者たちはそこがわかっていない。実際の法廷の様子を録音したものを聞いてみてくださいよ。〝うーんと〟とか〝ええっと〟がやたらと目立つんですよ。この研究で使っている証言は、私からすればあり得ないつくり物にしか聞こえません」つまり、ラッシン博士とデル・ハイデン博士が大学の研究室という安全な環境でつくりだされた汚い言葉や罵倒語は、警察の取調室というストレスフルな環境で誰でも言いそうな言葉とは大きく異なるということなのです。だったら被告の弁護士としては、汚い言葉や罵倒語をちょっとわざとらしいぐらいに交えて憤慨しながら、自分の無実を強く訴えなさいとアドバイスするべきなのではないでしょうか？　その点をソーンダズ氏に尋ねてみると、こんな答えが返ってきました。そんな法廷ドラマで出てくるような台詞をまえもって準備したところで、法曹界のトップに君臨するような人間に効くはずがない。そしてあっさりとこう言われてしまいました。

「証言台で汚い言葉を使うだなんて、そんなこと依頼人に許すはずがありません。たしかに法廷は非日常の世界ですが、判事だってわたしたちと同じ日常を生きているんです。彼らだって、自分の家ではそんな汚い言葉を聞きたくないと思ってますよ。だから依頼人には、たとえ非日常的の世界であっても、できる範囲でいいから敬意を払いなさいと忠告しています。たとえば、ちゃんとアイロンがけしたズボンとシャツを着て、ネクタイも締めなさいとか」

しかしソーンダズ氏が何度も繰り返し言っていましたが、裁判の運営費用は結構高いので、たとえ法廷で汚い言葉を使っても、少しぐらいなら判事も証言を止めて審理を遅らせるようなことはしないという現実もあります。「汚い言葉に頭に来ても、判事はせいぜい〝不適切な言葉を控えるように〟と言う程度ですよ」

その反対の言葉の内容で事態が悪化することがあります。「もったいつけた態度を見せたら危ないことになりますね。とくに若い警官が証言台に立ったときにやりがちなんですが、自分は正義感の強い、いい警官だとアピールしようとするんですよ。でもちょっとでも嘘っぽいことを言おうものなら、判事も陪審もいい心証を感じません。そして猫をかぶっていることがばれたら最後、それからはもう何を言っても信じてもらえません」

法曹界の人々が汚い言葉や罵倒語を一切使わないかと言ったら、そんなことはありません。地方裁判所判事で勅撰弁護士にも選ばれているパトリシア・リンチは、法廷である犯罪常習者にこんなことを言われました。「あんたは〝cunt《カント》（質《たち》の悪いアマ）〟だけど、あたしはそうじゃない」するとリンチ判事はこう言い返しました。「そうですか、あなたもちょっと〝cunt（マヌケ）〟なんじゃないですか。わたしに不快な言葉を投げかけたところで、あなたにとって有利な判決をわたしが下すわけがないのですから」判事のこの発言は問題視され、司法行為調査機関の審議対象になりました。五カ月近くにわたる慎重な審議の結果、心から謝罪して二度とこのようなことがないようにすると約束していたせいもあってか、判事は懲戒処分を免れました。わたしとしては残念でしかたがありません。リンチ判事は、決まり事だらけで窮屈な法曹界で、少しだけ本心をあらわにしただけなのに……

汚い言葉や罵倒語にそれなりの効果があるといくら言われたところで、それは心理学という狭い領域で解明されただけのことであって、そんな言葉が法廷受けするはずがない。ソーンダズ弁護士はそう考えています。伝え方よりも伝える内容に心を注ぐべきだとも考えています。「汚い言葉を使えば話の信頼度がある程度上がるだなんて話、わたしには信じられません。三つ言葉を言えば一回は〈fucking（クソッタレ）〉と言うような口の汚い人間なら、誰だって知り合いのなかにひとりはいるでしょう。だからと言って〝あいつの言うことなんか信じられない〟と無条件に決めつけるようなことはしません。わたしとしては、話の内容よりも汚い言葉のほうに目がいってしまうことが残念でなりません」

ソーンダズ氏の言うことにも一理あります。汚い言葉や罵倒語に対して、わたしたちはどうしても感情的に反応してしまいます。のちの章で説明しますが、わたしたちの脳はそうなるようにつくられているので、感情的に反応することはどうしても避けられないのです。しかし、汚い言葉や罵倒語は大抵の場合〝暗号化されたメッセージ〟なのです。それがたんなるジョークなのか、それとも越えてはいけない一線を越えているという警告なのかは、解読しないとわかりません。次の章で検証しますが、この暗号化は、わたしたち人間が言葉を発明した太古の昔からやっていたことなのかもしれません。

〈パワーレンジャー〉のジネットがきわめて優れたリーダーになれた理由は、こうした心理面の影響で説明できるかもしれません。ジネットは、汚い言葉や罵倒語をたっぷりと使えばメンバーたちの気持ちは張りつめ、仕事に集中することをちゃんと理解していました。それに、メンバーたちから罵りの言葉を投げかけられてもむきになってはならないことも心得ていました。さらに彼女は、そうした言葉を使うべきでない時と場合もわきまえていました。メンバーと一対一で話すときは使いませんし、ほかのチームのリーダーに〈パワーレンジャー〉のことを愚痴るときも絶対に使いませんでした。こんなこともわかっています——汚い言葉や罵倒語を自由自在に使いこなす人たちは、全体的に見て口達者です。世間一般では信じられていませんが、さまざまな言語や言葉を駆使する能力が備わっている人ほど、汚い言葉や罵倒語を本当にたくさん知っていて、しかもものすごく多用するのです。[10] ジネットはその恰好の例なのです。なにしろ彼女は、英語、サモア語、そして汚い言葉と罵倒語を流暢に話すことができるのですから。説得力のある話し方を身につけたいとか、職場の結束力を高めたいのであれば、ジネットのように汚い言葉と罵倒語の達人になる必要があるのかもしれません。

5章

この汚いサル野郎！悪態をつく（人間以外の）霊長類

わたしたち人間は、一体いつから汚い言葉や罵倒語を使うようになったのでしょうか？　最初からボキャブラリーのなかにあったのでしょうか？　それとも、人間の言語能力にあとから付け加えられた、いわば〝拡張パック〟みたいなものなのでしょうか？　残念ながらタイムマシンはまだ発明されていないので、原初の祖先たちがそんな言葉をどうやって身につけていったのかを確認することはできません。先史文化にはまだ文字はなかったので、文書記録は残っていません。文字が発明された頃には、すでに汚い言葉や罵倒語はしっかりと定着していたと思われます。

わたしはこう考えています――汚い言葉や罵倒語は、人類の歴史のなかでもごく早い時期に発明されたのではないでしょうか。むしろ人間は、こうした言葉に触発されて言語を発達させていったのだと思います。実際のところ、汚い言葉や罵倒語を身につけなかったら、わたしたち人間はこの星で一番数の多い霊長類にはなれなかったでしょう。これまで見てきたように、汚い言葉や罵倒語は痛みとフラストレーションによく効きますし、社会集団をより強固なものにするときに役立ちます。それに、今にもキレそうだということを相手にしっかりとわからせることもできます。つまり、暴力沙汰に発展することを食い止めることもできるのです。誰かと敵対したときに汚い言葉や罵倒語がなかったら、わたしたちは霊長類のいとこたちと同じように噛みついたり目つぶしをしたり、糞を投げつけたりするという行為に走らざるを得ないでしょう。

たしかに汚い言葉や罵倒語の進化の過程を直接確認することはできません。だったら、わたしたち人間と同じような構造の脳を持っていて、社会集団を形成していて、なおかつ言葉を使い始めたばかりの存在を観察すればいいのではないでしょうか？　ありがたいことに、そんな存在は一例だけ存在します。長年にわたって手話を教えられてきたチンパンジーたちです。

ワシントン州にある〈チンパンジー《C》—ヒト《H》・コミュニケーション《C》研究所《I》〉の創設者のロジャー・ファウツ博士は、チンパンジーの引き取り・保護とその行動の研究にそのキャリアを捧げてきました。博士はあるチンパンジーの家族に手話を教えて、親が子供に手話を教える様子を観察しました。

チンパンジーたちはコミュニケーションを取ることができるばかりでなく、汚い言葉や罵倒語を自然と身につけることができる。わたしがそう確信したのは、このCHCIのチンパンジーの家族の話を聞いたときです。ファウツ博士から言葉を教えられ、トイレトレーニングを受けているうちに、チンパンジーたちは言葉と身体機能にまつわるタブーを身につけました。そして排泄行為を示す手話に特別な意味を持たせました。人間の罵倒語の〈shit《シット》（クソッ）〉のように、〝きたない〟という手話をタブー語にしたのです。それと同時に、チンパンジーたちは〝きたない〟を感情的になったときや比喩的に使うようになりました。これもまた人間の〈shit〉と同じ使い方です。ロジャー・ファウツ博士が怒らせると、チンパンジーたちは博士のことを〝きたない、ロジャー〟と手話で訴えます。わたしたちが言うところの〝ロジャー、あんたはクソ野郎だ〟と同じ意味なのでしょう。ジャングルにいる親戚たちが糞そのものを投げつけるような状況で、CHCIのチンパンジーたちは糞《shit》を示す言葉を投げつけることを覚えたのではないでしょうか。

でも、チンパンジーと人間がコミュニケーションを取ることができることすらなかなか信じてもらえないのですから、チンパンジーが汚い言葉や罵倒語を使うことについては言わずもがなです。だからこそ、これから紹介する実験は史上空前のものだと言えるのです。

プロジェクト・ニム

手話を覚えたチンパンジーとして真っ先に名前が挙げられるのは〈ニム・チンプスキー〉でしょう。その半生を記録した二〇一一年公開のドキュメンタリー映画と、彼を研究したコロンビア大学の心理学者ハーバート・テラス教授によって大々的に宣伝されたおかげで、ニムの存在は広く知られるようになりました。〈プロジェクト・ニム〉と呼ばれるこの実験は、可能なかぎり厳密に、客観的に、そして慎重に遂行されました。しかしそのせいで失敗に終わったとも言えます。

心理学は、長いあいだフロイトとユングが支配する曖昧な学問でした。それを物理学や化学のように現代的で論理的な、定量的に研究する〝健全な〟科学に変えたのが行動主義です。一九七四年に〈プロジェクト・ニム〉を計画したとき、テラス教授は従来のチンパンジーを使った実験から決別することにしました。チンパンジーを育てながらの実験は、その時点で一〇〇年近い歴史がありましたが、その手順は体系化されていませんでした。
行動主義に基づいた、定量的に測定する実験の利点は明らかです。ネズミの迷路実験で考えてみましょう。この実験では、ストップウォッチとクリップボードがひとつずつと、大量のネズミと忍耐力を惜しみなく注げば、ネズミの学習行動を記録し続けることができます。そして迷路の曲がり角や電気ショックを与えるポイントを増やすことで、状況をシステマティックに変えることができます。迷路を解いた先にあるご褒美の大きさや、ネズミの年齢など、特定の項目も変えることができます。そうやって条件別の学習速度のちがいを、明確で統計的に見ても妥当なかたちで導き出すことができるのです。
先人たちの名誉のために言っておきますが、〈プロジェクト・ニム〉以前におこなわれた実験のなかにも、チンパンジーにひどい扱いをせずに、むしろ毛むくじゃらの人間の赤ん坊のように扱った例もありました。こうした実験の先駆者は、一八八〇年代の進化生物学者のジョージ・ロマネスです。ロマネスは、ロンドン動物園で飼われていたある一匹のチンパンジーが飼育係とかなり仲がいいことに気づきました。そのチンパンジーは、飼育係のかなり細かい指示に従うことができました。ロマネスは「チンパンジーは言葉を話し始めたばかりの赤ん坊に似ている」と述べています。[1]
結局のところチンパンジーと人間はそんなにちがわないのかもしれない、つまりロマネスはそんなことを言ったのですが、多くの人々の激怒を買いました。人間はすべての生き物のなかの特別な存在ではなく、むしろさまざまに枝分かれした種のひとつにしか過ぎないという、当時物議を醸していたダーウィンの説に与《くみ》するものだったからです。一九二〇年代には、アメリカの心理学者・動物行動学者のロバート・ヤーキーズ博士が二匹のチンパンジーを育て、何カ月もかけて言葉を教えようとしましたが、結局断念してしまいました。コミュニケーションを取ることができるほど高度に発達した脳を持っているチンパンジーが言葉を話すことができないのは、人間のような発声器官を持っていないだけなのかもしれないと博士は考えました。[2]「聾唖者のように、手を使った言葉なら教え込むことができるかもしれない」ヤーキーズ博士はそう結論づけました。

人間を最も特徴づける技術である言語をチンパンジーが習得するには、チンパンジーを人間と同じような環境に置かなければならない。多くの科学者たちがそう力説してきました。そして一九三〇年代にはかなり大胆な実験がおこなわれました。比較心理学者のウィンスロップとルエラのケロッグ夫妻は、グアと名付けたチンパンジーをニューヨークの自宅で育てることにしたのです。「首輪と鎖をつけて、床に置いた皿で食事を与えたら、確実にチンパンジーは人間とはちがう反応を見せてしまうだろう。逆に人間の子供をそのように扱えば、人間の子供らしいとはまったく思えない反応を見せるはずだ」ケロッグ夫妻はそう述べています。[3]夫妻の家に連れてこられたとき、グアは生後七カ月でした。そして夫妻の第一子のドナルドはまだ一〇カ月でした。悲しいかな、実験はわずか九カ月で幕を閉じました。幼いドナルドが、グアがドナルドを真似る以上にグアを真似るようになったからです。

〈プロジェクト・ニム〉では実験手法が全面的に改められました。ハーバート・テラス教授は、〝チンパンジーと一緒に暮らす〟という和気あいあいとした手法と比べるとはるかに厳格な実験環境をつくることにしました。研究室ではチンパンジーを人間の赤ん坊のようには扱いませんでした。

研究者たちはニムと人間の子供のように接することを禁じられて、夜中に泣き出してもあやしてはいけないと指示されました。ニムにはあくまで行動研究の〝理論上の〟対象として、迷路実験のネズミに対するように淡々とした態度で接することが求められたのです。テラス教授は、チンパンジーに言葉と文法を教え込むためにはどれほどのご褒美が必要なのか、その正確な量を突き止めようとしました。結局のところ、この実験でニムは複雑な構文を考えついたり時制を理解するところまでは至りませんでした。その代わりにニムは、仲間たちから引き離されたのに、人間が暮らす世界の一員になることのない、悲劇的なほど宙ぶらりんな存在のチンパンジーになってしまったのです。

実験のあいだじゅう、研究員たちは規則どおりに感情を一切交えることなくニムに手話を教えました。そしてニムは示された手話を真似るように指示され、何回も続けて正しく真似ることができたときだけご褒美をもらえました（これを〈外発的動機づけ〉と言います）。たしかに動物行動の研究としてはきわめて綿密な手順だと言えますが、人間が言葉のやり取りを学ぶ環境とはまったく異なります。手話を正しく真似ることができても褒めてもらえる（これを〈内発的動機づけ〉と言います）わけでもなく、言葉のやり取りをして愉しむということもないのですから。非常に短い間隔で入れ替わるニムの〝教師たち〟の数は六〇人以上にものぼり、たった一回のやり取りをするためだけに呼ばれた人は一五〇人あまりいました。そのなかにはニムと会話をしようとした人たちもいましたが、それでもせいぜい〝これは何？〟とか〝これは誰？〟といった感じに質問を浴びせるだけでした。[4]

そんな方法で、人間の子供が言葉のやり取りを学ぶことができると思いますか？　教えた言葉をちゃんと言えたらご褒美をあげるだけで、あとはほったらかしにするというやり方で？　案の定、ニムは手話を繰り返し真似ることができたらご褒美がもらえるということ以外はほとんど学びませんでした。ロジャー・ファウツ博士が育てたチンパンジーたちとはちがい、ニムは自分のことや自分の周囲の重要なことを手話で語るようにはなりませんでした。なにしろ、まともな会話をするチャンスすらめったに与えられなかったのですから。

そのうちニムは、いい加減にやったりものすごく下手に手話を真似たときでもご褒美を取ろうとするようになりました。テラス教授はそこに気づきました。手話をうまく真似ることができたらご褒美をあげるということは、どのような刺激を与えれば、どのような反応をするかという、行動主義心理学の研究としては当たり前のことです。しかし人間の子供はそんなふうにして言葉を学びません。周囲で交わされる言葉のやり取りを目の当たりにしたり、話しかけられたりすることで学んでいくのです。教授は、ニムの行動は人間の子供ではなくむしろ人間そのものの行動に似ていて、チンパンジーの利口さを如実に示すものだと考えました。

行動主義心理学とは、動機や感情ではなく客観的データを重視して、目に見える行動だけに着目する心理学です。厳格な行動主義心理学者として知られるハーバート・テラス教授にとって、社会心理学や性格研究などはどうしようもなく生ぬるいものに思えたことでしょう。それでも教授は、〈プロジェクト・ニム〉ではそんな社会心理学に重きを置いたのです。ご褒美が問題だとわかった途端、テラス教授は人間の子供もニムみたいにぞんざいでいい加減な行動をすることを思い出したのかもしれません。子供たちがそんな行動をとるのは、まだ充分に知能が発達していないからではありません。どうすれば自分に得になるのかを考えて、びっくりするほど利口に立ちまわっているからなのです。子供たちにクレヨンと紙を与えると、大喜びしてお絵かきを愉しむものです。何かを創作するという行為に子供たちは喜びを見いだして（これも内発的動機づけとなります）、情熱を傾けるのです。でも絵を描いたらご褒美をあげると言われると、たちまち子供たちの絵は雑になります。もちろんご褒美をもらえることには大喜びしますが、絵を描くことにはそこまでの喜びを感じなくなります。絵を描くとご褒美がもらえると言われた子供は、言われなかった子供のたった半分ほどの時間で絵を描きあげてしまうという研究結果もあります。[5]

実を言うと、それとまったく同じ行動を野生のチンパンジーたちもすることが一九六〇年代に確認されていたのです。デズモンド・モリスは、シュールレアリスムの画家と児童小説作家という顔を持つ世界的に著名な動物学者です。モリスは、絵を描くことを覚えたチンパンジーが、絵を描くとご褒美をもらえるとわかった途端に自分の愉しみのために絵を描かなくなってしまうことを発見しました。ご褒美につられて描いた絵は、かける時間も短くて簡素なもので、チンパンジー自身もそれほど熱中しなくなりました。「どのチンパンジーもささっとぞんざいに描いたかと思うと、すぐに手を伸ばして褒美を求めた。それまではちゃんと気を配られていたデザインとかリズムとかバランスとか構図は全部消えてしまって、結果として最悪の〝コマーシャルアート〟が生まれてしまった」[6]とモリスは述べています。しかし多彩な顔を持つモリスによる野生のチンパンジーの観察方法は、厳密で客観的な行動主義心理学の立場から見ると雑で主観的なものでした。そんなモリスの見解は〈プロジェクト・ニム〉に反映されることはありませんでした。

〈プロジェクト・ニム〉は人間たちにとってもニムにとっても悲劇でした。ニムはあくまで実験動物であって、社会の一員でもなければ家族の一員でもありませんでした。野生のチンパンジーを捕まえて言葉を覚えさせようとするのであれば、採取したデータは少なくとも反論の余地のないものであるべきだとするテラス教授の研究意図は、当然のことながら合理的で正しいものでした。しかしニムはチンパンジーとしての〝自分自身〟になることはできませんでした。そしてニムはどんな能力を秘めていたのかもまったくわかりませんでした。

人間との生活――プロジェクト・ワショー

〈プロジェクト・ニム〉のような研究室での実験は厳密で正確な結果が出るのかもしれませんが、それでも限界があります。自意識のある動物を簡素で殺風景な環境に押し込めておくことの倫理上の問題はさておき、刺激と反応という行動主義の観点では絶対に答えが出ない、誰もが抱いている一番興味深い謎があるのですから――チンパンジーは人間に似ているのか？　チンパンジーは言葉のやり取りができるのか？　チンパンジーは何を考えているのか？　チンパンジーは人間と同じようなことができるのか？　こうした疑問の答えを見つけたいのであれば、やはり可能なかぎり人間と同じように育てなければなりません。与えられる刺激も少なくて他者との交流がまったくない檻《おり》のなかでは、言葉のやり取りを身につけられるはずもありません。ちゃんと手話ができたらご褒美がもらえるというのに、その手話で誰かとやり取りしても何ももらえないのなら、一体どうやってやる気を起こせるというのでしょうか？

さらに悪いことに、研究室という環境はチンパンジーの知能を退化させてしまうのです。殺風景な研究所内で育てられたチンパンジーは、徐々に知能を失っていくということがわかっています。捕獲されて研究室に連れてこられたばかりの若いチンパンジーのほうが、古株のチンパンジーたちよりもいい成績を上げるのです。豊かで変化に富む環境がなければ、豊かで変化に富むチンパンジーの知能はどんどん衰えていきます。

こうした点を念頭に置いて、ある実験がおこなわれました。ネヴァダ大学の心理学者のアレンとベアトリクスのガードナー夫妻は、かつてロバート・ヨーカーズとケロッグ夫妻がやろうとした集中的できめ細かい実験に取り組むことにしたのです。ガードナー夫妻は自宅で若いチンパンジーを育て、都市郊外に暮らす典型的なアメリカ人家庭の暮らしを経験させました。ふたりが最初に育てたメスの〈ワショー〉は生後一〇カ月頃にアフリカで捕らえられ、一九六六年の夏にリノ市郊外のガードナー家に連れてこられました。ワショーは裏庭に置かれた小屋を与えられ、四年にわたって人間のようにしつけられました。コップから水を飲んだり、ナイフとフォークを使って食事したり、自分で服を脱ぎ着したり、トイレを使ったりする習慣を身につけたのです。[7] ワショーは人形遊びが好きで、風呂に入れたりミルクを飲ませたりしていました。さらにはドライバーやハンマーなどの工具も巧みに使えるようになりました。ワショーはペットではありませんでした。どんなときでも人間の子供として扱われたのです。

その後の一九七二年から七六年にかけて、ガードナー夫妻は〈モジャ〉〈ピリ〉〈タトゥ〉〈ダル〉という四匹の赤ちゃんチンパンジーを引き取り、ワショーと同じように、つまりわたしたちの子育てと同じやり方で育てました。夫妻はチンパンジーたちの関心を、犬や人間、食べ物、おもちゃといった周囲にあるものに向けさせました。夫妻と〝ベビーシッター〟たち――研究プロジェクトの助手たちのことです――は、赤ちゃんチンパンジーたちにいろいろと質問し、彼らも赤ちゃんたちから求められることに応えました。つまり、ガードナー夫妻たちは会話をたくさん交わすことで言語を〝教えた〟のです。

ところがこの実験に行動主義心理学者たちは黙っていませんでした。行動主義の権威のひとりのバラス・スキナーが、ガードナー夫妻の手法は雑で秩序だっていないと批評したのです。一九七四年の〈プロジェクト・ワショー〉についてのドキュメンタリー映画で、助手たちが友だちか介護人のようにチンパンジーたちと接している様子を見たスキナー博士は、この実験のどこがまずいのか指摘する手紙をしたためて夫妻に送りました。「あなたがたの新米助手たちのチンパンジーへの接し方には、心底失望させられました。経験不足の彼らは、指示どおりにできたら褒美を与え、できなかったら罰を与える、つまり〈強化の随伴性〉を効果的に使いこなせていません。実験対象を甘やかされた赤ん坊のように扱っているところが問題なのです。初期段階で行動修正をすれば、結果が出るまでの時間を大幅に削減できますし、結果もさらにはっきりとしたものになるでしょう」

言うまでもないことですが、チンパンジーを人間の子供のように扱うことこそがガードナー夫妻の実験の要《かなめ》でした。霊長類のなかで言葉の習い方を知っているのは人間だけなので、人間の言葉をチンパンジーに教えるには、人間と同じやり方で教えるべきだと考えるのは当然だと言えます。強化の随伴性？　そんなことを意識して赤ん坊に接して、育てますか？　人間の子供が言葉を話すのは、言葉が人間の家族と社会を機能させるものだからです。そして人間の子供が汚い言葉や罵倒語を使うようになるのは、人間の社会には不和と対立があるからです。不和と対立ならチンパンジーの社会にもごまんとあります。案の定、言葉という贈り物を手にした途端、チンパンジーたちは教えてもいないのに汚い言葉と罵倒語を編み出しました。

チンパンジーに手話を教える理由

どうしてチンパンジーは言葉を身につけることができるのでしょうか？　簡単に言うと、わたしたち人間とチンパンジーはそっくりだからです。とくに学習能力についてはかなり近いものがあります。

実際に、人間とチンパンジーは驚くほどよく似ています。進化の軌跡をたどると、チンパンジーはゴリラやオランウータンよりも人間に近いことがわかります。[8] 幼児期が長いというところも共通点のひとつです。ほぼすべての動物は、生存するために必要な能力・行動がほぼすべて備わった状態で生まれてきます。このほぼすべての動物のことを〈早熟性〉の動物と言います。一方、チンパンジーと人間はどちらも〈晩成性〉の動物です。わたしたちとチンパンジーたちは、その一生のなかのかなり長い期間を成体に完全に依存して過ごして、その期間内に自分の力で生きていく術《すべ》を学びます。この晩成性は種としては大きな強味ではないように思えます。幼児がまったくの無力だという点ではむしろ弱味だと言えます。しかしこの長い幼児期こそが、チンパンジーと人間が順応性の高い知性を持てる理由のひとつなのです。

どんな環境に置かれても、どれほど厳しい状況に生まれ落ちたとしても、わたしたちは生き抜く術を周辺環境から学びます。この能力があるからこそ、人間もチンパンジーも新たな情報を長期間にわたって取り込むことができるのです。新しい情報の取り込みが最も活発におこなわれるのは幼年期ですが、人間もチンパンジーも一生を通じて学び続けることができます。チンパンジーの場合、飼育状態にあると六〇年間、野生の状態では四〇年も学び続けることができます。無力な幼児期は、一生を通じて学び続けるために支払う些細な代償だと言えます。

でも、人間とチンパンジーがそれほどまでに似ているのであれば、ガードナー夫妻はどうして話し言葉ではなく手話を教えたのでしょうか？　ロバート・ヨーカーズ博士が指摘したとおり、チンパンジーたちがわたしたちの話し方を真似ることは身体的に不可能だからです。チンパンジーにも発声機能は備わっているのですが、舌は薄くて喉も高い位置にあるので、人間の話し声と同じ音域の声を出すことができないのです。それにそもそも、野生のチンパンジーはそんなに鳴いたり吠えたりはしません。ロジャー・ファウツ博士によれば——博士はガードナー夫妻の教え子です——チンパンジーは人間の真似をしたがりますが、人間の声にはほとんど興味を示さないのだそうです。[9]チンパンジーたちにとって、声はコミュニケーションの手段ではなく感情を示す信号にしか過ぎません。

野生のチンパンジーはまったくと言っていいほど声を出さず、身振り手振りで仲間とやり取りします。アレン・ガードナー博士はこう述べます。「大抵の場合、チンパンジーたちは無口です。あらゆる年齢のオスとメスが入り交じった一〇匹ほどの集団が木の上で穏やかに餌を食べていても、ほとんど音はしません。その下を通りかかっても、チンパンジーのことをあまり知らない人間だったら彼らの存在に気づかないこともあるほどです[10]」

チンパンジーたちはキーキーとおしゃべりしているというイメージがありますが、それはターザンの映画に由来するもので、つまりはハリウッドが生み出した幻想なのです。わたしたちが会話だと思っている映画のなかのチンパンジーたちの声は、実は切迫した悲鳴です。大抵の場合、映画製作現場で不運な役目を負わされたアシスタントが、さらに不運なチンパンジーをいじめて鳴かせて、その鳴き声を録音したものを使っているのです。アレン・ガードナー博士によれば、チンパンジーの本当の声を知っている人間であれば、映画で使われている偽の声は助けを求める人間の悲鳴と同じように聞こえて、その悲惨さに心をかき乱されるそうです。「何かを訴えるようなハイトーンの叫び声を聞くと、チンパンジーがいじめられているという不快な光景が容易に想像できます」博士はそう述べています[11]。

チンパンジーが声を出すのは感情をあらわにするときだけです。脅威にさらされたときには荒い息をするように低い声で唸ったり吠えたりします。そして恐怖を感じたり悲しんだりしたときには金切り声で叫んだりうめき声をあげたりします。ガードナー夫妻は、育てているチンパンジーたちはどんなときに手話を使い、どんなときに声を使うのか確かめる実験をおこないました。ふたりはタトゥとダルに、二匹が大喜びしそうなこと（外に連れて行ってあげるとか、アイスクリームをあげるとか）と、怒らせるようなこと（大好きなおもちゃを取り上げるとか）を手話で伝えました。すると二匹は、驚くほど人間そっくりの反応を見せたのです。大喜びしたり怒ったりすることを過去もしくは未来の出来事として伝えた場合（〝昨日アイスクリームあげたよね〟とか〝明日、あなたの大好きなおもちゃを取り上げちゃうわよ〟とか）、タトゥとダルは手話で自分の気持ちを伝えました。一方、今からそれをすると告げると（〝これから外に出ましょ〟とか〝おもちゃを取り上げるわよ〟とか）感情をむき出しにして鳴き声をあげたのです。[12] 人間の場合を考えてみましょう。サッカーの試合を観戦しているとき、自分が応援するチームに絶好のシュートチャンスが訪れると、歓声をあげます。そして相手チームのキーパーにシュートをはじかれると、がっかりしてうめき声をあげます。でもそのシュートシーンをあとになって語るときは、はしゃいだり不満を漏らしたり罵ったりはしますが、試合を観ていたときのような歓声やうめき声ではなく、ちゃんとした〝言葉〟を使うものです。

ガードナー夫妻と研究チームは、育てているチンパンジーの近くにいるときは言葉を使わず、手話でやり取りをしていました。ベアトリクス・ガードナーは、研究の道に飛び込んだ頃はノーベル医学生理学賞を受賞した動物行動学者のニコ・ティンバーゲンの下で動物の行動を観察していました。そのとき、チンパンジーにとっては身振り手振りのほうが声よりもずっと重要なコミュニケーション手段だということを学びました。だからガードナー夫妻は、ワショーと一緒に暮らし始めたときから彼女の前では一切言葉を使わないことにしたのです。彼女に話しかけるときも互いにやり取りするときも手話だけを使いました。そうやってワショーの言葉を話さない人間の〝友だち〟になったのです。〈プロジェクト・ワショー〉では、ワショーの周囲では一切言葉を使わない規則を全メンバーに徹底させていました。つまりワショーは、人間の友だちが話す言葉を一度も聞いたことがなかったのです。[13]

どうしてワショーたちのまえで言葉を話してはいけなかったのでしょうか？　人間の子供は、話しかけられることでのみ言葉のやり取りの仕方やルールを身につけるわけではありません。年上の人間たちが会話を交わしている様子を見て学んでもいるのです。それと同じことをチンパンジーたちに体験させるためには、研究チームはチンパンジーたちがこれから理解できるかもしれないやり方で会話する姿を見せなければならなかったのです。〝この人間たちが使っている言葉は、どこかちがうぞ。ほかの人間たちはあんなに手を使ってないし、それにずっと声を出してるぞ〟チンパンジーたちにそう思わせないために、つまり手話が普通のコミュニケーション手段だと思わせるために、研究チームはチーム外の人間が彼らに話しかけようとする状況をあらんかぎりを尽くして、ときにはとんでもないやり方で回避しました。たとえば、ご褒美として〈マクドナルド〉に連れ出すときなどはまさしく隠密行動でした。店から離れた駐車場に車を停めて、ドライバーとワショーを車内に残して、もうひとりがハンバーガーを買いに行きます。もし誰かに見つかったら、物見高い野次馬たちが近寄ってきてワショーに声をかけようとするまえにその場から走り去ります。そして買い出し役は、テイクアウトしたハンバーガーを手にその場で途方に暮れ、野次馬が消えるのを待ちます。

時を経るにつれて、研究メンバーのほうから話しかけることは目に見えて減っていきました。チンパンジーの行動の記録や報告書の作成、そして実験で忙しかったからです。ワショーたちチンパンジーは音をたてて人間の友だちの注意を惹こうとしていましたが、覚えた途端に手話に切り替えました。[14]

それでもチンパンジーたちが手話を使うのは、もっぱらほかのチンパンジーたちと話をしたり独り言を言ったりするときでした。〈プロジェクト・ニム〉とはちがい、手話は人間から何かを得るための手段だけではなかったのです。「ワショー、モジャ、ピリ、タトゥ、ダルは、友だちや見知らぬ人たちに手話で話しかけていました。チンパンジー同士で話をするときにも独り言を言うときにも手話を使っていました。犬にも、猫にも、おもちゃにも、道具にも、そして樹木にすらも手話で話しかけていました。褒美で釣って手話を使うように仕向ける必要はありませんでした……大抵の場合、チンパンジーたちのほうから手話で話しかけてきたのですから」ガードナー夫妻はそう述べています。チンパンジーたちは〝朗読する〟こともありました。あるときワショーは、雑誌をぱらぱらとめくりながら独り言を言い、そして自分の言いまちがえを言い直しました。アレン・ガードナー博士によれば、そのときは飲料の広告を見ていたそうです。〝この、たべもの〟ワショーは手話でそう独り言を言ったかと思うと、じっと手を見てから〝この、のみもの〟と言い直したそうです。[15]行くことを禁じられていた場所にこっそりと行くときには〝しずかに〟と独り言を言いました。人間の子供がやるように人形に話しかけたりもしました。

一〇カ月ほど経つと、ワショーは〝おかし、ちょうだい〟とか〝はやく、つれてって〟とか、短い文章を手話で話すようになりました。「ワショーは人間の子供のように抽象的に考えていました」そう語るのはロジャー・ファウツ博士です。「人間の子供のようにコミュニケーションを取っていました。ワショーはただ手話を学んでいただけではありません。自分の気持ちを伝えたり、裏庭という自分の世界を自分の思い通りにしたり、想像し得るさまざまな状況で自分のやりたいことをやるために、手話を使っていたのです」[16]

さらにワショーは、自分が知っていることと自分以外の誰かが知ることができることのちがいをしっかりと理解していました。人間の子供の場合、自分が見知っていることを誰もが知っているわけではないことを理解する能力は四歳ごろに発達します。ワショーも、人間の友だちが知らないことを自分は見たり知ったりできることをわかっていました。彼女は見晴らしの利く木の上に登り、誰かがガードナー家に向かってきていることを人間の友だちより先に気づいて、来客の到着を告げたりしました。

人間の幼児にも同じことが言えるのですが、手話が堪能であることと会話の内容を理解できる力は両刃の剣にもなり得ます。たとえば〈プロジェクト・ワショー〉のスタッフたちは、〝bath《バス》（おふろ）〟と告げるときにお風呂を意味する手話を使わず、B・A・T・Hといちいち綴りました。これから大嫌いなお風呂に連れていかれるのだとわかったときのチンパンジーたちの反応を、スタッフたちは心得ているからです。人間の親たちも、これに似た苦労をしていますよね。[17]

チンパンジーは汚い言葉や罵倒語を使うことができるのかという問いの答えを出すには、まず

〝チンパンジーと意思の疎通を図ることができるのか？〟という関門を突破しなければならないことは言うまでもありません。汚い言葉や罵倒語が交わされるシチュエーションには、交わしているものたちのあいだに意思の疎通が成立していなければなりません。もちろん必要な条件はそれだけではありませんが……ワショーたちチンパンジーの手話は本物の言語だったのか、それともご褒美をもらうための手の込んだ手段だったのでしょうか？　わたしは言語そのものだったと固く信じています。第一に、たしかにチンパンジーたちが習った手話のなかにはお腹が空いたときに使うものはありましたが、そのほとんどはご褒美とは関係のないものでした。食べものと飲みものに関する手話は二九ありましたが、ワショーたちは〈腕時計〉〈電話〉〈切手〉〈鍵〉〈掃除機〉といった言葉もすぐに覚えました。[18]　小さなお子さんのいるスマートフォンユーザーなら、チンパンジーが大人の使うものに強い興味を抱くという事実をよく理解してもらえると思います。

さらに言うと、ワショーたちは手話を一〇個ほど覚えると、とくにそうするように教えられてもいないのに、それらを組み合わせた言葉を考え出すようになりました。[19]　わたしの幼い姪のロミリーは、教えられてもいないのに眼鏡のことを〈目〉と〈シャボン玉〉をくっつけて〈目のシャボン玉〉と表現しました。それと同じように、ワショーは冷蔵庫のことを〈あける、たべもの、のみもの〉、スイカのことを〈キャンディー、のみもの〉と表現しました。モジャはライターのことを〈きんぞく、あつい〉、保温マグカップのことを〈きんぞく、カップ、のむ、コーヒー〉と言うようになりました。ワショーたちはいろいろなものや研究チームの人々の特徴を表現することもできました。研究チームは、ワショーたちが手話とその手話が意味するものの関係をちゃんと理解しているのかどうかを確認してみました。幼児たちに〝アヒルは何て鳴く?〟とか〝モーモーと鳴く動物は?〟と尋ねるみたいに、ワショーのお気に入りの長靴の色であるとか、〈きんぞく、あつい〉は誰のものなのかであるとか、チンパンジーが手話で示した言葉についていろいろと尋ねてみました。手話とそれが意味するもの、つまり言語学で言うところの〝意味しているもの《シニフィアン》〟と〝意味されているもの《シニフィエ》〟がちゃんと結びついているかどうかを確認してみたのです。

ワショーたちの言語能力は天才レベルだったといっても差し支えないと思います。ワショーたちは手話を理解することも、そこから新しい意味の言葉をつくりだすことも、自分たちの世界を語ることもできました。しかしわたしとしては、もっと突っ込んで考えてみたいのです。ワショーたちチンパンジーたちが巧みに考案したのは、スイカやライターを表現する言葉や彼らなりの強調の仕方だけではありません。言葉を身につけると同時に、汚い言葉や罵倒語も編み出したのです。でもそこに至るまでには、もうひとつ別の技術が必要でした。

人間の世界では〝きたないはダメ《タブー》〟

ワショーが汚い言葉や罵倒語を身につけるようになったのは、トイレトレーニングを受けたからだとわたしは考えています。このわたしの推論に敢えて反論しようとする人なんかいないでしょう。だって、トイレのしつけをしないままチンパンジーと長く暮らして手話を覚えさせていると、興味だけじゃなくて悪臭にも満ちた暮らしになるはずですよね？　野生のチンパンジーたちは、人間の研究者たちが近づいてくると容赦なく尿をひっかけたり糞を垂らしたり投げつけたりします。そうやって、ここは自分たちの縄張りだと威嚇するのです[20]。そのことをわかっていたガードナー夫妻は安全策を取りました。ワショーを自分たちの家で育てるのであれば、排泄には——少なくとも人間の家族と一緒にいるときは——しかるべきタイミングと場所があることを教えなければならないと考えたのです。

多くの幼児と同じように、ワショーはトイレトレーニングを厄介なことだと思っていました。排泄という身体機能を人間はタブー視していることを自然と理解していたので、ワショーは〝トイレ嫌い〟になってしまい、トイレよりもおむつを好んで使うようになりました。

研究チームは、〝きたない〟はよくないものだけど、トイレで〝きたない〟をすることはいいことだとワショーに教える必要があることに気づきました。彼女のトイレトレーニングの担当になったのは、ガードナー夫妻の助手として研究者のキャリアをスタートさせたロジャー・ファウツ博士でした。ファウツ博士はその当時のことを、ワショーと暮らした日々のなかでも最も困難な数週間だったと語ります。「トイレに座っているかわいそうなワショーに、わたしは手話で何度も何度も頼みました。〝おねがいおねがい、してみて〟とか〝おねがい、してみて、もっと、みず、ながしてみて〟とか。トイレトレーニングを始めると、すぐにこんなやり取りばかりになりました」

若いワショーは、多くのタブーと、都市郊外に暮らすアメリカ人に求められる礼儀正しさをしっかりと胸に刻みつけました。それができない下品な人間もいるというのにです。アレン・ガードナー博士はこう語ります。「森のなかを散歩しているときにトイレが見つからないと、ワショーは戸惑っている様子を見せました。そしてようやくコーヒー豆の空き缶を見つけて、そこに用を足したんです」[21] トイレ以外の場所で〝きたない〟をすることは〝わるい〟ことだと学んだガードナー家のチンパンジーたちは、もはや森のなかでもしゃがんで排泄するようなことはしなくなりました。

ガードナー夫妻とその研究チームに育てられたワショーをはじめとするチンパンジーたちは、〝きたない〟という手話を人間のようにいろいろなものに結びつけて使いました。排泄物とか汚れた服や靴、そして排泄行為そのものも〝きたない〟で表現しました。彼らは〝きたない〟を二回使うことで怒りや恥の感覚を強調しました。〝きたないきたない、ごめんなさい〟は悪いことをしてしまったときの謝罪の言葉です。一方、〝きたない、よい〟はワショーがつくりだしたトイレを指す言葉です。[22] この言葉は、ワショーが排泄のタブーについての微妙なところを理解していたことを如実に示しています。トイレで用を足すことは必要で悪いことではありませんが、トイレ以外ですることは恥ずかしくて悪いことです。それをワショーはわかっていたのです。

〝きたない〟はチンパンジーたちにとってタブーを指す言葉だと強く思わせる根拠はもうひとつあります。それは、恥ずかしい行為をしているところを見られたとき、わたしたちと同じように嘘をつこうとするところです。ルールを破ったり礼儀をわきまえないことをしたりしているところを見とがめられると、人間はとんでもない大嘘をついてごまかそうとします。とくに幼児や小さな子供は、悪さをしているところを見られてしまうと見えすいた嘘をついたり、笑ってしまうほどの大嘘をついたりするものです。最近わたしが目撃した例ですが、三歳の女児が最後のひとつのドーナッツを生後三カ月の弟が食べてしまったと、ジャムと砂糖まみれの口で大真面目に訴えていました。それとほとんど同じように、チンパンジーたちにとって〝きたない〟ことは嘘をつくに値する恥ずかしいことだということを、ファウツ博士が収集したデータが示しています。〈ルーシー〉の例を見てみましょう。ルーシーはガードナー家以外の家庭で育てられていましたが、ファウツ博士はそこで彼女を観察していました。

ルーシーは目立ちたがり屋で、いつも自分が話題の中心でいないと気が済まないチンパンジーでした。ファウツ博士が人間の家族とばかり話していてルーシーのことを構わないでいると、彼女は居間の真ん中で用を足してしまいます。トイレトレーニングを受けていないからではありません。機嫌がいいときは、ちゃんとしかるべき場所で用を足すのですから。でも気分を害されると、ルーシーは嫌な手段で抗議します。これから記すのは、ルーシーとファウツ博士のやり取りの記録です。

ファウツ博士が部屋に入ってくる。ルーシーが手話でちょっと何か言っているのを見て、博士は尋ねる。〝なに、それ?〟

〝なに、それ?〟ルーシーはそう答える。何かをごまかそうとしているのか、無邪気なふりをしているように見える。

しかしファウツ博士はだまされない。〝あなた、してる。なに、それ?〟

ルーシーは答える。〝きたないきたない〟

ファウツ博士は訊き返す。〝だれの、きたないきたない?〟

〝スー〟ルーシーは手話で答える（スーはその当時のファウツ博士の助手のひとりで大学院生です。博士課程の学生たちはストレスのせいで奇行に走りがちだということは、たしかにわたしも認めます。それでもファウツ博士は、スーがそこまで追い込まれていないと確信していました）。

ファウツ博士はまた尋ねる。〝これ、スー、ちがう。これ、だれの？〟

〝ロジャー〟ルーシーはそう答える。人のせいにしようと必死になっていることが手に取るようにわかる。

ロジャー・ファウツ博士はルーシーを叱る。〝ちがう。ぼく、ちがう。だれの？〟

ルーシーは謝る。〝ルーシーきたないきたない。わるいの、ルーシー〟

〝きたない〟は恥と結びついた言葉なので、自分の気に入らないことをする人間や動物を侮辱する言葉にあっという間になってしまったのでしょう。チンパンジーたちは、そう教わったわけではありません。自発的に〝きたない〟を悪口として使ったり、イライラしたときの不満の声として使ったりするようになったのです。あるタブーをちゃんと認識すると、チンパンジーも人間も同じようにそのタブーと感情面のつながりをつくります。タブーとされるものやことを示す言葉は強い感情を引き起こします。しかしそれだけではありません。その反対に、強い感情を覚えると、その言葉が心のなかに湧き起こってくるのです。たとえば、ワショーは檻のなかから出してもらえないと、ファウツ博士のことを〝きたない、ロジャー〟と言い、別の種類のサルに威嚇されると〝きたない、サル〟と言いました。

　事実、〈サル〉という手話は手話ができない別の霊長類を見下す言葉になりました。ちょっと嫌な話ですが、侮辱や中傷の言葉も、わたしたちの胸の奥底に刻み込まれているような気がします。

　ワショーたちが汚い言葉や罵倒語として使っていた手話は〝きたない〟だけでしたが、彼女たちは実にバラエティ豊かに使いこなしていました。わたしたちが〈fuck《ファック》（クソ）〉とそのバリエーションを使うとき、噛みつくように言ったり吐き捨てるように言ったり、ときには叫んだりして強調します。ワショーたちも同じで、〝きたない〟を思い切り強調して使うこともあったのです。「手を〝きたない〟のかたちにして、手首の背側を下顎の裏側に当てて示すんです。研究室に響き渡るようなバチンという音をたてて手首をぶつけて強調することもあります」[23] 手首を勢いよく顎にぶつけて、歯をカチカチと鳴らすワショーの姿を見ると、彼女の不快のほどが想像できるはずです。その姿は心に強く残るものであると同時に、人間らしいものでもあります。わたしには、往来で嫌がらせをしたどこぞのバカ野郎に中指を突き立てる行為を思わせます（もちろんそう思うのはわたしだけじゃないですよね？）。

　これも人間と同じですが、チンパンジーが排泄のタブーを利用するのは暴言を吐いたり怒りをあらわにするときだけではありません。人間の小さな子供ならだれでも〈うんこ〉のことを面白がります。〈うんこ〉には、わたしたちをぎょっとさせて、そのあと笑わせることができる力があります。〝きたない〟がタブーだということをしっかりと理解すると、ワショーは〈うんこ〉にまつわるちょっとしたジョークを平気で使うようになりました。人間の研究者たちが彼女の〈うんこ〉の始末を嫌がっていることに気がつくと、〈うんこ〉を使って研究チームを思い通りにしようとしました。「おもらしをしたり、おもらしするぞと脅せば、わたしたちを自分の言いなりにできるとわかるまで、そんなに時間はかかりませんでした。木のてっぺんに登って単純な生理的欲求を満たすだけで、地上にいる人間の成人たちが必死になって跳びまわるんですよ。さぞかし面白かったでしょうね」ファウツ博士はそう語ります。

目論見通りに人間たちが慌てふためくさまを見て、ワショーは〝きたない〟が持つ力にさぞご満悦だったことでしょう。しかしばらくすると、〝きたない〟ジョークはそれだけで面白いことを理解するようになりました。ワショーは何かのご褒美としてファウツ博士におんぶしてもらったり、肩車してもらうことが大好きでした。ある日、博士がおんぶをしていると、ワショーは鼻を鳴らしながら〝おもしろい〟と独り言を言いました。「何が面白いのか私にはわかりませんでした。でも、ちょっとしたらわかりました。何か生暖かいものが私の背中を伝ってズボンのなかに落ちていきました。それからは〝おもしろい〟という手話を絶対に見落とさないようになりましたよ」

人間の子供のように育てられたチンパンジーたちは、人間の子供たちのように振る舞うようになりました。それは、どこからどう見ても人間そのものという行為ばかりでした。身体機能に関係のあることについて嘘を言い、ジョークを言い、恥ずかしがるのですから。彼らにとってタブーは強い意味を持つようになり、腹を立てたときや自分の思い通りにしたいときにその力を利用しました（〝きたない、ロジャー〟とか〝きたない、サル〟とかです）。そして心をウキウキさせる下品な言葉の基盤にもなったのです。ワショーもモジャもピリもタトゥもダルも、そしてルーシーも、タブーとは何なのかを理解した途端に、汚い言葉や罵倒語を身につけたはずです。絶対にそうだとわたしは思っています。チンパンジーにも人間にも、同じ感情面の結びつきがあるのですから。

子供の教育――チンパンジーは言語を伝えることができるのか？

何年かすると、ファウツ博士はワショーを連れてガードナー夫妻の研究室から去り、オクラホマ大学で自分の研究室を構えました。ワショーが強い母性を見せるようになったので、博士はさまざまな霊長類研究施設と連絡を取り、チンパンジーの里親を探していないかどうか問い合わせました。そして博士は生後一〇カ月の〈ルーリス〉をワショーの養子として迎えました。最初こそぎこちないものでしたが、しばらくすると二匹は母親と子供の関係を築きました。****

ファウツ博士は、このタイミングでワショーの生活をがらりと変えてしまうことにしました。チンパンジーも人間のように言葉を次の世代に伝えられるのかどうか確かめるべく、ワショーとルー

****ファウツ博士とともにオクラホマ大学にいた頃、ワショーは男児を出産しました。〈シクウォイア〉という名前の子でした。しかし大学側の不手際でシクウォイアは怪我をしてしまい、感染症を起こして生後数日で亡くなってしまいました。ファウツ博士はワショーの悲しみを、近親者としての自分の憤りを書き残しています。それを読んで、わたしは人間と霊長類の関係を見つめ直しました。オクラホマ大学にいた当時のワショーの記録を読んでみてください。大学の不手際に絶対罵倒したくなるはずです。

リスが一緒にいるときは手話で話しかけることを禁じたのです。実際のところ、二匹は片時も離れず寄り添いあっていて、ワショーと人間が手話で会話ができるときはいつもそばにルーリスがいました。それからの五年間、ワショーは幼児の頃からずっと自分の面倒を見てくれた人間の友だちとはほとんど言葉を交わしませんでした。その悲しい五年のうちに、チンパンジーたちと人間たちはもう気安く言葉をかけあう関係ではなくなりました。[24]

その五年間をかけて、ワショーは自分が教えられたときと同じやり方でルーリスに手話を教えました。手本を示したり、ルーリスの手を取って手話のかたちにさせたり、いろいろなものに注意を向けさせたり、いろんなことをするように促したりして手話を教えました。ワショーの養子として迎えられてから五カ月後、ルーリスは一歳三カ月でいくつかの手話を覚え、それらを組み合わせて〝いそいで、ちょうだい〟とか〝ひと、くる〟といったフレーズをつくるようにもなりました。一九七〇年代を通じてチンパンジーの幼児を引き取り続けていたガードナー夫妻は、育てていたチンパンジーが青年期に達するとファウツ博士の研究室に送り、〈プロジェクト・ワショー〉に参加させました。一九七九年にはワショーとルーリスのところにモジャがやって来て、一九八一年には五歳になったタトゥとダルが加わりました。それまでルーリスの話し相手は母親のワショーだけでしたが、そこに三匹が加わったことでルーリスの手話学習はさらに進み、どんどん堪能になっていきました。

チンパンジーたちとだけ手話でやり取りしているうちに、ルーリスは〝ほん〟〝きたない〟〝だいて〟〝おねがい〟〝ごめんなさい〟といった五一の言葉を身につけました。ワショーも新しい言葉を学びました。モジャとタトゥとダルは、ワショーがガードナー夫妻の元を去ったあとに〃もうふ〃を習ったのですが、ワショーも三匹と再会するとすぐに使うようになりました――人間と同じように、チンパンジーたちも成人に達してもなお言語を学習する能力は持続することがわかる事例です。

一九八〇年から一九九三年までのあいだ、ファウツ博士とチンパンジーたちはセ《C》ントラル・ワ《W》シントン大《U》学にいました。チンパンジーたちにとっては安全ではなく居心地の悪かったオクラホマ大学を去ってCWUに拠点を移したのは、〈プロジェクト・ワショー〉に対する理解も支援もCWUのほうがはるかに上回っていたからです。でも理解も支援もありましたが、資金はありませんでした。それはつまり研究設備はとても貧弱だったということです。ワショーたち五匹の家は、心理学部の研究棟の四階にある三〇平方メートルにも満たない一室でした。ワショーたちはネヴァダ州リノ市郊外のガードナー家から刑務所のようなオクラホマ大学に移され、そして今度は都会のアパートと変わらないところで暮らすことになったのです。屋外に出ることはできませんでしたし、陽の光はひとつしかない窓からしか入ってきません。ワショーたちは家族としてそこで暮らし、干しブドウを食べ、粉末ジュースを飲み、研究スタッフと一緒にチェスをしたりくすぐりあったりしていました。それでもチンパンジーたちにとっては窮屈で無理のある生活でした。

ワショーたちの生活環境を改善すべく、ファウツ博士たちは東奔西走しました。そしてようやく一九九三年五月に、新たに建てた敷地面積六五〇平方メートルの研究施設にワショーたちを移しました。州議会での活発なロビー活動と慈善団体〈フレンズ・オブ・ワショー〉からの寄付の賜物です。ワショーたちの新居には草むらがあり、野草と竹がそこかしこに生え、ブランコとジャングルジムを備え、消火ホースと菜園もありました。ワショーたちは菜園で採れた野菜を食べることと同じぐらい、菜園のことを話し合うことが好きでした。

ルーリスは生まれてからの一五年のあいだに、外の世界をほとんど見ることがありませんでした。そんなルーリスにとって新しい生活空間はとてつもない変化で、最初はおどおどしていました。研究チームとしては、チンパンジーたちに新しい環境を少しずつ見せて、徐々に慣れさせてから中と外の世界の垣根を取り払う算段でいました。しかしワショーはスタッフたちが手話で引っ越しのことを話し合っている様子を見て、ドアの先に何があるのか気づきました。彼女自身も一〇年以上も外の世界に触れていませんでした。「引っ越してから二時間か三時間すると、早くも計画の変更を余儀なくされました。目を覚ますと、ワショーはガラスでできた檻から外を見て、〝そとそとそと、そこ〟と手話でわめきだしたんです」ファウツ博士はそう語ります。[25]

充分な空間と安全が確保された施設で、ワショーは余生を過ごしました。そして二〇〇七年に四二歳で亡くなりました。彼女を愛したふたつの種の霊長類たちに囲まれて、ワショーはベッドで息を引き取りました。

チンパンジーが毒づいて何が悪い？

ワショーのようなチンパンジーは――それとファウツ博士とガードナー博士たちも――動物界に

いるわたしたちの親戚たちについて本当に多くのことを教えてくれました。〈プロジェクト・ワショー〉は半世紀近くにわたってチンパンジーたちを人間と同じように育て、共に暮らし、その行動を観察した、壮大な研究プロジェクトでした。そして、サピエンス以前の人間の祖先のイメージを、かつてないほど鮮明に示してくれました。

　わたしは、ワショーとその家族は自己を認識していて、感情豊かな生活を送っていたと考えています。その証拠ならいくらでもあります。ワショーが人間の悲しみや心の痛みを見抜き、慰めることができたという事実は、その最たるものです。子供を亡くしてしまったスタッフのカットが研究チームに戻って来たときの様子をファウツ博士はこう語ります。「ワショーは、どうしてカットは研究チームを離れていたのか知りたがりました。カットは手話でこう答えました。〝わたし、あかちゃん、しんだ〟するとワショーはカットの目をのぞき込み、丁寧な手つきで〝なく〟と示しました。そして自分の頬に触れ、人間が泣いたときにできる涙の筋を指で描いたんです」[26]

　チンパンジーは原始人ではありません。わたしたちとはちがう遺伝子を持っていますし、進化の歴史も異なります。それでもチンパンジーはわたしたち人間に一番近い親戚で、彼らのことを研究した結果、わたしたちの進化の軌跡のなかの未解明の部分をいくつか補うことができました。彼らもわたしと同じようにユーモアを、慈悲の心を、学習する力を授かっています。そして葛藤とフラストレーションという重荷も背負わされています。そして、わたしたちの祖先のことはさておき、ワショーたちは言葉を覚えると、すぐに汚い言葉や罵倒語を使うようになったはずです。賭けてもいいです。

チンパンジーであれ人間であれ、汚い言葉や罵倒語を使うためには他者の心を理解する力が必要です。自分が発した言葉が他者をどんな気持ちにするのか察知できる、論理的思考ができなければなりません。さまざまな感情も必要です。心にダイレクトに訴えかける感情がなければ、汚い言葉や罵倒語は意味を持ちません。さらに言うと、タブーのような社会的概念を理解できるだけの複雑な精神構造も必要です。まわりの人間たちはあるものを嫌悪し、またあるものを善しとするということを、ぼんやりとでもいいからわかっていないと、わたしたちは恥やタブーのことを絶対に理解できないでしょうし、汚い言葉や罵倒語を生み出せるはずがありません。

汚い言葉や罵倒語を使っていた祖先に、わたしたちは感謝すべきなのかもしれません。暴力衝動の安全弁としても絆を深めるツールとしても、汚い言葉や罵倒語に並ぶものはないのですから。最初に団結して狩りをした原人たちは、原初の言葉と軌を一にして発達させた汚い言葉や罵倒語がなかったら、種として繁栄することはなかったでしょう。

チンパンジーにコミュニケーション能力があることには大きな意味があります。それはつまり、地球上に人間以外の知的存在がいるという証拠をようやく見つけたということなのですから。わたしの本来の専門分野である人工知能研究の現場では、今後開発されるであろう高度な人工知能をどう扱うべきかという倫理上の問題を、長年にわたって議論しています。しかし人間以外の知的存在ならすでにいるではないですか。チンパンジーは考えることも感じることも教えることもできますし、欲求も悲しみも恐怖も恥も感じることができるのですから。他者を思いやる気持ちも持ち合わせています。意思の疎通を図ることができるほどの自己認識を持ち、タブーを理解できるほど複雑な内面を抱えています。タブーを理解できるということは、彼らは汚い言葉や罵倒語を使えるということです。そしてそうした言葉を発する原動力になる強い感情も持っています。ところがです。二〇一三年六月、アメリカの国立衛生研究所はチンパンジーを使った実験への資金支援を打ち切ると発表しました。そして二〇一五年六月、今度は魚類野生生物局が捕獲したチンパンジーを〝絶滅危惧種〟リストに載せました。それはつまり、チンパンジーを対象にした実験は当局への許可申請が必要になったということです。

現代医学は、これまでネズミやウサギ、そしてサルや類人猿を対象にした、数え切れないほどの動物実験で成り立ってきました。しかしここに来てようやく、チンパンジーに人間と同じ知性があることがわかったのです。わたしは心の底からほっとしています。そしてチンパンジーに知性があることを如実に示すものこそ、彼らなりに考え出した汚い言葉や罵倒語なのです。

6章

女には向かない言葉――ジェンダーと罵倒語

　圧倒的に男性優位の分野で働く女性であるわたしが身につけた便利な能力のひとつが、汚い言葉や罵倒語を臆することなく吐くことができる力です。男の仲間入りをしたいのなら、サッカーのオフサイドのルールを理解するよりも男みたいに乱暴な口をきく方が手っ取り早いし確実です。この力のおかげで、わたしは男だらけの研究室の一員として受け入れられたのかもしれません。汚い言葉や罵倒語は、研究室の男の仲間たちにとっては研究室の外の世界でも便利なツールであり続けるでしょう。しかし女のわたしにとっては、研究室を出た途端に足枷になってしまうのです。同じタブー語を使っても、いまだに男性よりも女性のほうがずっと厳しい目で見られてしまうのですから。これはどうしようもないことなのです。[1]

　ですが、このダブルスタンダードは比較的新しい時代に生まれたものです。その比較的新しい時代とは、文化的に大きな変化が起こった一八世紀前半のことです。この時期に男性特有の言葉と女性特有の言葉にも変化が生じました。簡潔に言えば〝男は強くあるべし、女は清くあるべし〟という価値観が言葉にも反映されるようになったのです。当時人気のあった識者たちは、女性はタブー語を排除した――とくに身体機能にまつわるタブー語を――〝きれいな〟話し方をすべきで、それに従わない女性は白眼視の憂き目に遭い、地獄の業火に永遠に焼かれると言って世間を煽《あお》り立てました。そんな聞くも恐ろしい警告を受けた女性たちは、言えなくなってしまった言葉をなんとか表現する手段を探り、手の込んだ婉曲表現をどんどん編み出していきました。一方、強くあるべしと言われた男性たちは、そのとき手に入れた力を今でも持っています。男性は女性よりも直接的な物言いをする傾向にあります。そして女性のほうは遠まわしな言い方をしがちで（〝ちょっとお化粧直しに……〟とか）何かを頼むときも相手を立てるようにやんわりとした言い方をします（〝～していただいてもよろしいでしょうか？〟とか）。

この文化と言語の変化の結果、汚い言葉と罵倒語は男性側の辞書のみに載ることになりました。汚い言葉と罵倒語は〝不純な〟ものばかりではありません。あけすけで、往々にして挑発的なものもあります。だからといって誰かの胸を小突くことの言語版ばかりというわけでもありません。セックスや身体機能にまつわるタブーと、そこから派生した話題で話すことができるのは男性のみに限られる社会では、汚い言葉と罵倒語の知識と力は男性のみが手にすることができるものであって、女性には許されないものでした。

汚い言葉と罵倒語を使う権利を獲得すると同時に、男性は感情を幅広く表現する力も掌握しました。職場での例で見たように、汚い言葉と罵倒語はジョークのネタとしても、チームの結束力を育むものとしてもチームの一員である証しとしても大いに役立つ、いわば万能ツールです。ですが、女性同士が交わす会話のなかからこうした言葉は排除され、より間接的な、時と場合によっては偽善に満ちたやり取りにその座を奪われてしまいました。清らかな言葉を使うべしという二世紀近く昔の主張は、コミュニケーション上で最高にパワフルなツールとなる言葉を、まんまと女性の手から（ここは口からも心からも、と言うべきでしょうか）もぎ取ってしまったのです。

それでも、状況は変わりつつあるのではないでしょうか？　現に女性であるわたしが汚い言葉と罵倒語をテーマにした本を書いているぐらいなのですから。わたしは、女だからそんな言葉を口にすべきではないと思ったことなど一度だってありません。それに友人たちにしてみても、タブー語の魔力に取り憑かれているわたしのことを軽蔑していないみたいです。現代の女性たちは、汚い言葉や罵倒語、それに類する強い意味を持つ言葉をかつてないほど巧みに使いこなしているという研究結果も出ています。しかし喜んでばかりはいられません。同じ研究で、そうした言葉を使う女性にはいまだに厳しい目が向けられているとも指摘されているのです。男性が汚い言葉と罵倒語を使うと、陽気で面白い人間だと思われたり、タフな男だと見なされたりするものです。ところが女性が使うと、情緒不安定な女だとか人として信用できないとか言われてしまいがちなのです。この現実を目の当たりにして、わたしはこんな疑問しか頭に浮かんできません。こんなくだらない話、一体どこから湧いてきたのよ？

どうしてわたしの言うことを聞いてくれないの？　女性の遠まわしな言い方

どこから湧いてきたのか知りませんが、このくだらない話は世の中にはびこっています。わたしたちは成長するにつれて常識的な礼儀正しさを習得していきます。そして礼儀正しいとされる言動は、社会集団と世代、そしてジェンダーで異なります。どれほどの礼儀正しさが求められるのか判断する基準のひとつに、相手とどれほど率直に言い合える関係なのか見きわめることが挙げられます。これは言語学的には〈率直性〉と呼ばれるもので、その度合いは文化間で異なりますが、それぞれの文化が持つ下位文化《サブカルチャー》間でもちがってきます。男性優位の現場をいくつも渡り歩いてきたわたしは、〝〜してもよろしいでしょうか？〟とか〝たぶんこれは〜ではないでしょうか？〟とか〝〜してみたらいかがでしょうか？〟とか言ってしまって、話を聞いてもらえなかったり無視されるというつらい経験を重ねてきました。そんなわたしよりも率直な物言いの男性の同僚たちは〝こんな感じにやってみましょう〟と言い、もっと遠慮のない同僚などは〝こんな感じにやればいいだけじゃない？〟と言っていました。言語学者のデボラ・タネンは男性と女性の会話スタイルを研究して、自分の信じていることや願望、そして意図を伝える場合、男性のほうが女性よりもずっと単刀直入に言う傾向にあることを明らかにしました。そして相手の言うことに納得できないことがあると、男性はそのたびに話をさえぎって反論する傾向にあるのに対して、女性は〝代わりばんこに話す〟という会話のルールを尊重して、話をさえぎるのは相手の言うことに賛同したときだけという人が多いということも（〝ええそうね、あなたの言うとおりよ〟）突き止めました。[2]

　遠まわしな言い方は、言ってみれば相手の顔を潰さないようにするための表現です。言われたほうは話の内容に反論してもかまいませんし、頼まれごとだったら断ってもかまいません。〝ねえ、寒くない？〟と言う場合、〝暖房を入れたほうがいいんじゃないかしら〟という提案をそれとなくほのめかしていますが、〝ええ、寒いわね〟と答えることも〝暖房を入れてもいいかしら？〟という暗黙の問いかけに答えることも求めません。文化によっては、この遠まわしな言い方を他の文化よりもずっと多く使うものがあります。夫と一緒に日本語を学んでいたときのことです。この国の言葉には、相手の気分を害することなく頼みごとを断る言い方がたくさんあることを知って、わたしは思わず歓喜の声をあげそうになりました。〝いやよ！〟と拒否しないで〝今はちょっと難しいかも……〟と言えばいいんですから。語尾をぼやかして、困っている感じをちょっとだけ匂わせれば完璧です。わたしはこの言い方をすごく気に入って、かなり無遠慮な言い方をする夫に対して冗談交じりに嬉々として使っていました。頼みごとにきっぱりとノーと答えてもまったくと言っていいほど気が咎めない性質《たち》の夫は、頼みごとにはできるだけ応じてあげたいと思っているわたしのことをちょっと変な女だと思っています。

日本特有の遠まわしな言い方に、わたしは心の底から居心地のよさを感じていました。そしてこの国で働いているあいだに、ようやく男性の同僚たちと同格になったような気分で会話できるようになったのです。でも残念なことに、これから日本語の学習に本腰を入れようとした頃にイギリスに戻ることになりました。日本での暮らしが本当に居心地のいいものだったのは遠まわしな言い方のおかげだということに気づいたのは、実際には帰国してからのことです。少なくともイギリス英語では、女性はより協調的でより平等なスタイルのコミュニケーションを好むという空気が支配的です。一方、男性は一般的にストレートな言い方をしてもいいとされています。日本では、遠まわしな言い方は男女関係なく広く使われているというのに……

男性はストレートな言い方が、女性は遠まわしな言い方が善しとされる。このことと汚い言葉と罵倒語はどう関係あるのでしょうか？　汚い言葉と罵倒語以上にストレートで、不用意に使うと相手の顔を潰してしまう危険性が高い言葉はないと言っていいでしょう。そしてそんな言葉を使う女性に対して、世間は強い偏見を抱いています。その偏見もまた、わたしたち女性に間接的で友好的な話し方を求める社会的風潮の産物です。ところが、これまで男性優位だった職場にどんどん女性が進出して、女性はかくあるべしという古い価値観の束縛から逃れようとする新しい世代が出てきて、女性たちは話し方や言葉づかいを変えつつあります。それでも〝男のひとり〟になるには、やはり汚い言葉と罵倒語が必要なのです。男性特有のストレートな言い方についてはいったん脇に置いておきましょう。どうしてわたしたち女性は、汚い言葉と罵倒語を使ってはいけないことになっているのでしょうか？　そして女性がそんな言葉を使わないのだとしたら、どうして使わないのでしょう？

女は絶対に〝クソッたれ〟とは言わないもの

これまで多くの研究者たちが、女性は男性ほどには汚い言葉や罵倒語は使わないという推論に立って、その理由を説明しようとしてきました。二〇世紀に入っても、言語学者たちは自信に満ちた口調でこう主張していました――女性は婉曲や言い換えなどの表現を駆使して当たり障りのない言葉やフレーズを数多くつくり、男性は粗野な言葉を使いたがる。[3]

一番説得力のある理由をひと言で表現すると、〝性行動についての男女のダブルスタンダード〟になります。同じように性的に奔放でも、女性は厳しい目で見られて〈尻軽女・やりマン〉だと蔑《さげす》まれますが、男性だと女性ほど風当たりは強くなくて、むしろ〈色男〉だとか〈絶倫〉だとか呼ばれて褒めそやされるのです。だから女性たちは口を閉じて下品でみだらな言葉を言わないようにして、身持ちの悪い女だとうしろ指を差されないようにしているのではないでしょうか。[4] 汚い言葉と罵倒語はストレートな言葉なので男性の口から発せられても気にならないのですが、女性が口にすると今でも大きな違和感を聞く側に与えてしまいます。それでもそうした考え方は、先ほど述べたように比較的最近のものなのです。

一七世紀に広く読まれていた書物や文献から、この時代に〈より清らかな性《fairer sex》〉と称せられる女性に対する考え方が変わっていったことがわかっています。女性は妊娠と出産という苦難を経験します。このふたつは本質的に〈fuck〉と〈shit〉、それと血まみれの〈cunt〉と関わっています。それなのに、清らかな心を持ち、〈fuck〉と〈shit〉と血まみれの〈cunt〉といった身体機能のタブーだらけなのに穢れのない存在であるべしとされてしまったのです。

この時代に女性は品格のある話し方と立ち振る舞いをすべしと主張していた人々のなかで、一番影響力を持っていたのはリチャード・アレスツリーでした。イートン・カレッジの校長で国王チャールズ二世付きの司祭だったアレスツリー師は、その地位を大いに活かして自説を広めていきました。一六七三年に出版した著書『*The Ladies Calling*（女性の天職）』でアレスツリー師は、汚い言葉と罵倒語を使っていると女性は性転換して〝不自然な男性〟に〝変態する〟と警告しています。そうした言葉を女性が口にするのは、この世を統《す》べる神を著しく侮辱する行為だと断罪しました。「現世には耳障りな言葉がごまんとあるが、女性の口から発せられる罵りの言葉ほど醜悪きわまりないものはない」とんでもない言いがかりです！　神さまを怒らせるのは、お腹を空かせて泣く赤ん坊でもうめき声を漏らす病人でもなく、〝クソッたれ〟と毒を吐く女性だなんて……

妊娠と出産を経験する女性は、かつては神秘的な存在とされ、畏怖の目で見られていました。一七世紀に生まれた新しい女性観とは、無垢と純潔を強いることでその神秘の力を封じようとする試みだったのです。「恐ろしくて寄りがたい存在だった女性は、一七世紀末にはその牙《きば》を抜かれて従順な天使に変えられてしまった。そして〝きれいな言葉を使う存在〟ということが女性の定義のひとつとなった」言語学者で『*Swearing in English*（イギリスの罵倒語）』の著者のトニー・マッケナリーはそう述べています[5]。

アレスツリー師が『女性の天職』を執筆していた当時、女性の社会的役割はどんどん狭まっていきました。この変化を師は我が意を得たりとばかりに歓迎していました。事実、師は三種類の女性しか認めていませんでした。処女、妻、そして未亡人です。この三つに当てはまらない女性は社会にふさわしくない、少なくともアレスツリー師の恩寵を受けるに値しない存在でした（そして神の恩寵もです。彼の心のなかでは、神と自分自身は一体化していたのです）。言葉づかいが汚いということは、悪行を知っているという証拠にほかならないとも考えていました。4章で触れたジェイムズ・オコナー氏の考え方と気味が悪いほどよく似ています。荒々しいことだらけの世界からか弱い女性を守るべく、男性はこの世に生を享けた。男は男らしく、女は女らしくあるべきだ。これがアレスツリー師とオコナー氏が信じる社会秩序です。ふたりにとって、女性が汚い言葉と罵倒語を使うということはこの社会秩序の崩壊を意味します。きっとアレスツリー師は、研究者であるわたしを目の敵にしたことでしょう――女性で、しかも〝好奇心のプロ〟という表現が一番ぴったりくる職業のわたしのことは大嫌いなはずです。「好奇心ほど有害なものはない。人間を誘惑し、楽園から追放されるきっかけをつくったのは好奇心なのだから。ゆえに、か弱き女性は好奇心にその身をゆだねるべきではない」アレスツリー師はそう断じています。

〝女性は汚い言葉を使うべからず〟運動は、すぐに女性の言葉づかいを取り締まるという域を越えてしまいました。目の前にいる男性が相変わらず汚い言葉を使い続けていたら、わたしたち女性がどんな言葉を身につけてしまうかわかったものではありません。そうじゃありませんか？　一七世紀末から一八世紀初頭にかけて展開された〈道徳改良運動〉の急先鋒のひとりが、演劇評論家で聖職者のジェレミー・コリアーでした。コリアー氏が批判のペン先を向けたのは、世間一般で人気のあるテーマと流行《はや》り言葉を使った王政復古期の演劇でした。無垢な女性を堕落させかねない言葉を使う脚本を、コリアー氏はこう糾弾しました。[6]「劇場に来る女性たちは、その誉れ高き慎みと分別を家に忘れてくるのだろうか？」さらにこうも言っています。「そのような言葉でもって女性たちを扱うことは、女性たちから金を取って罵ることに等しい。そうした女性たちは……猥雑な言葉に身を染め、野卑な場面に満足していると思われる」

当時の劇作家たちも、女性たちは嬉々として劇場に通い続けていたと述べています。では、女性たちを惹きつけていたのは〝野卑な場面〟だったのでしょうか？　いや、あり得ない！　コリアー氏は断言しています。劇場に足しげく通う女性たちは、身も心も完全に純粋で無垢な存在になっていた。だから舞台上で繰り広げられる汚い言葉や性的なユーモアをまったく理解できないはずなのだから……

こうしたコリアー氏の主張は、同時代の人間から見ても少々過激なものでした。劇作家のトマス・ダーフィーは、コリアー氏は口角泡を飛ばしつつ『ドン・キホーテ』をこき下ろしていたと述べています。もっとも、『おなら』と題した歌を書いたダーフィー氏とコリアー氏の意見が一致するはずなどなかったでしょうが。

念のために言っておきますが、か弱くて無垢な女性たちが下品な喜劇に〝虐げられている〟とコリアー氏は嘆き悲しんでいましたが、氏の言う〝女性たち〟とは女性全般ではなく〝淑女《レディ》〟のことでした。つまり尊大なコリアー氏は、階級の異なる女性たちをまったく気にかけていなかったのです。「ドライデン氏（ジョン・ドライデン。同時代の詩人、劇作家）が言うところの〝穏やかで優しき存在〟であるレディたちは、氏の作品に女の情欲や汚い言葉の描写を求めただろうか？　ドライデン氏にとっての〝レディ〟とは、あり余るほどの慎み深さを示す女性であって、悪しき場所にいる女たちのことではない（現在ではストレートに〈娼婦〉と言うところですが）。下品な芝居とは、そうしたみだらな女どもを喜ばせ、その人となりに華を添え、精神を高揚させて天職に励むことができるようにするものなのだ」コリアー氏はそう論じています。

コリアー氏の主張がだんだんわかってきました。結局のところ、氏が憂慮していたのは、レディたちのデリケートな耳が汚されることでも、体のほかの部位が汚されることでもありませんでした。ドライデンたち劇作家にしてもいい迷惑だったでしょう。自分たちが書いた下品な台詞や、それよりもっと下品な題材のせいで、レディたちが〝悪しき場所に顔を並べる女たち〟の言動を進んで受け入れたとしても、それでそれなりの稼ぎになるのであれば気にも留めなかったはずです。コリアー氏とその信奉者たちが忌み嫌っていたのは、恥の意識もなく、世のため人のためになる仕事をしているわけでもない女性の存在だったのです。つまるところ、話す言葉と立ち振る舞いで女性たちを判断するときに用いられ続けている例のダブルスタンダードは、とっくの昔に亡くなっているわずかばかりの聖職者たちがつくりだした、カビ臭い年代物なのです。

二一世紀に生きる一八世紀的な考え

二一世紀になってもなお、男性と同じように汚い言葉や罵倒語を使うという女性の〝新たな〟傾向を非難する有識者はいます。〈女性　汚い言葉〉でグーグル検索すると、そうした言葉を使う女性たちに不快感を抱いている男性たちの（女性もいます）記事やコメントがごまんと出てきます。

グーグル検索のヒット数は根拠としてはかなり弱いものですが、口の汚い女性は不快だという考えは常識として広まっていることを裏付ける証拠なら豊富にあります。南アフリカでも北アイルランドでも、イギリスでもアメリカでも、汚い言葉や罵倒語を使う女性は、同じことをする男性よりも厳しい目を向けられます。一九八〇〜九〇年代当時のティーンエイジャーの女の子たちは——一九六〇年代から九〇年代初頭にかけてのウーマンリブの担い手たちの娘世代で、わたしもそのひとりです——汚い言葉や罵倒語を口にする女性に対して強い拒否感を抱いていました。[7] それが今では、人前で発せられる汚い言葉や罵倒語の四五パーセントが女性からのものです（一九八六年時点では三三パーセントでした）。[8] 少なくともアメリカでは、汚い言葉と罵倒語の男女格差は収入の男女格差よりも小さくなっています。

女性は汚い言葉や罵倒語を男性並みに使うようになったのに、古い考えがいまだにはびこっていて、いざ使うと厳しい目で見られてしまう。こうした感じ方のずれが生じている原因を、北アイルランドのアルスター大学のカーリン・ステープルトン博士は突っ込んだインタビュー調査を数多くこなして解明しました。「社会全体で見ると、汚い言葉や罵倒語に対する許容度はどんどん大きくなってきています。ところが男性が言う場合と女性が言う場合の受け取られ方にはいまだに差があります。女性に比べて男性は、より広範囲な状況でより幅広い人々に対して、気兼ねなく汚い言葉や罵倒語を使う傾向にあります」言葉が、か弱くて純真無垢な女性たちが使うものと力強い男性たちが使うものに分かれてしまったせいで、いまだに女性たちは汚い言葉や罵倒語を使いたがらないのかもしれません。「女性は男性以上に礼儀正しくあるべきと思われていることは、数多くの研究でわかっています。汚い言葉と罵倒語はとんでもなくストレートな言葉ですからね」ステープルトン博士はそう語ります。女性が礼を欠くことをしてしまうと、非難されたり厳しい目を向けられたりします。このふたつのプレッシャーがあるからこそ「汚い言葉や罵倒語を使うことは、今でも女性にとってはかなり危険な行為なのです」

同じ考え方は大西洋の反対側でも根強く残っています。ルイジアナ州立大学のロバート・オニール博士は、二〇〇二年の実験で汚い言葉や罵倒語を交えた会話を書き起こしたものを男女の被験者に読んでもらいました。話者が女性だと告げた場合と男性だと告げた場合では、被験者たちはみな一様に女性だと言われたほうが不愉快に感じたと答えました。[9] そうなった理由を博士に尋ねると、性別役割《ジェンダーロール》がいまだに大きな影響を与えているからだという答えが返ってきました。ジェンダーロールとは、男性と女性のあり方を決める規範のようなものです。「男性は積極的で、タフで、自立的で、いつも異性を求め、そして何よりも女々しくないことが求められます。一方の女性は何よりもまず容姿が問われます。しかし容姿以外にも優しさと愛情深さ、そして人あたりのよさが求められるのです」力も重要な役割を果たしているとオニール博士は考えています。「女性と子供は成人男性より弱いものと見なされているので、みだらで猥褻なものやさまざまな圧力から守ってやる必要があるとされてきたのです」

2章で見たように、癌で苦しむ女性が痛みを和らげるために汚い言葉で毒づくと友人が離れていってしまいますが、男性だとそんな憂き目に遭うことはありません。こうした周囲からの厳しい非難があるから、女性はその圧力に屈して汚い言葉や罵倒語を控えてしまうのです。そう考えてもおかしくないと思います。しかしデータを見てみると、女性たちは少なくとも一九七〇年代からその圧力に抗い続け、汚い言葉や罵倒語を多用するようになったことがわかります。汚い言葉と罵倒語を巡る男女の境界線は、実際にはそれほどはっきりしたものではなくなっているのです。

言葉が実際にどのように使われているのかを知りたければ、言語記録（コーパス）を調べると一番よくわかります。コーパスとは、実際に書かれたり話されたりした言葉を収めた膨大なコレクションです。〈ブリティッシュ・ナショナル・コーパス（BNC）〉はイギリスで実際に使われた言葉の膨大な用例を収録しています。一九九〇年代初頭に編纂されたBNCには、九〇〇〇万の書き言葉と一〇〇〇万の話し言葉が収められていて、そのソースは手紙、新聞、書籍、学校の作文、そして私的な会話に至るまで多岐にわたります。さまざまなグループでの言葉の使い方のちがいを調べたければ、このデータベースをあたって各グループのボキャブラリーを比べてみればいいのです。

BNCに載っている言葉の大部分は、イギリス人全員がまったく同じ使い方をしています。〈and**（そして）**〉や〈it**（それ）**〉などは広くあまねく使われているので使われ方にちがいはありません。一方〈xylophone《シロフォン》**（木琴）**〉や〈platypus《プラティパス》**（カモノハシ）**〉といった言葉はまったくと言っていいほど使われていません。社会的格差をまざまざと見せつけてくれる言葉も存在します。たとえば〈mum《マム》**（母・母さん）**〉と〈mummy《マミー》**（ママ・母ちゃん）**〉のあいだには、社会階層と年齢のちがいが存在します。

BNCに載っている書き言葉と話し言葉を男女のちがいで調べてみると、興味深いパターンが見つかります。今では女性も男性と同じぐらい公然と汚い言葉や罵倒語を言うようになりましたが

（二〇〇六年の調査では、人前で発せられたもののうち四五パーセントが女性によるものでした）[10]、使う言葉の質は男女でまったく異なります。ＢＮＣに載っている用例で、それが男性によるものだということを一番顕著に示してくれる言葉は〈fuck（クソッ）〉とそのバリエーションです。〈fuck〉があったら、その話者もしくは書き手はかなりの確率で男性です。一方、女性を特徴づける二五の言葉のなかに汚い言葉や罵倒語はひとつもありません。

女言葉の辞書に汚い言葉や罵倒語は載っていないということは、そうした言葉をやたらと使うわたしは性的に倒錯しているということでしょうか？　そんなことはありません。今や公衆の面前で話されている汚い言葉や罵倒語の半分近くを女性が発しているのですから。これはどういうことなのでしょうか？　それはつまり、女性が使う汚い言葉や罵倒語のレパートリーは、男性側のレパートリーと大きくちがうからです。〈ランカスター・コーパス・オブ・アビューズ〉は、ランカスター大学が編纂したＢＮＣの汚い言葉と罵倒語限定版です。同大学のトニー・マッケナリー教授は、イギリスの女性たちは男性と同じように汚い言葉や罵倒語を使っているかもしれないことを発見しました[11]。ただ同じように言うにしても、女性は男性の使う言葉よりも当たりの弱いものを選ぶ傾向にあるのです。〈god（何てこと）〉〈bloody hell《ブラディ・ヘル》（とんでもない）〉〈pig《ピッグ》（ひどい）〉〈bugger《バガー》（バカ）〉などです。

ですが、この傾向も変わりつつあります。マッケナリー教授は、三七六人の被験者から収集した一〇〇〇万件の会話記録を分析した結果を二〇一八年に発表予定です。この最新の研究で、女性が〈fuck〉とそのバリエーションを使う頻度は一九九〇年代の五倍になり、逆に男性の使用頻度は少なくなっていることがわかりました。正確に言うと、女性の場合は一〇〇万語当たり五四六語なのに対し、男性は五四〇語でした。[12]

アメリカではどうでしょうか。汚い言葉の罵倒語の男女差はいまだに広く見られるみたいです。でもそれは、誰が質問するかで変わってくる、つまり人的要素が大きく影響しているからではないでしょうか。カリフォルニア大学デーヴィス校のリー・アン・ベイリー教授とレノーラ・ティム教授が調査した結果、男子学生のほうが女子学生よりも多く汚い言葉や罵倒語を使い、使う言葉もより当たりの強いものを好む傾向にあることがわかりました。しかし両親や子供、そして異性の目の前ではそうした言葉を口にしない傾向が男女ともに強いこともわかりました。[13]もしかしたら、女性が当たりの弱い言葉を使っているように思えるのは、一九八〇年代以前の研究ではデータ収集をしていたのは男性研究者ばかりだったからではないでしょうか？

この仮説を検証するため、ニューメキシコ・ハイランズ大学のバーバラ・リッシュ博士は女性が男性を侮辱するときに使う言葉を調べてみました。[14]リッシュ博士は女子学生たちだけに講義後の居残りを指示して、女性だけがいる部屋で女性が聞き取り調査をする環境をつくりました。博士は女子学生たちにこんな質問をしました。男性が女性のことを表現する言葉のなかには、〈broad《ブロード》（スケ）〉〈chick《チック》（娘っ子）〉〈cunt（アマ）〉といった、性差別主義者《セクシスト》と見なされてもおかしくない侮辱的な言葉があります。あなたたちが男性に対して使う言葉のなかに、それと同じような言葉やフレーズがありますか？　女子学生たちは最初こそおずおずとしていましたが、そのうち堰《せき》を切ったように男性を侮辱する言葉を並べ立て始めました。リッシュ博士はそれらの言葉を記録して、次のようにカテゴリー分けしました。

動物系

〈bitch（ホモ野郎）〉〈pig（ブタ野郎・お巡り）〉〈dog（サイテー男）〉

出自系

〈bastard《バスタード》（ろくでなし）〉〈son of a bitch《サン・オブ・ア・ビッチ》（クソ野郎）〉

知能系

〈dickhead《ディックヘッド》（マヌケ）〉〈shithead《シットヘッド》（どアホ）〉

ペニス系

〈dick《ディック》（チンポコ野郎）〉〈prick《プリック》（ケチ野郎）〉〈cocksucker《コックサッカー》（卑怯者）〉

その他

〈jerkoff《ジャークオフ》（マスかき野郎）〉

悲しいことに、同じ意味の〈wanker〉はまだ大西洋を渡れていないみたいです。

男性が近くにいないと、女子学生たちは心置きなく汚い言葉や罵倒語を吐き出しました。〝女性は汚い言葉や罵倒語を使うものですか？〟という質問は、誰が訊くかによって答えは変わってくるみたいです。過去の研究では女性たちは男性研究者のまえではそうした言葉を言いたくなかったというところまでは、リッシュ博士は証明できませんでした。それでも、女性がそうした言葉を使うという事実は手際よく無視されてきた可能性があることは示してくれました。そして〝どうして女性は汚い言葉や罵倒語を使わないのか〟という問いかけに意味はないということも証明してくれました。

どのみち女性たちは汚い言葉や罵倒語を使う

男性研究者のまえでは無理でも、女性研究者のまえなら汚い言葉や罵倒語を言えるのは、何もアメリカの女子学生たちだけにかぎった話ではありません。リッシュ博士から少しだけ遅れて、南アフリカでもまったく同じ結果が出たのです。[15] 東ケープ州のグラハムズタウンにあるローズ大学のビビアン・アン・デ・クラーク博士は、ティーンエイジャーの少女たちが同年代で同じ環境の少年たちと同じように汚い言葉を知っていて、使ってもいることを明らかにしました。実際、少女たちは〝ブ男〟と〝ハンサム〟を表現するバラエティ豊かな言葉を駆使していました。わたしとしては、うっとりするような男性のことを〝卵巣が疼《うず》く〟と表現するフレーズが気に入っています。

イギリスでも、女性たちは自己表現のひとつとして汚い言葉や罵倒語を使っています。一九九〇年代初頭、サルフォード大学のスーザン・ヒューズ博士はグレーター・マンチェスターのオードサルにあるコミュニティセンターに通う女性たちが使う言葉を調査しました。[16] 貧困地域のオードサルでは、職を失ってぶらぶらしている男性は珍しくありません。その一方で働く女性たちの多くは、清掃や工場での仕事といった単純労働に就いています。そうした女性たちは、一家の大黒柱としてうんざりするほど大変な日々を送っています。

貧困と失業、そして社会の荒廃に直面しながらも家族をまとめ上げるという義務を負わされたオードサルの女性たちは、女家長という顔を持つようになりました。家長なのだから、夫や子供たちは彼女たちに従うことを、そして少しだけ恐れることを求められます。そして女性たちは汚くて乱暴な言葉を使うことで女性同士の敬意を得ました。さらに言うと、そうした言葉を教えることで、男性からも尊敬されるようになったのです。女性らしい〝きれいな〟言葉と力をもたらす言葉のどちらかを選ばざるを得なくなったとき、オードサルの女性たちは全員きれいな言葉をきれいさっぱり捨ててしまいました。

ヒューズ博士はコミュニティセンターでボランティアとして読み書き講座を手伝っていました。そこで博士は、講座に参加している女性たちが学術論文に書いてあるような話し方をしないことに気づきました。女性の話し方に関する論文は数多くありますが、どれも異口同音に女性は礼儀正しい話し方を好み、とくに母親の立場としては汚い言葉づかいはあまりしないと述べています。ところがオードサルでは、女性たちは誇りを持って汚い言葉や罵倒語を使い、そうした話し方を堂々と教えていました。「あたしたちは罵り合っているわけじゃないよ。これは日常会話のひとつなんだ」センターに通う女性のひとりがそう語ったそうです。「男どもにもこの話し方を教えてるよ。パブに来た外国人にもね」別の女性は自慢げにそう語ったそうです。

オードサルの女性たちは、誰かを怒らせたり不快にさせるために汚い言葉や罵倒語を使っているわけではありません。彼女たちは誰が聞いていようが聞いていまいが気にも留めずにそうした言葉を使い、聞いた側がどう思うかも気にしていないことにヒューズ博士は気づきました。それでも誰かを侮辱するために使う場合と〝さしたる理由もなく〟言う場合をちゃんと区別していました。「子供に対する愛情表現として〝クソッたれのチビ〟とか〝いやらしい小僧〟と言っているケースもありました」博士はそう述べています。その一方で、子供を叱りつけるときも同じフレーズを使うそうです。

それでも、そうした汚い言葉や罵倒語のなかにはご法度《はっと》とされるものや、少なくとも顰蹙を買うようなものもあります。コミュニティセンターに通う女性たちは、一般の人々よりも信仰の厚い人が多いのです。そんな彼女たちは〈bastard（**クソ野郎**）〉や〈cunt（**おマンコ野郎**）〉や〈shit（**クソッ**）〉は平気で言えるのに、〈Jesus!《ジーザス》（**ちくしょう!**）〉とか〈God!（**まったく!**）〉とか〈Christ!《クライスト》（**やばい!**）〉とかの宗教系の言葉は絶対に口にしません。

オードサルのコミュニティセンターに通う女性たちは、きわめてストレスフルな環境と絶えず戦っています。ひょっとしたら彼女たちの乱暴な物言いは、社会的苦痛の対処法のひとつなのかもしれません。それでも彼女たちの言葉はあくまで親しみのこもった陽気なものです。とくに彼女たち自身や子供たちに対して使う場合はそうです。わたしには、押しつけがましいジェンダーの決まり事を一蹴して、失われた力を取り戻すために意図的に身につけた戦術のように思えます。

女性が汚い言葉と罵倒語の封印を解いたのは、一九七〇年代のウーマンリブ運動のあと押しがあったからです。この時代、女性たちは職場と社会で男性たちと同じように生きがいを追い求めるようになりました。こうした社会の変化と軌を一にして、女性が使う言葉も変わっていきました。この時代の女性の言葉の変化に目を向けた研究者たちのなかに、マリオン・オリヴァーとジョアン・ルービンがいました。[17] ふたりは、女性が汚い言葉や罵倒語を使うかどうかの一番の判断基準は結婚の有無だということを発見しました。妻と専業主婦の座に収まることを善しとしない女性たちは、汚い言葉や罵倒語を気兼ねなく口にする傾向にあることがわかったのです。研究対象となった女性たちのなかには、強烈な抗議の意味を込めてそうした言葉を発している人たちがいました。そうした女性たちは社会的に解放され、いろんな意味で男性と肩を並べることを望んでいました。もう充分に解放されたと感じている女性たちもいたのですが、それでも満足せずにもっと汚い言葉や罵倒語を吐くことでもっと自由になりたいと思っていたのです。先ほど紹介したベイリー教授とティム教授の研究もほぼ同じ時期におこなわれたのですが、三〇代前半の女性たちは同世代の男性たちよりもほんの少しだけ当たりの強い言葉を、ほんの少しだけ多く使っていることもわかりました。ひょっとしたらこうした女性たちは自由を満喫できなくて、まだまだ足らない、もっと自由をよこせと思っていたのかもしれません。

積極的に、むしろ誇らしげに汚い言葉や罵倒語を使おうとする動きは、二一世紀に入るとイギリス全体に広がっていきました。ウルヴァーハンプトン大学のマイク・セルウォール教授が二〇〇三年にソーシャル《S》ネットワーキング《N》サービス《S》の〈マイスペース〉上の活動を調べた結果、イギリスのティーンエイジャーたちは、全体的に見て男女ともほぼ同じように汚い言葉や罵倒語を使っていることがわかりました。ところが少年たちは〈cunt（腐れマンコ）〉のようなきわめて当たりの強い言葉も〈tosser《タッサー》（マヌケ）〉のような当たりの弱い言葉も使う傾向がやや強かったのに対して、少女たちは〈fuck（くたばれ）〉〈arsehole《アスホール》（クソ野郎）〉のような当たりの強い言葉を積極的に使っていたのです。[18] さらに言うと、イギリスのティーンエイジャーたちはそうした言葉をアメリカのティーンエイジャーよりもずっと多く使用していました。この事実に、わたしの祖国愛はいや増すばかりです。ある少女は自分のプロフィールでこう言っていました。「あたしは口が悪いけど、クソッたれな男たちに自分の話を聞いてもらいたかったら、今じゃ女も連中と同じような口をきかなきゃならないのよね！」

この少女は重要なポイントを突いています。わたしたち女性が使っている汚い言葉や罵倒語のほとんどは、喧嘩腰のものでもなければ悲痛な叫びでもありません。わたしたちの言うことにちゃんと耳を傾けてもらうために意図的に使っているのです。そもそも女性の力を制限する運動として始まったのに、逆に女性たちに汚い言葉や罵倒語を使う特権を与えてしまうという皮肉な結果となりました。こんな言葉は使うな、そんな言葉を口にするなとやたらとうるさい声を無視するようになった女性たちは、しっかりと計算したうえでこんなことを言っているのです。クソ野郎ども、あたしの言うことを耳の穴をかっぽじってよく聞きなよ！

女性たちが汚い言葉や罵倒語を使う動機は、大抵の場合は男性たちと同じです。それでも女性たちがそうした言葉を使うことがわかると、研究者たちのなかには面喰らってしまった人たちもいました。男性が汚い言葉や罵倒語を使う理由を具体的に解明する研究は、これまでおこなわれていません。ある意味本能のような当たり前のことで、説明なんか必要ないと思われているからでしょう。しかし女性の場合は説明が必要な気がします。

女性が汚い言葉や罵倒語を使う理由

オランダの言語学者のエリック・ラッシンとペーター・ムーリスは『*Why Do Women Swear?*（女性が汚い言葉を使う理由）』[19]と題した論文のなかで、女子学生たちが使っていた汚い言葉や罵倒語をリストアップしています。使用頻度が高い順に並べると、〈shit〉〈kut《クッツ》**（おマンコ・最悪！）**〉〈Godverdomme《コッドフェドーマ》**（ちくしょう！）**〉〈klote《クローテ》**（キンタマ・バカバカしい）**〉〈Jezuz《イエイゼス》**（jesus の意味でクソッ！）**〉〈tering《ティーリン》**（結核・ちくしょう！）**〉〈kanker《カンカー》**（癌・クソッ！）**〉〈lul《ルー》**（ちんぽこ・ゲス野郎）**〉〈tyfus《ティーフェス》**（腸チフス・くたばれ）**〉〈bitch〉です。まえにも説明しましたが、オランダでは病気が侮辱語になっています。

自分たちが教える女子学生たちがこうした言葉を使っていると悪びれもせずに認めたことに驚いたかどうかについては、両教授は論文のなかでは言及していません。それでも、彼女たちはどちらかというと同じような環境で生まれ育った、似たり寄ったりの子ばかりだったのですが、汚い言葉や罵倒語の使い方は十人十色で、一日のうちに言う回数にしてもゼロという無口な子から五〇というびっくりするほどおしゃべりな子までいました。すべての女子学生が（おそらくはすべての男子学生も）同じように平気で汚い言葉や罵倒語を使うわけではなく、使おうという気になるわけでもないこともわかりました。

大多数の研究では、汚い言葉や罵倒語は大抵の場合ポジティブで前向きに使われるとしています。ところがこのオランダでの調査では、女性たちはネガティブな感情を伝えたいときに使うことが一番多く、次いで誰かを馬鹿にしたいとき、ポジティブな感情を伝えたいときはその次になります。自分のことをかなり強気だと思っている女性ほど汚い言葉や罵倒語を多く使うことがわかっていますが、それぞれの生活の満足度で使う頻度が変わるという結果は出ていません。

汚い言葉や罵倒語を使う理由は、男性と女性で本当にちがうのでしょうか？　あるのかもしれません。男性はふざけた感じに気軽に使うことが多く、コミュニケーションツールとして使うこともあります。しかし女性にとっては、効果を期待して細心の注意を払って使う〝手段〟です。カリフォルニア大学デーヴィス校のベイリー教授とティム教授は、女性たちは会話に〝メリハリ〟をつけたいときにもよく使うことに気づきました。ふたりが話を聞いた女性のひとりはこう語っています。

「よく〈that's fucked《ザッツ・ファックド》（メチャクチャじゃないの）〉とか言ったり、〈fucking《ファッキング》（とんでもない・すごい）〉って形容詞みたいに使ったりしてます。汚い言葉を上手に織り込んで話してる人を見ると上手いなって思います。あれを使うと、話が生き生きとして聞こえるんですよね」[20]

アルスター大学のカーリン・ステープルトン博士は、女性は強い印象を与えたり複数で話をしているときに話を聞いてもらうための手段として汚い言葉や罵倒語を使うと述べています。何と言っても、そうした言葉を使うことは今でも〝女性にあるまじき〟行為とされていますが、女性にとっては〝自分は男性と同格だ〟という意思表示でもあるのです。

「わたしが話を聞いた女性たちのなかには、どう見ても〝女性はかくあるべし〟という社会観念に逆らうために汚い言葉や罵倒語を使っているとしか思えない人がいました。そうすることで〝お行儀のいい女の子〟と見られることを拒んでいるんです」ステープルトン博士はそう語ります。ところが話はそんなに単純なものではありません。男性と同じような理由で使うこともあるのです。自分の感情を表に出したり隠したり、ショックを与えたり、ウケを狙ったりするとき、さらには慇懃《いんぎん》な態度を取るときにも、女性も汚い言葉や罵倒語を使うことがあります。汚い言葉がちょっとだけでも交じったジョークが受けなかったり受け入れられなかったりすると、女性の場合は周囲から厳しい非難を集めてしまう危険性がきわめて高いにもかかわらずにです。

「汚い言葉や罵倒語のことをどう思うかと問われると、普通はとげとげしくて攻撃的なものをイメージしますが、いざ使うとなるとかなりちがってきます」ステープルトン博士はそう述べます。女性たちはこうした言葉をネガティブな使い方をすることが多いのですが——自分自身に対してもです——4章に登場した〈パワーレンジャー〉のリーダーのジネットを見ればわかるように、ジョークとして使ったりいろんな意味を持たせて使ったりすることもできるのです。

汚い言葉や罵倒語はとげとげしくて攻撃的なものと考えられていますが、男性も女性と同じように痛みと悲しみを伝える手段として使っているかもしれないとステープルトン博士は考えています。

「言葉の暴力を伴っているところも、昔から男性の話し言葉のひとつだとされていた理由のひとつです。ですが、男も女も自分の弱いところを見せないために使うこともあるのです」

これまでおこなわれたさまざまなコーパスの研究で、汚い言葉や罵倒語を使う頻度は今でも女性よりも男性のほうが高いことがわかっています。こうした言葉は強がりを言うときに使われるという点も、この男女差の理由のひとつなのでしょうか？　男性は、弱いところを見せたり弱音を吐いたりしてはならない、つまりつねに〝男らしく〟あれという重圧にさらされています。その反対に女性は、自分が抱えている不安とか苦しみとか悲しみを口にしてもいいとされています。女性と男性はそれぞれ異なる社会的状況に置かれていて、身につけるべきとされる言葉と話し方もちがいます。それがどのようなものであれ、女性も男性もこれからも受け入れて身につけていくでしょう。この点についてはもっともっと研究しなければわかってこないでしょうが。男女とも甘んじて受けなければならないプレッシャーにさらされていますが、受け入れ方は男女で異なります。

「汚い言葉や罵倒語を使うことがノルマみたいに課せられている環境だと、女性だってそうした言葉を使うようになります。そうしないと男性たちと対等に渡り合えないからだというのも理由のひとつですが」ステープルトン博士はそう語ります。「でも聞き取り調査をした女性たちは、軽い冗談で場を和ませたり絆を深めたりするために使うことが多いと言っていました。実際、女性はそうしたタイプの汚い言葉や罵倒語をよく使ってるんです」それはつまり、攻撃的に、強気に出るためというよりも、むしろ周囲に気を配るという手段のひとつとして使っているということなのかもしれません。

女は〈淫売《bitch》〉で男は〈ゲス野郎《cunt》〉

女性も男性と同じように汚い言葉や罵倒語を使っていますが、使い方はちがいます。ちがいが顕著なのは使う言葉です。

大きくちがう言葉のひとつに、男女それぞれが異性のことを表現する言葉が挙げられます。二〇〇二年、イリノイ大学のクーロディア・バーガー博士は男女学生が他人を傷つけたり馬鹿にしたりするときに使う言葉を、相手に面と向かって言うものも陰口として使うものもどちらも含めて調べてみました。[21] すると、そうした言葉は男子学生のほうが女子学生よりも多く使っていることがわかりました（男子だけが使うものが七九、女子だけが使うものは四六でした）。そのなかでも、女子に対する悪口と男子に対する悪口が大きなちがいを見せたのです。

調査対象になった学生たちは、女子に対しては〈slag《スラッグ》（尻軽女）〉とか〈whore《ホア》（売女《ばいた》）〉とか、性的に奔放なことをほのめかす悪口をよく使っていました。一方男子に対しては〝女と見れば誰とでもやりたがる、精力ギンギンのヤリチン野郎〟ではないことを思わせる悪口が人気を集めていました――〈fag《ファグ》・nancy《ナンシー》（おかま・ホモ）〉のようにセクシュアリティを疑問視するものや、〈cunt（ゲス野郎）〉や〈girl（女々しい奴）〉のように男らしさの欠如を思わせる言葉です。

先ほど紹介した、サルフォード大学のスーザン・ヒューズ博士が一九九〇年代中頃におこなったイングランド北部の低所得層の女性たちを対象にした研究では、〈slag（尻軽女）〉と〈slut《スラット》（やりマン）〉は〈bitch《ビッチ》（売女）〉〈cow《カウ》（年増の淫売）〉そして〈cunt（スケ）〉よりもずっとひどい悪口だということがわかりました。フェミニズムが台頭して数十年が経ちますが、女性を一番確実に傷つける悪口は、今でも〝誰とでも寝る女〟的な言葉なのです。[22]

どうしてわたしたちは、セックスばかりしている女性を責め、逆にセックスをほとんどしない――少なくとも女性とはほとんどしない――男性のことをこき下ろすのでしょうか？ バーガー博士は、そうした悪口は攻撃される側の〝名誉と信用〟に疑いを持たせるから効果的なのだと言っています。きつい悪口が男性と女性でちがうのは、例の性についてのダブルスタンダードが反映されているからです。男性の評価基準は性的能力にあって、女性は今でも〝慎ましい女〟であることが求められているのです。〝男は力強く、女は純真無垢〟がまた出てきました。

女性に対する悪口は性行動を標的にしたものです。例外は〈bitch（あばずれ）〉で、この言葉は〝お行儀のよくない女〟に向けられます。それに対して男性に対する悪口はバリエーション豊かです。もともとは私生児を意味する〈bastard《バスタード》（ろくでなし）〉のように出自に関するものや、〈shithead《シットヘッド》（どアホ）〉のように知能に関するもの、もともとは肛門を意味する〈asshole《アスホール》（クソ野郎）〉や女性器を意味する〈cunt（ゲス野郎）〉や尻を意味する〈twat《トワット》（ゲス野郎）〉のように体の部位を示すものなどです。

話し言葉と書き言葉を収めたさまざまなコーパスを長年にわたって研究してきたランカスター大学のトニー・マッケナリー教授は、平均して見ると人の悪口は同性に向けられることが多いことを突き止めました。ところが女性にかぎって見ると、男性よりも女性に悪口を言うほうがほんの少しだけ多く、反対に男性は女性よりも男性に悪口を言うほうがずっと多いこともわかりました。具体的に言うと、女性が悪口を言っている七九九例のうち、四〇七例が女性に向けられたもので三九二例が男性に向けられたものでした。一方男性のほうは八五八例のうち七〇二例が男性、一五六例が女性に向けられたものでした。つまり悪口を含んだ記録のうち女性が言ったり書いたりしたものは半分近くですが、女性が悪口を言われる例は三分の一程度だったということです。

実はわたしたちも同じような悪口のパターンを発見しました。調査対象は男女ではなく、サッカーのサポーターたちがツイッターでつぶやく悪口や罵りの言葉でしたが。サポーターたちは自分たちが応援するチームのことばかりこき下ろしていて、対戦相手のことを悪く言うことはほとんどありませんでした。[23] リヴァプール対ウェストハムの試合を調査していたとき、対戦相手のサポーターたちから罵られていたのはウェストハムのキャプテン、ケヴィン・ノーランだけでした。ノーランは最悪なファウルを犯し、一発退場に加えて三試合出場停止の処分を喰らったのだから仕方ありませんが。ここで注目すべきなのは、ノーランはとにかく嫌われまくっていて、ウェストハムのサポーターたちですら嬉々としてこんなツィートを発信していました。〈これでもうノーランは引退だよな？　マジで引退してくれよ！　#ＷＨＵＦＣ（ウェストハム・ユナイテッドＦＣ）　#ケヴィン・ノーランが三試合出場停止を喰らってクソハッピーな日だぜ！！！！　やってやったぜハハハ　#神さまはお見通し　#ｗｈｕｆｃ〉

今では女性も男性と同じぐらい汚い言葉や罵倒語を使うようになりましたが、それでも使っている言葉は男性があまり使わない〝当たりの弱い〟ものが多いのです。汚い言葉や罵倒語は時代とともに力を失っていくものもあります。そして力を失ってしまった言葉は女性が多く使うようになり、男性は使わなくなります。女性が使うほど〝やわな〟言葉だと判断したから男性は使わなくなったのでしょうか？　それとも男性が使わなくなったから女性が使うようになったのでしょうか。どちらなのかはまだわかっていません。それでもベイリー教授とティム教授は、女性は男性の使う当たりの強い汚い言葉や罵倒語を使うことはあるけど、男性は女性の使う、当たりが弱くて遠まわしな言い方の言葉をめったに使わないことを発見しました。当たりの弱い汚い言葉にしても、前の世代の人々は下品なものだと考えていたのかもしれませんが、〝当たりが弱くなった〟途端に男性は自分たちの辞書から削除してしまいました。たとえば〈darn《ダーン》（**おやまあ**）〉は〈damn it!《ダム・イット》（**ちくしょう！**）〉の婉曲表現で、使うのは大抵女性です。あらゆる研究で、〈Jeez《ジーズ》（Jesusの婉曲表現）〉〈crud!《クラッド》（**ちくしょう！**）（crapの婉曲表現）〉〈shoot《シュート》（shitの言い換え）〉を使う男性は見られませんでした。男性がどんな汚い言葉や罵倒語に惹かれ、使うようになるのかを見ていると、〝男らしさ〟とはそうした言葉で守らなければならないほど〝か弱い〟もののように思えて仕方がありません。

女性は汚い言葉をあまり言わない〝汚れなき〟存在だという考え方は事実に基づいたものではなく、男性が女性に対して抱いている幻想なのでしょう。実際には、年齢や社会階層、置かれている状況によってちがってきますが、女性がよく使う言葉を男性が使うこともかなり多く、その逆もまたしかりなのです。スーザン・ヒューズ博士が指摘しているのですが、テレビ番組の『アンティークス・ロードショー（日本の『開運！　なんでも鑑定団』みたいなもの）』に登場する男性の骨董品専門家たちは〈pretty《プリティ》（カワイイ）〉とか〈charming《チャーミング》（ウットリする）〉とか〈delightful《ディライトフル》（ワクワクする）〉とか〝女っぽい〟言葉をやたらと使っています。一方、マンチェスターのオードサルのコミュニティセンターには、建設作業員も真っ青という話し方をする女性たちが本当にたくさんいます。

　この本が〈F＊＊k（ク〇〇たれ）〉とか〈S＊＊t（ク〇）〉とか〈Mo＊＊＊f＊＊ker（〇ソ野郎）〉という伏せ字だらけにならなかったのは、実はある女性が道を切り拓いてくれたおかげです。その女性とはエミリー・ブロンテです。ブロンテは『嵐が丘』のなかで、ひどい・いまいましいを意味する〈damn〉〈damned〉〈damnabl〉を二七回、〈God〉を間投詞として一二回使い、〈slattenly witch（ふしだら女）〉や〈fahl, flaysom divil a gipsy（うすぎたねえジプシー野郎）〉といった侮辱表現も使っています。第二版の序文を書いた姉のシャーロット・ブロンテは（カラー・ベルというペンネームでしたが）初めて伏せ字表現に異議を唱えました。その理由を、伏せ字では迫力が出せずにリアリズムを追求できないからだと述べています。

> 『嵐が丘』は荒けずりの風変わりな作品と受けとられるにちがいない……大多数の読者はこの作品の中で、ふつう頭文字と末尾の文字だけ示して真ん中には一本の横線だけ引いておく習慣になっている、けがらわしい単語をすっかり文字で表しているページを見せられて大いに不愉快に感じることであろう。わたしにはこのことについての弁解はできそうもないことをただちに申しあげるほうがよいだろう。わたし自身、単語は綴りをみな書くのが合理的なやり方だと

思っているからだ。神を恐れぬ乱暴な人間が、よく自分の会話に添える罵りの言葉を一字か二字だけで暗示する習慣は、どんな善意から発するにせよ、愚かなむだなことのようにわたしには思える。それにどんな利益があるのか……どんないやな感情を起こさせないですむというのか……どんな恐怖を隠すというのか、わたしにはわからないのだ。（岡田忠軒訳、二〇一二年グーテンベルク21刊）

汚い言葉や罵倒語を使う女性を否定的に見てしまうのは、不合理で時代遅れな価値観のせいです。それでも、そうした風潮はようやく変わりつつあります。男はつねに強くあるべしだとか、女はつねに純粋無垢であるべしだとか、話し方や使う言葉で異性の見る目は大きく変わるだとか、いまだに根強い理不尽な主張に、わたしたちは異議を唱え続けなければなりません。

その点についてはステープルトン博士がわかりやすく説明してくれています。「汚い言葉や罵倒語は、男性であれ女性であれ状況や関係性でその意味が変わってきます。女性の場合、相手を信用しているときに使うことがあります。打ち解け合える関係にあると、女性は汚い言葉や罵倒語を使うのですが、それはつまり信用し合っているということです。男性もそんな使い方をすることがありますが、女性はそこにきわめて強い意味を込めて使うのです。汚い言葉や罵倒語は女性にとってはいまだに高いハードルであって、飛び越えるには危険が伴います。しかし現状は徐々に変わりつつあります。性差は狭まりつつありますが、それでもなくなるというところまでには至っていません」

汚い言葉や罵倒語は、社会と人間の感情にその威力を振るう武器です。女性と男性が同等に話せるようにしたいのであれば、自分の思いを伝える手段も同じものが使えるようにしなければなりません。周囲からの非難の目？　そんなものくそくらえです。男が泣いたっていいし、女が汚い言葉や罵倒語を吐いてもいいじゃありませんか。泣くことも汚い言葉や罵倒語を吐くことも、同じ感情表現に変わりはないのですから。アメリカの人類学者のアシュレー・モンタギューは、一九六七年の著書『*The Anatomy of Swearing*（悪言の解剖学）』でこう述べています。「女性があまり泣かなくなり、悪言をもっと口にするようになれば……卒倒したりいきなり泣き出したりする代わりに、悪言をどんどん吐くようになって、そして言ったとおりのことをどんどん実行するようになるだろう。わたしの目からすれば、それは旧態依然とした社会観から抜け出す、大いなる進化に見える[24]」

本当にそのとおりです。わたしたちはまだまだ頑張らなければなりません。

7章 さまざまな言語の汚い言葉や罵倒語

わたしたちは、汚い言葉や罵倒語はほかの言葉とはどこかちがうということを子供の頃に身をもって学びます。覚えたばかりの言葉を言ってみたら大人たちが困った顔をしたとか、ちょっと変なことを口にしたら怒られたとか、そうした経験を経て普通とはちがう言葉があることを比較的早い段階で理解します。子供というものは、自分の発した言葉がまわりの人々のものすごい反応を引き起こすと大興奮します。そしてまわりの人々の反応を見てタブーを理解したり、汚い言葉や罵倒語をもう口にしないと心に決めたり、そうした当たりの強い言葉に大喜びして、やたらと使ったりします。

わたしたちは幼年期に言葉の構造と意味を学びますが、同時に言葉の使い方についての社会的なルールも身につけます。文法のルールも、誰から教わらなくても自然に習得します。どんな言葉や振る舞いが無作法とされるのかを体験的に学ぶのもこの時期です。だとしたら、幼年期を過ぎて母国語以外の言葉を学ぶとき、その言葉の汚い言葉や罵倒語の社会的な意味合いをしっかりと理解することはできるでしょうか？

中学校で英語を学ぶようになったときのことを、みなさんは覚えていますか？　英和辞典と和英辞典で一番よく開いたページは、汚い言葉やエッチな言葉が載っているページだったという人も多いのではないですか？　そして進学して今度はドイツ語を学ぶようになると、格変化はなかなか理解できないのに〈scheiße《シャイセ》（クソ）〉や〈arschloch《アルシュロッホ》（クソッたれ）〉という単語は簡単に覚えることができるものです。青少年はタブーに興味津々になるものですが、タブー語もその例に漏れません。

しかし大人になって外国語を学ぶ場合は、エッチで汚い言葉に血眼になることはもうありません。海外暮らしを経験してその国の文化・風俗に触れると、好むと好まざるとにかかわらずタブー語やタブーとされるフレーズを身につけてしまいます。外国語を学ぶ人たちを対象にした研究で、ローティーンの子たちは汚い言葉を知りたがり、ハイティーンの子たちは使いたがることがわかっています。そして成人の場合、意図的であれ無意識であれ適切に使う術《すべ》を慎重に学びます。

わたしたちの心に一番深く訴えかけてくる言葉は、幼年期に習得した言語です。第一子が生まれたとき、新米の親たちは自分たちの子供の頃によく聞いていた話し方をいつのまにか思い出すことが多いです。出産前の講習や育児本などで、赤ちゃんには愛情のこもった優しい言葉で話しかけなさいと教わって、いろんな例を学びますが、そうした言葉よりも自分たちが幼児のときに実際に耳にした言葉を使うほうが自然だと感じるものです。言葉と感情のつながりをすんなりと理解できるのも、やはり幼年期なのです。だから母国語の汚い言葉や罵倒語のほうが、外国語のそれらよりも強い感情を喚起するのです。外国語が堪能な人でもそうです。

映画の内容を説明するとき、母国語で言うより外国語で言うほうがずっと客観的に、感情を交えず見聞きしたままに語ることができます。[1]　では、外国語は何歳までに習得すれば、知性の面でも感情の面でも母国語と同じように使いこなせるのでしょうか？　汚い言葉や罵倒語は感情に訴えかける力を秘めている言葉なので、こうした言葉が外国語を話す人たちに与える影響を調べると、言葉と感情はいつ、どのようにして結びつくのかがよくわかります。そうした研究でわかることはほかにもあります。人間の性格や個性はいくつになっても変化し続けるのです。成人してから習得した言語、とくに海外滞在中に学んだその国の言葉は、母国語とはまたちがったかたちで感情に訴えかけてきて、それまで知らなかったもうひとつの自分をさらけ出してくれることもあるのです。

〈継母語〉と言葉の強さ

ロンドン大学バークベック・カレッジのジャン＝マルク・デウォエル教授は、汚い言葉が感情に与える影響を、さまざまな言語にわたって幅広く研究しています。多くの言語を多彩に操るマルチリンガルのデウォエル教授は、自身の四番目の言語のスペイン語の、覚えたばかりの罵りの言葉を使ったときのことを語ってくれました。

「〝郷に入っては郷に従え〟という諺《ことわざ》は、汚い言葉や罵倒語には必ずしも当てはまりません。そのことを、私はスペインのタブー語を使ったときに身をもって学びました……サラマンカのとあるバルで、小皿料理《タパス》と赤ワインを愉しんでいたときのことです。その夜、店内では〈joder!《ホデール》（fuck の意味でクソッ！）〉という叫び声が何度か響いていました。なのでいいかなって思って、わたしも言ってみたんですよ。すると店にいた人全員が、ぎょっとして黙り込んでしまったんです」[2]

この経験がきっかけになって、デウォエル教授はマルチリンガルの人たちが使う汚い言葉や罵倒語と、そこに込められる気持ちや感情について興味を抱くようになりました。そして一〇年以上にわたって調査を続けた結果、汚い言葉や罵倒語の使い方は、言語の学び方と学んだ場所、そして育てられ方にも大きく影響を受けるということを発見しました。真相を確かめるべく、教授は一〇〇〇人以上のマルチリンガルたちに言葉と感情についていくつか質問しました。インターネットアンケートを活用したおかげで、言語能力にきわめて秀でた人たちから回答を得られました。二カ国語を話す人は一四四人、三カ国語を話す人は二六九人、四カ国語は二八六人、そして五カ国語にいたっては三三七人もいました。そのなかには、言葉を話すようになった時点で二カ国語か三カ国語を使っていた人たちもいました。

汚い言葉や罵倒語を発するときにどの言語を使うかという質問では、母語という回答が圧倒的に多く、次いで第二言語、そこからまた大きく離れて第三言語という結果になりました。そうした言葉を発するときに母語を使う理由はさまざまです。そのひとつが〝反射的に母語で言ってしまう〟でした。母語がフィンランド語で、それに加えて英語、スウェーデン語、ドイツ語を操る回答者はこう答えました。「ハンマーを使ってるときにミスって指を打ちつけたときは、絶対にフィンランド語で毒づきますね」痛みや苛立ちなどを覚えたときに無意識のうちに発する場合は母語を使うのは、習慣の力によるものだと思われます。

しかし習慣のせいだけではないみたいです。母語以外のそうした言葉の力がよくわからないから、幼い頃から慣れ親しんでいる言語に頼ってしまうこともあるのです。マルチリンガルの人たちの多くは、汚い言葉や罵倒語の力をちゃんと理解しているのは母語の場合だけだと回答しています。母語がドイツ語でイタリア語も話す女性はこう述べています。「本気で怒ったときは、ドイツ語しか頭に浮かんできません。イタリア語を使ったら、自分の怒りをうまく伝えることができないと思います」つまり強すぎる（弱すぎる）言葉を使ってしまって自分の気持ちが正確に伝わらないかもしれないという不安から、その使用ルールを幼少期からしっかりと理解している母語をどうしても使ってしまうということです。

成人になってから外国語を学習する場合、その言語の汚い言葉や罵倒語の文化的な意味合いと感情に訴えかける力をなかなか理解できません。声のトーンや眼差し、表情などの感情のシグナルを読み解く方法は、かなり幼い時期に学習して、心のなかに刻み込まれていくからです。一九八〇年代、心理学者のエレン・リンテルはこんな実験をしました。まず母語が英語の人たちにさまざまな感情を込めて――喜び、怒り、絶望、不安、罪悪感、嫌悪感など――話してもらいました。そしてそれを録音したものを英語を第二言語にしている人たちに聞いてもらい、それぞれの発言にどんな感情が込められているのか答えてもらって、同時にその感情の強さも評価してもらいました。結果をざっくりと言うと、英語をネイティブ並みに流暢に話せても、会話のなかからネイティブ並みに感情を読み取ることは難しい、というものでした。ここからわかることは、新たな感情表現を成人になって身につけることは難しい、ということではありません。本能的に備わっている感情を理解する能力を、そのまま別言語に当てはめて使うことはできない、ということです。[3]

青年期もしくは成人後に外国語を学ぶと、その言語では感情の表現方法を変えることになります。幼い頃に身につけた言語は感情と強く結びついていますが、年齢を重ねてから学んだ言語はどこかよそよそしく、感情に訴えかける力もあまりないことが多いのです。イギリス系カナダ人の作家のナンシー・ヒューストンは大学生のときにフランスに留学して、そのままフランスに居続けて作家になりました。ヒューストンはフランス語で書いた自伝的エッセイ『*Nord perdu*（途方に暮れて）』でこう述べています。

「わたしの場合、成人してから身につけたことやものについて話すシチュエーション、たとえば知的な会話やインタビュー、そして会議の席などではフランス語のほうがしっくりします。でも頭に来たり罵ったり叫んだり、歌を口ずさんだり、心の底から喜びを感じたとき、とにかく自分をさらけ出すときに口をついて出てくるのは英語です」

ヒューストンにとって、自分の気持ちや感情をより自由に思いつくままに、そして表現豊かに示したいときに使う言葉は、母語である英語なのです。罵ったり汚い言葉を吐きたいときに英語を使うのは、フランス語より先に頭に浮かんでくるからだそうです。これはバイリンガルの人によく見られる反応で、とくに相手の話をさえぎって罵るときはそうなりがちです。慣れ親しんでいる母語のほうが当たりの強い言葉になるからではありません。母語のほうが自分の気持ちをすらすらと吐き出せるからです。

幼少期に覚えた言語と成人になって覚えた言語では、どちらのほうがより強く感情を引き起こすのでしょうか？　ボストン大学とイスタンブール大学の研究者たちは、誰もが子供の頃に散々聞かされたはずの小言に対する反応を、英語とトルコ語のバイリンガルの人たちを対象にして調べてみました。[4] そうした小言は汚い言葉や罵倒語とはちがいますが、言われる側に恥ずかしくて罰の悪い思いをさせるという点では似ています。小言を挟めば言い合いがエスカレートすることもあります し、そして1章で見たように、脳卒中の発作を起こして言語能力の大部分を失った場合、汚い言葉や罵倒語とともに子供のときに聞いた親の小言もしぶとく残ることが多いのです。感情に強く訴えかける言葉は汚い言葉や罵倒語だけではないのです。

キャサリン・ハリス、アイシェ・アイチェチ、ジーン・バーコ・グリーソンの三人の教授たちがおこなった実験の被験者は、トルコ語を母語にしている二三人でした。ここで重要なことは、この二三人全員が英語を習得したのは一二歳以降で、子供の頃に聞かされた小言はトルコ語のみだったという点です。教授たちは被験者たちの手に電気皮膚反応を調べる電極を取り付け、さまざまな言葉や会話を、それぞれ英語とトルコ語の両方で聞かせたり見せたりしました。〈ドア〉のような普通の言葉や〈喜び〉のようにポジティブな言葉、〈病気〉のようなネガティブな言葉、〈asshole **(クソ野郎)**〉のようなタブー語、そして〈そんなことしちゃだめでしょ!〉や〈自分の部屋に戻りなさい!〉のような子供を叱る言葉などです。

普通の言葉とポジティブ・ネガティブな言葉に対しては、被験者たちは英語でもトルコ語でもそれほど強い反応を見せませんでした。タブー語については、英語でもトルコ語でも同じぐらい強い反応を見せました。青少年期になって身につけた英語でも、タブー語なら感情に強く働きかけたのです。しかし子供を叱る言葉については、英語とトルコ語で反応に大きなちがいが出ました。英語の場合、被験者たちは全員その意味を理解していたにもかかわらず、電気皮膚反応は低かったのです。つまりストレスを感じていなかったということです。ですがトルコ語の場合は非常に高い数値を示しました。平均年齢二八歳の二三人の被験者たちは、母語で語られる小言に手に冷や汗をかいたのです。この実験結果は、言葉を理解することと言葉を〝感じること〟は、その仕組みが大きく異なることを示しています。その言葉のせいで何らかの感情を経験したときのみ、その言葉はわたしたちの心に影響を与えるようになるのです。

　幼年期を過ぎてからでも、言語を覚えて流暢に話せるようになります。しかし思春期を過ぎてから身につけた言語は――これを言語学者のスティーヴン・ケルマンは〈継母《ままはは》語〉と名付けました[5]――幼年期に覚えた言語と同じように流暢に話せても、同じように感情の力を受け止めることはできないのです。さらに言うと、その言語に結びつけることができる感情が決まるのは、言語を集中的に習得する発達段階なのかもしれません。

　母語と第二言語では感情の感じ方がちがう可能性があることは、一九五〇年代から六〇年代にかけての研究ですでにわかっています。その例として、カリフォルニア大学バークレー校の社会言語学者スーザン・アーヴィン・トリップ博士の研究を見てみましょう。アーヴィン・トリップ博士が注目したのは〝想像して話をつくる〟という、人間のみに備わっている能力です。切り取られた一場面から、これはこんな状況だと想像する話のタイプで、その人の性格がわかることもあるのです。博士は、バイリンガルの人たちが想像する話は言語によってちがうのか、そしてその言語を習得した年齢によってもちがいが出てくるのか確かめようとしました。博士の研究アプローチはこんな感じです。英語とフランス語を話すバイリンガルの被験者たちに絵を見せて、その絵から連想する話を語ってもらいます。絵は二回見てもらいます。一回目は英語で語ってもらい、その六週間後にまた見てもらって、今度はフランス語で語ってもらいます。

母語がフランス語で、成人になって英語を身につけた六四人の被験者に絵を見せて、そのイメージをフランス語で語ってもらった場合、ひとりの独立した個人であろうとすることを強く意識する内容のものが多くを占めました。独立は思春期の一大関心事です。一方、英語で語った内容は、何かを達成することに重きを置いたものばかりでした。[6] 博士は別のバイリンガルにも同じような実験をしてみました。女性が床に座り込んで頭をソファに預けている絵を、八歳から一四歳までを日本の全寮制の学校で過ごしたアメリカ人男性に見せて、そこから想像できる話を語ってもらいました。「日本語で語ったストーリーは、この女性は婚約者を亡くして悲嘆に暮れていて、自殺しようと考えているというものでした。しかし英語で語ってくれたものは、裁縫の授業の課題をつくり終えてぐったりしているところだというものでした」このパターンは何度も繰り返されました。日本語の場合は喪失や家族といったテーマを思いついて感情豊かに語りました。英語の場合は感情的な表現はありませんでした。サンフランシスコに暮らす日系女性を対象にした実験でも、日本語と英語で大きなちがいが出ました。〝たぶんわたしは○○になる〟の空白部分を埋めてほしいという質問では、英語で訊かれた場合は〈教師〉〈弁護士〉などの自分のキャリアに関わる答えを出すことが多かったのに対して、日本語で訊かれた場合は〈母親〉とか〈主婦〉になるという答えが多かったのです。[7]

アーヴィン・トリップ博士の研究結果は、言語を習得する時期に育まれた気持ちや感情は、その言語とある程度結びつけられることを示唆しています。そしてバイリンガルの人たちは使う言語を切り替えた途端に、性格も部分的に変化する可能性も示しています。日本の全寮制の学校に入っていたアメリカ人男性の場合、思春期のほとんどを家族と離れて過ごし、言葉のやり取りは日本語ばかりでした。愛情や喪失といったことに対する感情を整理することを学びながら、同時に日本語で自分の気持ちを伝えることも学んでいったのです。しかしそれと同じ感情や気持ちは、英語を身につけていた幼年期にはまだ経験していなかったのです。その結果、その後の人生でこうした強い感情に触れたとき、英語よりも日本語のほうが素直に表現することができたのです。これは誰でも同じことが言えます。感情は思春期になっても育まれるので、その時期に新たな言葉を学んでも、その文字どおりの意味もそこに込められている感情も簡単に理解することができるのです。

言葉に込められた感情的な意味は、成人になってからだとしっかりと理解することはかなり難しくなります。それでも大人になったばかりの頃に新たな事態に挑む場合はそのかぎりではありません。銀行口座の開設とか、アパートを借りるとか、家計の管理とか、独り立ちしたばかりの頃は、これまで経験したことのないさまざまな事態に対処する術《すべ》を学び続けます。幼年期と青少年期と同じように、成人してからでも初めて遭遇した感情は、遭遇したときに使っていた言語と強く結びつく傾向にあるのです。ここで二〇代前半の頃にイタリアで暮らしていたイギリス人女性の体験談を紹介しましょう。「怒りを覚えたとき、わたしはイタリア語でその怒りを訴えることが多いですね。覚えたばかりのイタリア語で政府に抗議するとか、大家さんに文句を言ったりしてたからでしょうね。イタリアのほうがそんなことを言う機会は多いんですよね。だからそんなシチュエーションで英語を使うと、今でもなんだかおかしな気分になります」[8]

感情と第二言語の相互作用を長年にわたって研究してきたニューヨーク州立大学オールバニー校のジャネット・アルタリバ教授は、ストループテストを使って実に独創的な実験をおこないました。3章で説明しましたが、ストループテストとはちがう色のインクで色の名前が記されたカード（たとえば青いインクで〈赤〉と記されている）を見て、インクの色を答えるテストです。つまり〝言うのは難しいけど正しい〟答えを言うために〝言うのは簡単だけどまちがった〟答えを言わないようにする、つまり無益な衝動を抑えることがどれほど難しいことなのかをよく示してくれるテストで、加齢や幸福度、睡眠不足など、さまざまな要素の影響を調べることができます。

ストループテストには別バージョンがあって、衝動を抑えることの難しさだけでなく〝感情の不一致〟を調べることもできるのです。見聞きしたものやことについて感じたことを素直に言い表すことは簡単にできますが、その〝素直な気持ち〟とは逆の気持ちを口にすることはなかなか難しいものです。好意を寄せている相手にあえて〝嫌い〟とは言えないものですよね。

アルタリバ教授はストループテストの別バージョンを使って、母語と第二言語にどれほど感情が込められているのかを調べてみました。その調べ方は、言葉や文章から連想される感情と、〈プラス〉と〈マイナス〉というふたつの言葉の一致・不一致を見てみるものです。[9] 被験者はモニター画面上に表示される単語を見て、名詞の場合は〈プラス〉、形容詞の場合は〈マイナス〉と答えるように指示されます。この〈プラス〉と〈マイナス〉は、従来のストループテストで言えばインクの色にあたります。しかし表示される名詞と形容詞は〈友だち〉〈ハッピーな〉のようにプラスなイメージを持つものもあれば、〈敵〉〈怒っている〉などのようにマイナスなイメージのものもあります。こちらのほうはストループテストのカードに記された色の名前にあたります。被験者は、表示された言葉に結びついた感情を無視して正しく答えなければなりません。

例題を出しますから、みなさんも試してみてください。名詞には〈プラス〉、形容詞には〈マイナス〉とすらすらと答えることができますか？

1 楽しい
2 死
3 恐怖
4 嬉しい
5 悲しい
6 ごちそう
7 希望
8 恐ろしい

正しい答えは1＝マイナス、2＝プラス、3＝プラス、4＝マイナス、5＝マイナス、6＝プラス、7＝プラス、8＝マイナスです。どうですか？　1から4よりも、5から8のほうがすんなりと答えることができたのではないでしょうか？〈死〉には圧倒的な〈マイナス〉のイメージがつきまとうので、〈プラス〉とはなかなか言いづらいのです。

アルタリバ教授はこれよりも細部にこだわったテストをつくって、三二人の学生たちに受けさせました。全員スペイン語を母語にしていて、英会話学校で英語を習得した、ほぼバイリンガルと言っていい学生たちでした。テストの結果、出題された言葉が英語のときもスペイン語のときも、名詞の〈友だち〉や形容詞の〈怒った〉のように示された言葉に結びついた感情と答えが一致している場合のほうが、名詞の〈死〉や形容詞の〈ハッピーな〉のように一致していない場合よりもすんなりと答えられることがわかりました。

マイナスなイメージがある名詞を〈プラス〉、プラスなイメージがある形容詞を〈マイナス〉と答えなければならない、つまり言葉の感情的イメージと答えに不一致が見られる場合のほうが一致する場合よりも答えづらかったということは、テストを受けたスペイン語を母国語とするバイリンガルの学生たちは、英語でも言葉と感情の結びつきを強く意識していたということです。その言葉が感情に訴えかける力をまったくわかっていなければ、普通ならば〈死〉というマイナスなイメージを持つ言葉でも違和感を覚えることなく〈プラス〉と答えられるはずです。

しかしアルタリバ教授の教え子たちは普通ではありませんでした。彼らのように二カ国語を流暢に話せる人はあまりいないのですから。子供の頃に親に叱られた記憶を呼び起こして学生たちに冷や汗をかかせたイスタンブール大学のアイチェチ教授とボストン大学のハリス教授は、また同じ学生たちを説き伏せて、今度は記憶と言語の関係を探る実験をおこないました。[10] この学生たちはボストン在住のトルコ人ですが、英語を習得したのは一二歳以降だということを思い出してください。この実験でも学生たちはさまざまな言葉を見せられましたが、そのなかには英語の〈asshole（クソ野郎）〉〈whore《ホア》（売女）〉〈shit（クソッ！）〉、トルコ語の〈sevis《セヴィス》（ファックする）〉〈kahpe《カフェ》（あばずれ）〉〈fuhus《フフス》（売春）〉のようなタブー語がありました。トルコ語については〈katletmek《カットレッツメキ》（人殺し）〉のようなネガティブな言葉、〈gülmek《ギュルメキ》（笑い）〉のようなポジティブな言葉、そして〈Seni utanmaz!《セニュ・ウタマス》（みっともない！）〉のような小言も、〈masa《マッサ》（テーブル）〉のような普通の言葉もありました。

　アイチェチ教授とハリス教授は学生たちに、これから表示される言葉をポジティブなものかネガティブなものか判断して、その度合いを一から七まで点数をつけるように指示しました。しかしこれもまた心理学実験ならではの嘘で、本当の〝実験〟はこのあとにおこなわれました。半分の学生たちに、表示された言葉を思い出せるかぎり書き出すように指示したのです。そして残り半分の学生たちには一二八個の文字が記されたシートを見せて、このなかで先ほどの〝実験〟で見たと思う言葉に丸をつけさせました。そんなことをするとは事前に言われていなかったので、学生たちは表示された言葉をあえて覚えようとはしていませんでした。

　意外なことに、学生たちが覚えていた〝悪い言葉〟の数は、英語よりもトルコ語のほうがずっと少なかったのです。生まれたときから慣れ親しんできた母語のはずなのに、タブー語のように不愉快な言葉は一番記憶に残らなかったのです。タブー語だけではありません。ネガティブな言葉も小言も、覚えていた言葉の数はトルコ語のほうが少なかったのです。一方、ポジティブな言葉と普通の言葉の場合は英語とトルコ語の差は見られませんでした。アイチェチ教授はこの現象を母語以外の言語の〈感情的優位性〉と呼んでいます。不快感を覚えるタブー語やネガティブな言葉は、できるだけ心に留めないようにするものです。ところが第二言語で表現されると不快感はかなり薄まってしまうので、記憶に残りやすいのです。

母語以外の言語の〈感情的優位性〉は自己表現全般で広く見られます。その言語のことをあまり知らなくても同じです。母語以外の言語であれば、感情に圧倒されずに自分の思いを表現できることもあります。「作家のなかには、母語だと感情過多になって精神的ショックも大きくなってしまうので、あえて〈継母語〉を使って執筆する人もいます」そう語るのは言語学者のスティーヴン・ケルマンです。[11] ケルマン博士の主張は、ジャン＝マルク・デウォエル教授が研究していた多くのマルチリンガルたちの経験が裏付けてくれます。彼らは、母語以外の言葉のほうが汚い言葉や罵倒語を言いやすいと口を揃えて言っています。もちろんそうした言葉は母語でもすらすらと言えるのでしょう。それでも発達段階で非常に強いタブー観を心に刻み込んだ結果、母語以外の言語で言うほうが心や感情への負担がぐっと小さくなるのです。[12] 例を挙げてみましょう。英語を母語としてドイツ語・フランス語・イタリア語・スペイン語を自在に操るニコルは、デウォエル教授にこう語りました。「わたしの両親はすごく堅くて、しょっちゅう〝そんな言葉を使っちゃダメ！〟と言われていたのを覚えています。わたしは英語では汚い言葉は言いませんが、ドイツ語なら気兼ねしないで言えますね」スペイン語が母語のマリアも同じようなことを言っています。「スペイン語で毒づいたり汚い言葉を吐いたりしません。なぜって言われても、とにかく無理なんです。わたしにとってはすごくキツいし、そもそも本当に言っちゃダメな言葉なんです」

もちろん母語で汚い言葉や罵倒語を言うことはできます。とくに母語が少数言語の場合は、こうした言葉を使っても面倒なことにはなりません。スンダ語とインドネシア語、そして英語を話すディディは、汚い言葉や罵倒語を使ううえでは非常に有利です。母語で言うと一番強いインパクトを与えられるだけではありません。インドネシア語とスンダ語は世界的に見れば少数言語で、ロンドンでもマイナーだからです。「一九九七年当時にバークベック・カレッジの近くで誰かにスンダ語で罵声を浴びせても、何も問題はありませんでしたね」

汚い言葉や罵倒語は世界共通？

デウォエル教授の研究を見るかぎり、（マルチリンガルではない）わたしたちの大部分は汚い言葉や罵倒語を使うときには母国語を使いたがる傾向にあるようです。母語で言ったほうがよく効くからというだけでなく（それに、どうせ外国人だからわからないだろうとたかをくくっているだけでなく）母国語で言ったほうが一番すっきりと感情を吐き出せるからです。「汚い言葉や罵倒語は、いわば言葉の核爆弾です。その威力がどれほどのものなのかわからないときは、みんな使用を控えるみたいですね」教授はそう説明します。[13]

ある言語の汚い言葉や罵倒語が持つ感情に訴えかける力を、別の言語の同類の言葉にそのまま移し替えることはできないみたいです。どうしてでしょう？　ある言語では不愉快きわまりない言葉が、別の言語ではそこまで不快ではないのはなぜでしょう？　その答えは、さまざまな言語のなかで汚い言葉や罵倒語がどのようにして進化してきたのかを調べないと見えてきません。

同じような意味の言葉でも、言語によって感情を表現する力の差があることもあります。クエンティン・タランティーノの映画『パルプ・フィクション』では、英語ではかなり使い勝手のいい〈fuck（**クソッ！・クソッたれ**）〉がやたらと連発されますが、そのスペイン語版では実にさまざまな汚い言葉や罵倒語が〈fuck〉に当てられています。その反対に、スペイン語の〈cariño《カリーニョ》〉は〈優しい〉〈愛情〉を意味しますが、それ以外にも〈ダーリン・ハニー〉などの意味もあって、そうした複数の意味をひっくるめて置き換えることのできる単語は英語にはありません。

喜び・不快感・怒り・恐怖などの強い感情は、どんな言語環境にあっても万人が共有するものです。それはつまり、どの言語にも強い感情を表現する言葉があるということです。同様に、どの文化にもタブーがあり、そのタブーが〈汚い言葉〉とされる数々の言葉を生み出します。そういう意味では、汚い言葉と罵倒語は普遍的なものだと言えます。それでも、ある言語の汚い言葉と罵倒語を別の言語の同じ言葉でそのまま置き換えることはできません。汚い言葉と罵倒語の力はそれぞれの文化でちがっていて、別の言語のそうした言葉の威力はなかなか理解できません。だから別の言語に置き換えなければならないときは、トラブルを避けるためにやんわりとした内容にするしかないのです。デウォエル教授の研究対象のひとりの、ドイツ語とイタリア語のバイリンガルのサンドラはこう語っています。「イタリア語の汚い言葉はキリスト教絡みのものばかりです。神さまとかマリアさまとかです。でもドイツ語ではそんな意味のことを言われても不愉快に感じることはないです。反対にドイツでは、相手を侮辱するときは動物の名前を使います。イタリアじゃ動物の名前なんか言ったって効き目はありませんけど」

外国語を学ぶときにぶち当たる壁のひとつに、誰かを罵倒したり、思い切り笑わせる術《すべ》を身につけることが挙げられます。言葉が持つ感情に訴えかける力を意識しなければならないから、というだけではありません。〝ぴたっとくる言葉〟がわからないからということも多いのです。自分の国の究極の辱めの言葉や鉄板のお笑いネタが、他所《よそ》ではまったく効かなかったり受けなかったりします。「侮辱の言葉や汚い言葉には、文化の差が著しくあらわれます。ある文化ではジョークになっても、別の文化ではとんでもない侮辱になることもあるのです」[14]

同じ言語でも、場所や地域によって使われる汚い言葉や罵倒語が大きくちがうこともあります。[15]たとえば、同じフランス語でもフランスで話されているものとカナダで話されているもののあいだにはかなり大きなちがいがありますが、とくに汚い言葉や罵倒語とタブー語のちがいは顕著です。フランス系カナダ人たちは宗教的タブーに触れる言葉を多く使います。カナダのフランス語圏では〈hostie《オスティ》**（聖体）**〉や〈vierge《ヴィエルジュ》**（処女マリア）**〉は不快な言葉とされています。〝hostie de voisin《オスティ・ド・ヴォアザン》**（隣人の聖体）**〟はケベック州では侮辱の言葉ですが、パリでは何の意味もありません。この言葉と同じインパクトをパリで与えたいなら〝salaud de voisin《サロー・ド・ヴォワザン》**（隣のクソ野郎）**〟と言わなければなりません。

同じ国のなかでも、使われる汚い言葉や罵倒語は地域や社会階層、社会集団で異なります。6章で見ましたが、イングランド北部の低所得層の働く女性たちは汚い言葉や罵倒語を使って、自分たちは男性には従属しない独立した存在だという強いシグナルを周囲に発信しています。その内容は性的タブーに触れるものばかりで、宗教を冒瀆するものはほとんど使いません。彼女たちに比べるとアメリカの女子学生たちは大きく異なり、当たりの弱い言葉を多く使って、周囲から受け入れられたいという強いシグナルを発信しています。すべての言語の汚い言葉や罵倒語を包括的に調べる研究はありませんが、どの言語にもタブー語があり、そのタブー語も場所や時代で変わることはわかっています。

『たしかにことばを教えてくれたな、おかげで悪口の言いかたは覚えたぜ』

汚い言葉は学校で学んだりはしません——学びの場は書物や映画やテレビ、インターネット、そして友だちづきあいです。『*The Complete Merde : The Real French You Were Never Taught at School*（Merde《メルド》! 完全マスターブック——学校では絶対に教えない本当のフランス語）』というガイドブックすらあります。〈ジェネビーブ〉というペンネームの著者が書いたこの本は、フランス語を第二言語として話す人たちのために汚い言葉や罵倒語、スラングを英語訳したものです。〝Je m'en fous《ジュ・モン・フ》（**クソほども気にしない**）〟とか〝Il m'emmerde《イル・モメルド》（**クソいまいましい野郎だ**）〟といったフレーズも載っています。

こうした辞典的なものがあるのはありがたいのですが、言葉の背景やどういった文脈で使うべきかが説明されていないところに難があります。汚い言葉や罵倒語には感情に訴えかける力があるのですから、扱いには注意しなければなりません。こうした言葉を学校では教えない理由、そして使ってはいけないとされる理由は、〝ちゃんとした言葉〟で言い換えることができるからだとされています。ですがみなさん、〝これはひどい〟と〝これはクソだな〟が同じ意味だなんて、まさか本気で信じてはいませんよね？

汚い言葉や罵倒語の文化的な意味合いは、言語間で著しく異なることは先ほど述べました。だとしたら、汚い言葉や罵倒語の辞典には逐語的な意味だけでなく、感情面の意味と比喩的な意味合いも載せてくれたほうが使う側としては大いにありがたいです。それがわかれば、自分たちの言語の汚い言葉を別の言語に置き換えるときに、とんでもないミスをしでかすこともなくなるのではないでしょうか。

言語を教える教師たちのなかには、学生たちがタブー語に興味津々なことを大いに利用する人たちがいます。中学校と高校の教師に多いみたいです。ウィスコンシン大学マディソン校のモニカ・マリア・チャベス教授の研究例を見てみましょう。ドイツ語担当のある講師は学生たちに、自分とドイツ語で話をするときはジョークを言ってもくだけた話し方をしてもいいし、何なら汚い言葉を使ってもいいと言っていたそうです。[16] 学生たちは互いにからかい合ったり、講師をからかいの対象にしたりしていました。こんな感じにです。

学生その一：あんたっておかしな男だよな。着てる服は変だし汚いし。ジーンズがチョークまみれになってない日があるのかよ？

学生その二：今日の帽子、グリーンでめちゃセクシーじゃん。

学生その三：あんたっておかしくてイカれてるだけじゃなくて、遅刻ばっかしてるよね、講師のくせに。

講　師：それは……クソッたれなバスが悪いんだよ！

この講師は学生たちに生《なま》のドイツ語の感触をつかんでもらいたくて、自分が思うところの生《なま》のドイツ語を使っているのだと語っています。教科書どおりに教えるのではなく、自己表現の手段としてドイツ語を使うことを学生たちに促しているのです。ドイツの若い学生だったらこんなふうに教師に話しかけるものだろうというのが彼の主張です。しかしこの教え方には難しいところがあります。汚い言葉や罵倒語の土台になっているタブー的なことを学生たちが口にするという点を、不快に思ったり違和感を覚えたりする教師たちも多くいるのです。そのタブーがセックスや人種にまつわることとならなおさらです。

「これは言語教育の難しい倫理的な問題です。感情がたっぷりと込められた言葉や表現は、どの程度教えるべきなのでしょうか？　そうした言葉や表現が、性器や性行為に関する間接表現だったらどうでしょう？　人種差別的な意味合いがあるとしたら？」デウォエル教授はそう問いかけます。[17]

カナダのサイモンフレーザー大学の言語学者ロビン－エリス・マーキュリー博士は、外国語を教えるときに汚い言葉や罵倒語の交え方をちゃんと考えなければ、学生たちにとてつもない害を及ぼすと警告しています。[18] どのみち学生たちは大衆文化や友だちづきあいを通じてそうした言葉に接していくのですから、むしろ節度を持って使うことを教えるべきだと博士は主張します。問題は、外国語を学ぶ人たちに汚い言葉や罵倒語を教えるベストな方法については、まだまだ研究が足りていないというところです。マーキュリー博士自身、ある学生から汚い言葉について尋ねられたときにどう答えればいいかわからなかったそうです。

「英語学習コースの女子高校生が、学習週報に〝よくない言葉〟を使ってもいいですかと尋ねてきました。その言葉の使いみちと、どうしてアメリカの俳優たちはこの言葉をやたらと言うのか訊かれました。わたしは咄嗟に、そんな言葉は使ってはいけないと答えてしまいました。そしてそんな言葉はタブーだから人に話してもいけないし考えてもいけないと諭しました……外国語を学ぶ学生に対して、こんなことを言っても何の役にも立たないじゃないの！　あとになってそう思い直したわたしは、学習週報を通じて〝よくない言葉〟について話し合い、そうした言葉を使うことはネイティブにとってもどれほど難しいことなのかを教えました。彼女の疑問はもっともです。現にそうした言葉が英語にあるのですから。でも残念ながら、この問題は教育現場でほとんど論じられることはありません」

これまで見てきたように、かなり強い力を持つ汚い言葉や罵倒語はコミュニケーションのなかで非常に重要な役割を果たしています。そうした大切な言葉を学ばずして言語をマスターしたと言えるでしょうか？　ほとんどの人たちは、使う目的と使うべきタイミングやシチュエーションをよく考えたうえでそうした言葉を口にしています。どこかの国である程度暮らしていたら、誰でもその国の汚い言葉や罵倒語に触れるはずです。誰かの機嫌を損ねたり怒りを買ったりして言われることもあるでしょう。そうした言葉でからかい合っている友人たちや会社の同僚たちの輪のなかに入るために、みずから使うことになるケースもあると思います。汚い言葉や罵倒語のルールは言語で異なります。同じ言語でも国や地域によっても大きなちがいがあります。外国語を学ぶ学生たちにそのルールを教えないということは、彼らを文化的に不利な立場に置いてしまうことになるのではないでしょうか。

フランス留学中のわたしに汚い言葉や罵倒語を教えてくれたのは、映画とサッカーと友人たちでした。フランスでの修士課程の講義は全部フランス語でおこなわれていましたし、そればかりか留学中の大部分はフランス語を学びっぱなしでした。それでも、汚い言葉や罵倒語については大学内とビジネス絡みのシチュエーションで触れることはありませんでした。実際に言ったり言われたりするようになったのは、街に出てフランスの人たちと付き合うようになってからです。

でもそれは、あながち悪いことではないのかもしれません。汚い言葉や罵倒語は文化的な意味合いが濃厚な言葉で、グループによって使う種類や使い方がまちまちです。ですから、学校教育のような形式が決まった学び方が最善だとは言えないのかもしれません。そもそも母語の汚い言葉や罵倒語にしても、学ぶのは家族や友人たち、そして映画やテレビといった文化的な影響力のある媒体を通してです。こうした言葉の使い方を決める要素は、話している言語や話している国・地域だけではないことはわかっています。わたしたちそれぞれが属する社会集団と、性別などのアイデンティティに特有の使い方を身につけることが多いのです。学校などで教わることがあるとしても、せいぜい失礼にあたる言葉なので使ってはいけませんと言われる程度です。だからわたしたちは社会や文化に触れながら身につけていくしかないのです。

　ひとつ例を挙げてみましょう。友人たちから外国語を教えてもらった子供たちは、その言語のよくない言葉や汚い言葉を本当に流暢に使いこなすようになります。もしかしたらその友人たちは鉄面皮だったからかもしれませんが。ロンドン大学キングス・カレッジのベン・ランプトン教授は、友だちづきあいのなかでパンジャブ語を身につけた子供たちについて調べてみました。[19] ランプトン教授は子供たちにワイヤレスマイクをつけてもらって、彼らの会話を録音しました。被験者のひとりのデイヴィッドは英語を母語とする一二歳の少年です。友だちのなかにはパンジャブ語を話す子供たちがいて、親友の一三歳のジャグディシュもそのひとりです。デイヴィッドは、ジャグディシュと、やはりパンジャブ語を話す一三歳のスクビルと一緒に座っています。

　ジャグディシュがパンジャブ語でデイヴィッドにこう話しかけます。「おまえ、ローラをとっちめたいんじゃないのか？」するとパンジャブ語を話す少年たちはどっと笑います。

　デイヴィッドはこう答えます。「いや、そんなことしたくないけど」

　ジャグディシュは英語でこう言います。「いや、そうじゃなくって……つまりだな、〝ローラをぶん殴りたいんじゃないのか？〟ってことだよ」

　デイヴィッドはまた答えます。「そんなことしたくないってば」

　スクビルが口を挟みます。「いんや、したいはずだね」

　するとデイヴィッドは気づきます。「ねえ、もしかしたら〝ローラを妊娠させたいのか？〟

って言いたいの？」

デイヴィッドは、ジャグディシュが使っているパンジャブ語の俗語をちゃんと理解しているわけではありません。わたしの知るかぎり、誰かをとっちめても殴っても妊娠させることはできません。ジャグディシュのほうもちゃんとわかって言っているわけではなさそうです。でも勘のはたらくデイヴィッドは、みんなが笑っていることからジャグディシュにかつがれていると察しました。そして思春期のとば口に立つ彼は、どうやら女の子とセックスのことでかつがれているのではないかと疑ったのです。そしてジャグディシュとスクビルの説明を信じないで、状況を読んで想像力をはたらかせて、ジャグディシュが何と言ったのか当ててみせたのです。

これはごく自然な言葉の習い方です。とくに汚い言葉や罵倒語の学習法としてはこれが自然です。ジャグディシュが使ったのはニュアンス的に〝エッチ〟で〝いけない〟言葉で、からかいの言葉としても男の絆を深める言葉としても感情に訴えかける力が強いものでした。だからデイヴィッドはこのフレーズの本当の意味を、どういうシチュエーションで使うべきか、もしくは絶対使ってはいけないのかについて、ちゃんと理解するでしょう。このほうが本を読んで学ぶよりもずっと効果的です。

汚い言葉や罵倒語を翻訳する難しさ

外国語を習得する最善の方法のひとつに、その国の文化にどっぷりと浸かることが挙げられます。つまりその言葉で書かれた本を読んだり、ウェブサイトを閲覧したり、映画やテレビやビデオを見たり、人気のある歌を聴いたりすることです。そうしたコンテンツでは、その言葉を話す人々の営みが語られます。そうしたさりげない〝物語〟を、外国語を学ぶ人たちはネイティブの人たちのやり方を真似て吸収します。ジョーク、スラング、たとえ話も同じようにして身につけていきます。そして汚い言葉や罵倒語も。

では、ある文化のものを別の文化に置き換えなければならないときはどうでしょうか？　あるグループに仲間入りする術《すべ》を教えてくれる、文化の魔力とも言うべき汚い言葉や罵倒語を、文化が異なる人たちが使えるようにつくりなおすとどうなるのでしょうか？　ここが翻訳者の腕の見せどころです。直訳できる言葉もあるにはあります。たとえば〈shit（クソッ！）〉はフランス語なら〈merde《メルド》〉ドイツ語なら〈scheiße〉スペイン語なら〈mierda《メルダ》〉にそのまま置き換えることはできますが、その〝意味合い〟が同じだとはかぎりません。言葉の不快度、使用頻度、そして使うことが許されるシチュエーションなどは、その土地土地でさまざまに異なるのですから。

翻訳は、ある言語の言葉を辞書に記されているとおりに別の言語の言葉に置き換えればいいというものではありません。いい翻訳とは、ある言語で書かれていることの意味はもちろんのこと、そこに込められた感情や文化的な意味合いもそっくりそのまま別の言語の文章に持っていくものです。自動翻訳がなかなか進まない理由のひとつはここにあります。そして翻訳するうえでとりわけ厄介なのが汚い言葉や罵倒語です。感情に訴えかける力が強い言葉なので、その強い感情をそのまま伝えることが本当に難しいからです。こうした言葉の使い方は文化によって大きなちがいがあることも、文化が異なればタブーもちがってくるところも翻訳を難しくする要素のひとつです。

マルキ・ド・サドの『ソドム百二十日』の新訳版を、ダラム大学のトーマス・ウィン博士との共訳で二〇一六年に〈ペンギン・クラシックス〉から出したロンドン大学クイーンメアリー校のウィル・マクモラン博士はこう語ります。[20]「とにかくサドと同じように下品に、粗野に、おぞましく訳さなければなりませんでした。〈vit《ヴィ》〉は〈prick《プリック》（ちんぽ）〉にすべきか〈dick《ディック》（チンコ）〉にすべきか〈cock《コック》（イチモツ）〉にすべきか？〈tétons《テトン》〉は〈boobs《ブーブス》（おっぱい）〉なのか〈tits《ティッツ》（乳房）〉なのか〈breasts《ブレスツ》（胸）〉なのか？〈derrière《デリエール》〉は〈behind《ビハインド》（ケツ）〉がいいのか〈backside《バックサイド》（尻）〉なのがいいのか、そのものずばり後背位《バック》でいいのか？こんなありさまでしたよ……」結局ふたりは最近よく使われている性的スラングを使うことにしました。もっとも、時代感覚が狂ってしまいそうな言葉は避けましたが……

しかし下品でみだらな言葉を〈le mot juste《ル・モ・ジュスト》（上品な言葉）〉に置き換えるだけでは翻訳とは言えません。英語とスペイン語の汚い言葉と罵倒語を比較した研究によれば、英語を話す人たちは一般に広く使われているフレーズを多用する傾向にあり、スペイン語の場合はさまざまなフレーズや言葉を創意工夫してつくり上げて使うことが多いのだそうです。たとえば『パルプ・フィクション』の字幕翻訳者たちは、脚本上の〈fuck〉をひたすら頑張って全部訳したそうです。『パルプ・フィクション』では〈fuck〉は平均して一分間あたり一・七四回出てきます。アル・パチーノ主演のギャング映画『スカーフェイス』は一・二一回しか出てこないのに対して、二〇一〇年のコメディ映画『オフロでGO!!!!!　タイムマシンはジェット式』は二・一二回も出てきます。『パルプ・フィクション』の一五四分の上映時間のうちの六〇分の一が汚い言葉や罵倒語に費やされ、その大部分が〈fuck〉を交えたものです。映画の結構な部分が〈fuck〉でできているみたいなものですが、その使われ方は一本調子ではありません。それもそのはずです。〈fuck〉はさまざまな品詞に変化するのですから。〈Fuck you《ファック・ユー》**（くたばりやがれ）**〉のように動詞として使われたり、〈It's fucked《イッツ・ファックド》**（イカれちまった）**〉のように副詞的・形容詞的に使われたり、〈I don't give a fuck《アイ・ドント・ギブ・ア・ファック》**（屁でもないよ）**〉のように名詞として使ったり、〈We fucked《ウィー・ファックド》**（おれたちヤったよな）**〉とそのままずばりの意味で使ったり、〈Don't fuck with me《ドント・ファック・ウィズ・ミー》**（ふざけるんじゃねえぞ）**〉と比喩的に使ったり、〈FUCK!**（クソッ!）**〉のひと言で間投詞としても使ったりします。

しかしスペイン語では、そんな多種多芸ぶりを発揮する言葉はひとつもありません。いきおい、スペイン語の翻訳者たちは英語よりもはるかに多くの汚い言葉や罵倒語を字幕にはめ込まなければなりませんでした。スペイン語圏市場向けの映画字幕を制作するとき、翻訳者たちはありとあらゆる種類の汚い言葉や罵倒語を創造します。そのさまざまな考案法を、モントリオール大学のアナ・マリア・フェルナンデス・ドバオ教授は徹底的に分析しました。[21]

フェルナンデス・ドバオ教授によれば、〈fuck〉のスペイン語の逐語的な訳語と比喩的な訳語ははっきりとちがう言葉になるそうです。〈Follar《フィーリャ》〉は文字どおりセックスを指す卑語ですが、〈joder《ホデール》〉は〈fuck〉を比喩的に使う場合にあてることもできます。『パルプ・フィクション』のふたつの台詞を例にして見てみましょう。

1「"Fuck him《ファック・ヒム》**（関係ねえって）**"、スコッティ。死んだらヤツが悪いんだ」

ブルース・ウィリス演じるボクサーのブッチが、試合で相手を死なせてしまったあとの場面です。ここのスペイン語訳には〈joder〉をあてています。

「¡Que se joda!《クエ・セ・ホダ！》 Scotty.《スコッティ》 si hubiese sido buen boxeador aún viviría.《シ・ユビエッサ・シド・ブエン・ボクシアドア・ウォン・ヴィヴィリア》**（うるせえぞ、スコッティ！　いいボクサーだったら死ぬこともなかったんだ）**」

2「何したんだ？　"fuck her?《ファック・ハー》**（ヤッたのか？）**"」

ジョン・トラヴォルタ演じるギャングのヴィンセントが、ボスがある男を半殺しにした理由をサミュエル・L・ジャクソン演じる相棒のジュールスに尋ねる場面です。文字どおり「セックスしたのか？」と訊いているので〈Follar〉を使います。

「¿Qué hizo?《ケ・イ・ゾ》 ¿Follársela?《フォリャセラ》**（あいつは何をしたんだ？　彼女とヤッたのか？）**」

しかし〈joder〉は〈fuck〉のように副詞的・形容詞的な使い方をしません。だから"Yes!《イエス》 I've《アイヴ・》 fuckin' looked!《ファッキン・ルックド》**（もちろんだ！　うんざりするぐらい見てるってば！）**"で〈fuck〉のニュアンスを残したまま訳すと"¡Sí joder!《シ・ホデ》 ¡He mirado!《エ・ミラド》**（そうだよ、クソが！　ずっと見てたってば！）**"となります。

比喩的な動詞としての〈fuck〉、たとえば〈fuck this《ファック・ディス》・fuck that《ファック・ザット》**（ふざけるな・かまうもんか）**〉

〈fuck you《ファック・ユー》（くたばりやがれ）〉などの場合は〈joder〉を訳語としてあてることはできません。この例のようなイライラやムカつきの表現では、スペイン語では〈¡Vete al cuerno!《ヴェテ・アル・クウエルノ》〉（直訳では〝角《つの》のあるところへ行け！〟で、〝地獄に堕ちろ！〟という意味です）や〈mierda《ミイエルダ》（shitの意味でクソッ！）〉に置き換えます。

そして〝Where the fuck is it!《ホエア・ザ・ファック・イズ・イット》（一体どこにあるんだ！）〟のような間投詞的な使い方の場合は〈cojones《コホネス》（キンタマ）〉などが当てられます。

そのまま訳しても強い意味が伝わらない言葉は〈fuck〉だけではありません。〈motherfucker《マザーファッカー》（ゲス野郎）〉が意味する〝自分の母親とセックスするような最低の男〟は、スペイン語では侮辱とはされません。むしろ〝夫や恋人を裏切ってほかの男とヤリまくっている女〟、つまり〈淫乱女〉にあたる〈cabrón《カブロン》〉や、そうした女を妻や恋人にしてしまった〈寝取られ男〉を意味する〈cabronazo《カブロナゾ》〉呼ばわりされるほうが屈辱的で、こちらのほうが〈クソ野郎・ゲス野郎〉の意味で使われます。

フェルナンデス・ドバオ教授は、英語は少ない汚い言葉や罵倒語をやり繰りしてバラエティ豊かに表現する一方、スペイン語は言葉のほうがバラエティ豊かだと語ります。『パルプ・フィクション』で一分間に一・七四回出てくる〈fuck〉を全部〈joder〉に置き換えてしまったら、単調になってしまうばかりでなく意味がわからなくなってしまうでしょう。この映画の台詞の感情に訴える力を英語と同じレベルにするべく、スペイン語の翻訳者たちはありとあらゆる汚い言葉や罵倒語を動員して使わざるを得なかったのです。

読者や観客、視聴者を不快な気分にさせないように、汚い言葉や罵倒語をあえて訳さない場合もあります。ヘルシンキ大学のマルクス・カルヤライネンは、J・D・サリンジャーの『ライ麦畑でつかまえて』の一九五三年と一九八七年に出版されたスウェーデン語版に出てくる汚い言葉や罵倒語を原書と比較してみました。その結果、〈damn《ダム》・goddam《ゴッダム》・hell《ヘル》（くそ、ちくしょう）〉は一九五三年版では四六九個、一九八七年版では四七一個省略されていました。原書ではこの三つの言葉に次いで多く出てくる〈bastard《バスタード》（クソ野郎）〉もほとんど訳されていませんでした。

五三年版と八七年版で無視された汚い言葉や罵倒語のなかには、使ってもまったく差し支えないものもありますが、翻訳者はそうした言葉は必要最低限にしたほうがいいと考えたのでしょう。カルヤライネン氏によれば、スウェーデン人の気質には汚い言葉や罵倒語が少ないほうがずっと向いているのだそうです。

「スウェーデンとスウェーデン人と言えば、わたしが真っ先に思いつくのは〈lagom《ラーゴム》〉という言葉です。〈ラーゴム〉とは〝多すぎず少なすぎず、ちょうどよい〟という、平均的なスウェーデン人にとっては美徳とされる概念です」カルヤライネン氏はそう語ります。「もちろん〈ラーゴム〉は好ましい考え方ですが、そのせいでさまざまなシチュエーションで〝うわべだけを取り繕う〟行為が見られるのも事実です。つまり本音や本心を言わなかったり見せなかったりするのです。スウェーデン人は周囲から浮いたり対立したりすることを善しとせず、そのために相手を不愉快にする言葉の使用を極力避けるのです」

言葉の意味は辞書に書いてあるものだけではありません。そして汚い言葉や罵倒語を使うときの気持ちと、そこに込める意味は文化によって異なり、そしてその気持ちと意味は翻訳の過程であっさりと消えてしまう可能性があります。それは自分で書いたものを自分で別の言語に訳すときでも同じです。英語とフランス語のバイリンガルだった作家のジュリアン・グリーンの例を見てみましょう。両親ともアメリカ人ながらフランスで生まれ育ったグリーンはフランス語を母語として執筆していましたが、あるとき編集者から英語で書いてくれないかと依頼されました。グリーンとしては、フランス語で書いた過去の作品を英訳すればいいと思っていました。ところが……

「英訳したものを読み直してみると、わたしは別の作品を書いてしまったような気がしてならなかった。フランス語で書いたものと比べるとトーンがまったくちがうのだ。なので話の筋全体を改めざるを得なかった。英語で執筆中、わたしは別人格になっていた……そうやって書き上げたものは、以前にフランス語で書いたものと似て非なるものだった。およそ同じ作家が書いたとは思えないほど似ていなかったのだ[22]」

6章で見ましたが、ひとつの国のなかでも使われる汚い言葉や罵倒語は大きくちがいます。使っている言葉で話し手の性を判別できることもあります。それでも言語間のちがいのほうがもっと大きいのです。文化がちがえばタブーもちがってきます。イタリアやフランス語圏カナダでは宗教、ドイツでは動物の名前、オランダでは病気というように。この文化・言語間のタブーのちがいが、言語を学ぶ人たちと翻訳者にとって本当に厄介なのです。

日本語の〈ネコ〉とフランス語の〈chat《シャ》〉と英語の〈cat《キャット》〉はほぼ同じものを意味します。しかし感情を表現する言葉は、たとえそれが表に出すことが許される感情であっても大きくちがってきます。言語には感情がたっぷりと込められています。そのなかでも汚い言葉や罵倒語ほど感情が込められた言葉はほかにありません。汚い言葉や罵倒語の威力は、それらの言葉を見聞きしたときの、そして使うときの心の状態で変わってきます。そしてわたしたちそれぞれの心に刻み込まれたタブーによって、解放感を覚えることも圧倒されることもあるのです。

汚い言葉や罵倒語は辞書で調べるというわけにはいきません（まあ、それでもわたしは自力で調べて使いますけどね）。母語以外の言語のそうした言葉の力を正しく理解する術《すべ》はたったひとつしかありません。実際にその国で暮らして、その国の文化から学ぶしかないのです。汚い言葉や罵倒語の本当の意味をしっかりと理解するためには、さまざまな感情にどっぷりと浸らなければなりません。しかし感情に身を任せているばかりでは、まともな社会生活を送ることはできません。歳を取るにつれて言葉のニュアンスが理解しづらくなってしまうこともあるのは、案外これが原因なのかもしれません。

「汚い言葉や罵倒語を巧みに使いこなしたいなら、とにかく実践あるのみです」デウォエル教授はそう語ります。「スペインで社会言語学的な無作法を働いてしまってからは、スペイン語で〈rayos《ラヨス・》 y truenos!《イ・トレノス》（oh my god! の意味で、なんてこった！）〉と言うのを控えるようになりました。これは漫画『タンタン』に出てくるアドック船長の口癖で、気に入ってたんですけどね」しかるべき〝悪い言葉〟をチョイスして自分の気持ちを伝えることは、いくつもの言語に通じて流暢に使いこなす言語学者にとっても難しいことなのです。

まとめ

原初の言語を使っていた、わたしたちの一番古い祖先たちのことを想像してみましょう。心のなかに秘めていた知識や思惑、そして望みを他者の心に伝えることができる言語は、共同作業をまったく新しいレベルに引き上げました。力を合わせて狩りをするときに、効率のいい計画を立てることができるようになったのです。〝おまえはあのシカを驚かせてこい。そしたらシカはこっちに逃げてくるから、そこをおれたちが捕まえる〟こんな感じにです。生きていくうえで必要不可欠な技術を子供に伝えることもできるようにもなりました。〝あの蔓は触るとひりひりするから、絶対に握るんじゃない〟そして自分の気持ちや考えを声に出して伝えることもできるようになりました。〝なあ、向こうの谷のほうが大きめのシカがいるんじゃないか？　ヘビもあまりいないかもしれないぞ〟

祖先たちがシカ狩りの計画を立てているところを想像してみてください。

「おれはもうシカにはうんざりだ！」ひとりがそう言います。「カバを捕まえようじゃないか」「でもカバはすごく危険なやつだし、捕まえるのは難しいぞ」別のひとりが反論します。「でもシカは筋だらけで食べるところが少ないから、すぐ食べ尽くしちゃうじゃないか！」かくして感情のぶつかり合いが始まります。

ある洞窟の住人たちは、言い争いをここで終わらせます。その代わりに、みんなてんでばらばらにシカを狩ったりカバを狩ったりします。もしくは力づくで話をつけようとします。その結果、ある者は足の速いシカを捕まえることができずに腹を空かせてしまいます。そしてある者は怒り狂ったカバに踏みつけられて死んでしまいます。もしくは、意見の不一致による言葉の喧嘩が本物の喧嘩に発展して、どちらも狩りをするどころではないほどの怪我を負ってしまいます。

別の洞窟では別の手段が試みられています。ここの住人たちは、恥や恐怖の念を呼び起こすものや行為を示す、強い言葉を使います。それは病気や怪我についての言葉なのかもしれません（〝おまえの脚なんか、カバに踏んづけられて腐っちまうぞ〟）。それとも、身体的機能についての言葉なのかもしれません（〝おまえなんか、シカのクソと同じぐらい願い下げだよ〟）。もしかしたら、太陽を昇らせて作物を実らせてくれる神々にまつわる言葉なのかもしれません。これらは全部互いの感情に強く訴えかける言葉です。意見が一致しないとき、この洞窟の住人たちが交わし合うのは拳ではなくこうした言葉です。その結果、誰も怪我をすることもなく、最後には全員で狩りに出かけていくのです。

こうした出来事が本当にあったのかどうかは確かめようがありません。タブーとされる言葉を使うとさらなる言い争いを招いてしまって、仲間割れを起こして一族が分裂してしまう恐れもあります。あっという間に身につけてしまったチンパンジーたちとはちがって、わたしたちの祖先は汚い言葉や罵倒語をゆっくりと時間をかけて発達させていったのかもしれません。汚い言葉や罵倒語は社会的ツールだとする考え方には、まちがいなく説得力があります。社会集団が大きくなるとストレスは増大し、それまでの集団内の文化（たとえばルールなど）も変化させなければならないことは、人類史を振り返ってみればわかることです。汚い言葉や罵倒語はストレスフルな変化に対処する手段として発達した、と見るのは理にかなっていると思います。そしてこの本でこれまで見てきたこととも矛盾しません。汚い言葉や罵倒語は痛みに耐えたり、仕事場での絆を育んだり、感情や気持ちを伝えたりするときに役立つのですから。

冒頭で言いましたが、わたしは汚い言葉や罵倒語をもっともっと使うように勧めるためにこの本を書いたわけではありません。汚い言葉や罵倒語は、言ってみればマスタードみたいなものです。調味料としてはすごく役に立ちますが、マスタードだけ口にしても辛《から》くて食べられたものではありません。わたしたちには、感情に訴えかける力があって、ちょっと危険なにおいのする、まさしくマスタードのような言葉が必要なのです。それがなかったら罵倒したり毒づいたりできないのですから……時代や価値観が変化して、そうした言葉が力を失ってしまったら、わたしたちは別の言葉を見つけてきて〝口にするのもはばかられる言葉〟にしてしまうのです。

残念ながら、汚い言葉や罵倒語がどうやって生まれたのかを知ることはできないでしょう。それでも、そうした言葉が力を失ったと見るや、わたしたちはすぐさま別の言葉をその後釜に据えることはわかっています。どうやって生み出されたかはわからないにせよ、わたしたちには汚い言葉や罵倒語が必要なのです。そんな言葉を発明したご先祖様に、わたしはものすごく感謝しています。

訳者あとがき

本書はエマ・バーンの書籍デビュー作『*Swearing Is Good For You: The Amazing Science of Bad Language*』の全訳です　世界の各言語に存在する、罵倒語を代表とする〝口にするのもはばかれる言葉〟について、言語学・神経科学・文化論など複数の視点から、真面目に、ときにはユーモアを交えながら論じています。罵倒語を発することで痛みが緩和され、痛みへの耐久度が増すという実験や、脳内では一般的な言語とちがう部位で処理されるという話、チンパンジーも人間の罵倒語を習得するという話などは知的・科学的好奇心をくすぐるものがあります。文化面からの切り口での、女性が罵倒語を発することがタブー視されるようになったのはそんなに古くないという話については、現代を生きるわたしたちは深く考えざるを得ません。わたしたちの遠い祖先たちは、利害衝突や意見の相違を暴力に発展させないための安全弁として罵倒語を発達させていったのではないかという仮説も、なるほどと思わせるものがあります。なかには、ん？　と思ってしまう話や説もあるのですが、読み進めていくうちに納得させられてしまいます。汚い言葉や罵倒語に対する著者のとめどない愛のなせる業《わざ》でしょう。こうした言葉のネガティブな面を（大抵の人が不快に感じるという とんでもない欠点も含めて）全面的に認めたうえで擁護し、そのポジティブな面を世に知らしめる伝道師を自任する著者の熱気に押されるかたちで、読む側もついついうなずいてしまうのです。そのひたむきな愛を感じていただけたら幸いです。本書では英語の（それ以外のいくつかの言語の）さまざまな汚い言葉や罵倒語を取り上げていますが、本文中にもあるとおり、こうした言葉の翻訳は本当に難しいのです。とくに日本語は他の言語と比べて罵倒語のレパートリーに乏しく、言うにしても遠まわしな表現が好まれます。もし本書を読んで、言葉に迫力がない、おとなしすぎると思われたのなら、それはひとえに訳者であるわたしの責任です。上品に生まれついたわが身が恨めしいです……

ではなぜ、日本語には罵倒語が少ないのでしょうか。わたしなりに少々調べてみたところ、人間関係の距離感のちがいだとか、コミュニケーションの方法のちがいなどいろいろと挙げられますが、はっきりとしたことはわかっていないみたいです。面と向かって言うことは行儀のよくないこととされているので、日本の罵倒・侮辱表現は陰口というかたちで洗練されていったという、ちょっといやな考え方もできます。事実、中世日本では罵りの言葉は〈悪口《あっこう》〉と呼ばれ、鎌倉幕府が定めた〈御成敗式目〉では悪口を吐くことは刑事犯罪とされ、流刑に処せられることもあったといいます。道徳や倫理ではなく法で使用が禁じられていたから、日本では他国のような直接的な罵倒語ではなく、お上の目をかいくぐるための婉曲や比喩の罵倒表現が発達した、と見ることもできるかもしれません。

でも本当は、日本語にも直接的な罵倒語はいっぱいあります。たとえば怒りを表現する言葉については、〈イライラする〉から〈カチンとくる〉、そして〈堪忍袋の緒が切れる〉に至るまで、実にバラエティ豊かです。そしてその言葉ごとに怒りの強度はちがいます。ところが〈日本アンガーマネジメント協会〉によれば、最近では若者を中心として〈ウザい〉〈ムカつく〉〈キレる〉といった、わずかばかりの言葉で怒りを表現する傾向にあるそうです。言葉の数が少なくなると、ひとつの言葉がカヴァーする怒りの強度の範囲が広くなり、いきおい言う側と言われる側で怒りの感じ方の齟《そ》齬《ご》が生じがちになります。それほど怒っていないと取られたり、逆に「そこまで言わなくてもいいじゃないか！」と逆ギレされたりして、怒りは解消されないどころか、かえって拡散されてしまうことすらあると思われます。もしみなさんがそんな事態に陥ってしまったら、ここはひとつ、多種多様な言葉で怒りを表現してみたらいかがでしょうか？　〈日本アンガーマネジメント協会〉も、自分が感じている怒りにぴったりと合う言葉を見つけて表現することを推奨しています。罵倒語などの怒りを示す言葉について、わたしたち全員がもう少しボキャブラリー豊かになれば、ストレスだらけの日本の社会も少しだけましになるのでは、と思います。江戸言葉を復活させてもいいかもしれません。〈てやんでぃ！〉とか〈このすっとこどっこい！〉とか、学校やオフィスで使ってみてはどうでしょうか？　まさしく本書にあるとおり、自分の感情を的確に表現する、コミュニケーションを円滑にすることもできて、そして何よりもウケ狙いにも使える魔法の言葉です。翻訳者としても、江戸言葉の罵倒語が当たり前のように普及すれば、使える言葉の手駒が増えてありがたいのですが……

　著者のエマ・バーンは〝正真正銘の〟ロボット工学者で、人工知能《AI》の開発に携わるかたわら、〈フォーブス〉誌や〈フィナンシャル・タイムズ〉紙などに寄稿しています。この本を書くほど汚い言葉や罵倒語に魅せられているのだから、彼女が開発するＡＩは〈shit〉とか〈fuck〉とか言いそうです。そんな人間臭いロボットとだったら、人間は共存していけるでしょう。『ターミネーター』的な全面戦争は、罵倒語の力できっと回避できるはずです。

最後に、この興味深くも素晴らしい本を紹介していただき、その翻訳作業を温かく見守ってくれた原書房の相原結城氏に、この場をお借りしてお礼を述べさせていただきます。英語の（猥褻な言葉も含めた）汚い言葉についてのぶしつけな質問にいろいろと答えてくれた、カリフォルニア在住のＷ・ブリュースター氏にも感謝します。それでなくても根っから下品な男なのに、本書の翻訳中は〝ここは〈クソッたれ〉か？　いや〈ゲス野郎〉だな〟とか〝〈チンコ〉なのか〈チンポコ〉なのか？〟とか、とにかくいろんな汚い言葉をぶつぶつと呟いていたわたしに愛想を尽かすどころか、逆に励まし支えてくれた妻の美奈子にも感謝します。

二〇一八年七月

黒木章人

原注

はじめに

1. G. Hughes, Swearing: *A Social History of Foul Language, Oaths and Profanity in English*. Blackwell, 1991.

2. E. Byrne and D. Corney, Sweet FA: Sentiment, Soccer and Swearing. In S. P. Papadopoulos et al. (eds.): *Proceedings of the SoMuS ICMR 2014 Workshop, Glasgow, Scotland,* 01-04-2014, published at http://ceur-ws.org.

3. B. K. Bergen, *What the F: What Swearing Reveals about Our Language, Our Brains and Ourselves*. Basic Books, 2016.

4. E. Welhoffer, Strafe Für Beleidigungen: Wie Teuer Ist Der, Stinkefinger'? *Express. de*, 15 March 2016. www.express.de/news/politik-und-wirtschaft/recht/beleidigung-beschimpft-strafe?schimpfwort-teuer-anzeige-strafbar-1261268-seite2.

5. Rechtspraak.nl（オランダの裁判所の判例・判決データベース）: https://uitspraken.rechtspraak.nl/#zoekverfijn/ljn=BD2881.

6. M. Mohr, *Holy Sh*t: A Brief History of Swearing*. Oxford University Press, 2013.

7. Hughes, *Swearing*.

8. Ofcom. Attitudes to Potentially Offensive Language and Gestures on TV and Radio. www.ofcom.org.uk/research-and-data/tv-radio-and-on-demand/tv-research/offensive-language-2016.

9. S. Pinker, What the F***? *New Republic*, 8 October 2007. https://newrepublic.com/article/63921/what-the-f.

10. K. Sylwester and M. Purver, Twitter Language Use Reflects Psychological Differences between Democrats and Republicans. *PLoS ONE* 10, 2015, e0137422. doi:10.1371/journal.pone.0137422.

11. K. L. Jay and T. B. Jay, Taboo Word Fluency and Knowledge of Slurs and General Pejoratives: Deconstructing the Poverty-of Vocabulary Myth. *Language Sciences* 52 (2015), 251-259. doi:10.1016/j.langsci.2014.12.003.

12. G. Rayner, Sir Winston Churchill Quotes: The Famous Lines that He Never Said. *Telegraph*, 13 October 2014. www.telegraph.co.uk/news/politics/conservative/11155416/Sir-Winston-Churchill-the-famous-lines-that-he-never-said.html.

1章
汚い言葉を吐き出す脳――神経科学と罵倒語

1. P. Ratiu and I.F. Talos, The Tale of Phineas Gage, Digitally Remastered. *New England Journal of Medicine* 351 (2004), e21. doi:10.1056/NEJMicm031024.

2. D. Van Lancker and J. Cummings, Expletives: Neurolinguistic and Neurobehavioral Perspectives on Swearing. *Brain Research Reviews* 31 (1999), 83-104. doi:10.1016/S0165-0173(99)00060-0.

3. D. Van Lancker and K. Klein, Preserved Recognition of Familiar Personal Names in Global Aphasia. *Brain and Language* 39 (1990), 511-529. doi:10.1016/0093-934X(90)90159-E.

4. L. J. Speedie et al., Disruption of Automatic Speech Following a Right Basal Ganglia Lesion. *Neurology* 43 (1993), 1768-1768. doi:10.1212/WNL.43.9.1768.

5. R. L. Heath and L. X. Blonder, Spontaneous Humor Among Right Hemisphere Stroke Survivors. *Brain and Language* 93 (2005), 267-276. doi:10.1016/j.bandl.2004.10.006.

6. P. Shammi and D. T. Stuss, Humour Appreciation: A Role of the Right Frontal Lobe. *Brain* 122 (1999), 657-666. doi:10.1093/brain/122.4.657.

7. G.Gainotti, Unconscious Processing of Emotions and the Right Hemisphere. *Neuropsychologia* 50 (2012), 205-218. doi:10.1016/j.neuropsychologia.2011.12.005.

8. A. Ohman et al., Emotion Drives Attention: Detecting the Snake in the Grass. *Journal of Experimental Psychology General* 130 (2001), 466-478. doi:10.1037/AXJ96-3445.130.3.466.

9. T. Indersmitten and R. C. Gur, Emotion Processing in Chimeric Faces: Hemispheric Asymmetries in Expression and Recognition of Emotions. *Journal of Neuroscience* 23 (2003), 3820-3825.

10. E. Hitchcock and V. Cairns, Amygdalotomy. *Postgraduate Medical Journal* 49 (1973), 894-904. doi:10.1136/pgmj.49.578.894.

2章
クソッ！　痛いじゃないか！　痛みと罵倒語

1. R. Stephens, J. Atkins and A. Kingston, Swearing as a Response to Pain. *Neuroreport* 20 (2009), 1056-1060. doi:10.1097/WNR.0b013e32832e64b1.

2. P. M. Aslaksen et al., The Effect of Experimenter Gender on Autonomic and Subjective Responses to Pain Stimuli. *Pain* 129 (2007), 260-268. doi:10.1016/j.pain.2006.10.011.

3. J. L. Rhudy and M. W. Meagher, Negative Affect: Effects on an Evaluative Measure of Human Pain. *Pain* 104 (2003), 617-626. doi:10.1016/S0304-3959(03)00119-2.

4. E. Kandel, J. Schwartz and T. Jessell, *Principles of Neural Science*. McGraw-Hill Medical, 2000.

5. N. K. Lowe, The Nature of Labor Pain. *American Journal of Obstetrics and Gynecology* 186 (2002), S16-S24. doi:10.1016/S0002-9378(02)70179-8.

6. T. Saisto et al., Reduced Pain Tolerance During and After Pregnancy in Women Suffering from Fear of Labor. *Pain* 93 (2001), 123-127. doi:10.1016/S0304-3959(01)00302-5.

7. A. E. Williams and J. L. Rhudy, Emotional Modulation of Autonomic Responses to Painful Trigeminal Stimulation. *International Journal of Psychophysiology* 71 (2009), 242-247. doi:10.1016/j. ijpsycho.2008.10.004.

8. R. Stephens and C. Allsop, Effect of Manipulated State Aggression on Pain Tolerance. *Psychological Reports* 111 (2012), 311-321. doi:10.2466/16.02.20.

9. R. Stephens and C. Umland, Swearing as a Response to Pain ? Effect of Daily Swearing Frequency. *Journal of Pain* 12 (2011), 1274-1281. doi:10.1016/j.jpain.2011.09.004.

10. Nathan C. Dewall et al., Acetaminophen Reduces Social Pain: Behavioral and Neural Evidence. *Psychological Science* 21 (2010), 931-937. doi:10.1177/0956797610374741.

11. T. Deckman et al., Can Marijuana Reduce Social Pain? *Social Psychological and Personality Science* 13 (2013), 60-68. doi:10.1177/1948550613488949.

12. Kandel, Schwartz and Jessell, *Principles of Neural Science.*

13. M. J. Bernstein and H. M. Claypool, Social Exclusion and Pain Sensitivity: Why Exclusion Sometimes Hurts and Sometimes Numbs. *Personality and Social Psychology Bulletin* 38 (2012), 185-196. doi:10.1177/0146167211422449.

14. L. Lombardo, Hurt Feelings and Four Letter Words: The Effects of Verbal Swearing on Social Pain. Honours Thesis, School of Psychology, The University of Queensland, 2012.

15. S. Seymour-Smith, 'Blokes Don't Like That Sort of Thing': Men's Negotiation of a 'Troubled' Self-help Group Identity. *Journal of Health Psychology* 13 (2008), 785-797. doi:10.1177/1359105308093862.

16. S. Seymour-Smith, Illness as an Occasion

for Storytelling: Social Influences in Narrating the Masculine Self to an Unseen Audience. In C. Horrocks, K. Milnes and G. Roberts (eds), *Narrative, Memory and Life Transitions*. Huddersfield University Press, 2002.

17. M. L. Robbins et al., Naturalistically Observed Swearing, Emotional Support and Depressive Symptoms in Women Coping with Illness. *Health Psychology* 30 (2011), 789-792. doi:10.1037/a0023431.

3章
トゥレット症候群

1. T. Jay, Why We Curse: *A Neuro-Psycho-Social Theory of Speech*. John Benjamins, 2000.

2. www.cdc.gov/ncbddd/tourette/diagnosis.html.

3. M. H. Bloch and J. F. Leckman, Clinical Course of Tourette Syndrome. *Journal of Psychosomatic Research* 67 (2009), 497-501. doi:10.1016/j.jpsychores.2009.09.002.

4. S. Wilhelm et al., Randomized Trial of Behavior Therapy for Adults with Tourette's Disorder. *Archives of General Psychiatry* 69 (2012), 795-803. doi:10.1001/archgenpsychiatry.2011.1528.

5. C. A. Conelea, S. A. Franklin and D. W. Woods, Tic, Tourettes and Related Disorders. In R. J. R. Levesque (ed.), *Encyclopedia of Adolescence*. Springer New York, 2011, pp. 2976-2983.

6. Jay, *Why We Curse*, p. 65.

7. A. E. Lang, E. Consky and P. Sandor, 'Signing Tics'? Insights into the Pathophysiology of Symptoms in Tourette's Syndrome. *Annals of Neurology* 33 (1993), 212-215. doi:10.1002/ana.410330212.

8. R. M. Kurlan, Treatment of Tourette Syndrome. *Neurotherapeutics* 11 (2013), 161-165. doi:10.1007/s13311-013-0215-4.

9. K. J. Black et al., Progress in Research on Tourette Syndrome. *Journal of Obsessive-Compulsive and Related Disorders* 3 (2014), 359-362. doi:10.1016/j.jocrd.2014.03.005.

10. J. Piacentini et al. Behavior Therapy for Children with Tourette Disorder: A Randomized Controlled Trial. *Journal of the American Medical Association* 303 (2010), 1929-1937. doi:10.1001/jama.2010.607.

11. Conelea et al., Tic, Tourettes and Related Disorders.

12.R. Wadman, V. Tischler and G. M. Jackson, 2013. 'Everybody just thinks I'm weird': A Qualitative Exploration of the Psychosocial Experiences of Adolescents with Tourette Syndrome. *Child Care Health and Development* 39 (2013), 880-886. doi:10.1111/cch.12033.

13. R. F. Baumeister, K. D. Vohs and D. M. Tice, The Strength Model of Self-Control. *Current Directions in Psychological Science* 16 (2007), 351-355. doi:10.1111/j.1467-8721.2007.00534.x.

14. R. Elliott, Executive Functions and Their Disorders: Imaging in Clinical Neuroscience. *British Medical Bulletin* 65 (2003), 49-59. doi:10.1093/bmb/65.1.49.

15. J. R. Stroop, Studies of Interference in Serial Verbal Reactions. *Journal of Experimental Psychology* 18 (1935), 643-662. doi:10.1037/h0054651.

16. S. Palminteri et al., Dopamine-Dependent Reinforcement of Motor Skill Learning: Evidence from Gilles De La Tourette Syndrome. *Brain* 134 (2011), 2287-2301. doi:10.1093/brain/awr147.

17. Kurlan, Treatment of Tourette Syndrome.

18. R. P. Michael, Treatment of a Case of Compulsive Swearing. *British Medical Journal* 1 (1957), 1506-1508.

19. D. Van Lancker and J. Cummings, Expletives: Neurolinguistic and Neurobehavioral Perspectives on Swearing. *Brain Research Reviews* 31 (1999), 83-104.

doi:10.1016/S0165-0173(99)00060-0.

20. A. Clempson, S. Dobson and Judith S. Stern, P7 Dentists Treating Tourette Syndrome. *Journal of Neurology Neurosurgery & Psychiatry* 83 (2012). doi:10.1136/jnnp-2012-303538.24.

21. R. J. Maciunas et al., Prospective Randomized Double-Blind Trial of Bilateral Thalamic Deep Brain Stimulation in Adults with Tourette Syndrome. *Journal of Neurosurgery* 107 (2007), 1004-1014. doi:10.3171/JNS-07/11/1004; M. S. Okun, K. D. Foote and S. S. Wu, A Trial of Scheduled Deep Brain Stimulation for Tourette Syndrome: Moving Away from Continuous Deep Brain Stimulation Paradigms. Archives of Neurology 70 (2013), 85-94. doi:10.1001/jamaneurol.2013.580.

22. L. Ackermans et al., Double-Blind Clinical Trial of Thalamic Stimulation in Patients with Tourette Syndrome. *Brain* 134 (2011), 832-844. doi:10.1093/brain/awq380.

23. A. Duits et al., Unfavourable Outcome of Deep Brain Stimulation in a Tourette Patient with Severe Comorbidity. *European Child & Adolescent Psychiatry* 21 (2012), 529-531. doi:10.1007/s00787-012-0285-6.

24. Kurlan, Treatment of Tourette Syndrome.

25. Wilhelm et al., Randomized Trial of Behavior Therapy for Adults with Tourette's Disorder.

26. Peterson was discussing Black et al., Progress in Research on Tourette Syndrome.

27. Piacentini et al., Behavior Therapy for Children with Tourette Disorder.

28. Wilhelm et al., Randomized Trial of Behavior Therapy for Adults with Tourette's Disorder.

29. Heather Smith et al., Investigating Young People's Experiences of Successful or Helpful Psychological Interventions for Tic Disorders: An Interpretative Phenomenological Analysis Study. *Journal of Health Psychology* 21 (2016), 1787-1798. doi:10.1177/1359105314566647.

4章
仕事の場での罵倒語

1. Barbara Plester and J. Sayer, 'Taking the Piss': Functions of Banter in the IT Industry. *Humor* 20 (2007), 157-187. doi:10.1515/HUMOR.2007.008.

2. James V. O'Connor, *Cuss Control: The Complete Book on How to Curb Your Cursing*. Three Rivers Press, 2000.

3. N. Daly et al., Expletives as Solidarity Signals in FTAs on the Factory Floor. *Journal of Pragmatics* 36 (2004), 945-964. doi:10.1016/j. pragma.2003.12.004.

4. M. Haugh and D. Bousfield, Mock Impoliteness, Jocular Mockery and Jocular Abuse in Australian and British English. *Journal of Pragmatics* 44 (2012), 1099-1114. doi:10.1016/j.pragma.2012.02.003.

5.『イングリッシュネス——英国人のふるまいのルール』ケイト・フォックス著、北條文緒・香川由紀子訳、2017 年、みすず書房

6. C. Scherer and B. Sagarin, Indecent Influence: The Positive Effects of Obscenity on Persuasion. *Social Influence* 1 (2006), 138-146. doi:10.1080/15534510600747597.

7. G. Feldman et al., We Do Give a Damn: The Relationship Between Profanity and Honesty. *Social Psychological and Personality Science* (published online January 2017). doi:10.1177/1948550616681055.

8. M. L. Newman et al., Lying Words: Predicting Deception from Linguistic Styles. *Personality & Social Psychology Bulletin* 29 (2003), 665-675. doi:10.1177/0146167203029005010.

9. E. Rassin and S. van der Heijden, Appearing Credible? Swearing Helps! *Psychology, Crime & Law* 11 (2005), 177-182. doi:10.1080/106831605160512331329952.

10. K. L. Jay and T. B. Jay, Taboo Word Fluency and Knowledge of Slurs and General Pejoratives: Deconstructing the Poverty-of-Vocabulary Myth. *Language Sciences* 52 (2015), 251-259. doi:10.1016/j.langsci.2014.12.003.

5章
この汚いサル野郎！
悪態をつく（人間以外の）霊長類

1. G. J. Romanes, *Mental Evolution in Man*. D. Appleton and Co., 1889.
2. R. M. Yerkes, *Almost Human*. Jonathan Cape, 1925.
3. W. Kellogg and L. Kellogg, *The Ape and the Child.* Hafner Publishing, 1933.
4. H. S. Terrace, *Nim: A Chimpanzee Who Learned Sign Language*. Columbia University Press, 1986, p. 137.
5. M. R. Lepper, D. Greene and R. E. Nisbett, Undermining Children's Intrinsic Interest with Extrinsic Reward: A Test of the 'Overjustification' Hypothesis. *Journal of Personality and Social Psychology* 28 (1973), 129-137. doi:10.1037/h0035519.
6. D. Morris, *The Biology of Art: A Study of the Picture-Making Behaviour of the Great Apes and Its Relationship to Human Art,* Methuen, 1962, pp. 158-159.
7. R. A. Gardner and B. Gardner, *The Structure of Learning: From Sign Stimuli to Sign Language.* Lawrence Erlbaum, 1998.
8. 同 p. 292.
9. R. Fouts and S. Mills, *Next of Kin: What My Conversations with Chimpanzees Have Taught Me About Intelligence, Compassion and Being Human*. Michael Joseph, 1997, p. 25.
10. Gardner and Gardner, *The Structure of Learning*, p. 296.
11. 同
12. 同
13. Fouts and Mills, *Next of Kin*, p. 30.
14. M. D. Bodamar and R. Allen, How Cross-Fostered Chimpanzees (*Pan troglodytes*) Initiate and Maintain Conversations. *Journal of Comparative Psychology* 116 (2002), 12-26. doi:10.1037/0735-7036.116.1.12.
15. Gardner and Gardner, *The Structure of Learning*, p. 298.
16. Fouts and Mills, *Next of Kin*, pp. 30-90.
17. Gardner and Gardner, *The Structure of Learning*, p. 294.
18. 同 p. 306.
19. 同 pp. 31-32.
20. J. Foer, The Truth About Chimps. *National Geographic*, February 2010.
21. Gardner and Gardner, *The Structure of Learning*, p. 291.
22. Fouts and Mills, *Next of Kin*, p. 30.
23. Bodamar and Allen, How Cross-Fostered Chimpanzees (*Pan troglodytes*) Initiate and Maintain Conversations.
24. Gardner and Gardner, *The Structure of Learning*, pp. 321-322.
25. R. Fouts and D. Fouts, Conversations with Chimpanzees: A Review of Recent Research, Research Methods and Enrichment Techniques. In *Proceedings of the Annual ChimpanZooConference, Individuality and Intelligence of Chimpanzees. Tucson, Arizona*, 1995, pp. 51-53.
26. Fouts and Mills, *Next of Kin*, p. 291.

6章
女には向かない言葉――ジェンダーと罵倒語

1. K. Stapleton, Swearing. In M. Locher and S. Graham (eds), *Interpersonal Pragmatics* (Handbooks of Pragmatics 6). Mouton de Gruyter, 2010, pp. 289-306.
2. Peter Trudgill, *Sociolinguistics: An Introduction to Language and Society*, 4th edn. Penguin Books, 2000.

3. O. Jespersen, Language; *Its Nature, Development and Origin*. George Allen & Unwin, 1922.

4. E. Gordon, Sex, Speech and Stereotypes: Why Women Use Prestige Speech Forms More Than Men. *Language in Society* 26 (1997), 47-63. doi:10.1017/S0047404500019400.

5. T. McEnery, *Swearing in English: Bad Language, Purity and Power from 1586 to the Present*. Routledge, 2006.

6. J. Collier, *A Short View of the Immorality and Profaneness of the English Stage; Together with the Sense of Antiquity Upon this Argument*, 2nd edn. S. Keble, 1698.

7. V. de Klerk, How Taboo are Taboo Words for Girls? *Language in Society* 21 (1992), 277-289. doi:10.1017/S0047404500015293.

8. T. Jay, *Why We Curse: A Neuro-Psycho-Social Theory of Speech*. John Benjamins, 2000.

9. R. O'Neil, Sexual Profanity and Interpersonal Judgment. PhD dissertation, Louisiana State University, 2002.

10. T. Jay, The Utility and Ubiquity of Taboo Words. *Perspectives on Psychological Science* 4 (2009), 153-161. doi:10.1111/j.1745-6924.2009.01115.x.

11. McEnery, *Swearing in English*.

12. S. Holmes, Women Have Overtaken Men in Their Use of Profanities. *Mail Online* 6 November 2016. www.dailymail.co.uk/news/article-3909524/Effing-Noras-swear-Normans-Women-overtaken-men-use-profanities.html.

13. L. A. Bailey and L. A. Timm, More on Women's ? and Men's ? Expletives. *Anthropological Linguistics* 18 (1976), 438-449. www.jstor.org/stable/30027592.

14. B. Risch, Women's Derogatory Terms for Men: That's Right, 'Dirty' Words. *Language in Society* 16 (1987), 353-358. doi:10.1017/S0047404500012434.

15. de Klerk, How Taboo are Taboo Words for Girls?

16. S. E. Hughes, Expletives of Lower Working-Class Women. *Language in Society* 21 (1992), 291-303. doi:10.1017/S004740450001530X.

17. M. M. Oliver and J. Rubin, The Use of Expletives by Some American Women. *Anthropological Linguistics* 17 (1975), 191-197. www.jstor.org/stable/30027568.

18. M. Thelwall, *Fk Yea I Swear: Cursing and Gender in a Corpus of Myspace Pages*. Corpora, 2008.

19. E. Rassin and P. Muris, Why Do Women Swear? An Exploration of Reasons for and Perceived Efficacy of Swearing in Dutch Female Students. *Personality and Individual Differences* 38 (2005), 1669-1674. doi:10.1016/j.paid.2004.09.022.

20. Bailey and Timm, More on Women's ? and Men's ? Expletives.

21. C. Berger, *The Myth of Gender-Specific Swearing: A Semantic and Pragmatic Analysis*. Verlag Für Wissenschaft und Forschung, Berlin, 2002.

22. Hughes, Expletives of Lower Working-Class Women.

23. E. Byrne and D. Corney, Sweet FA: Sentiment, Soccer and Swearing. In S. P. Papadopoulos, D. A. Cesar, A. Shamma, Kelliher and R. Jain (eds.): *Proceedings of the SoMuS ICMR* 2014 Workshop, Glasgow, Scotland, 01-04-2014, published at http://ceur-ws.org.

24. A. Montagu, *The Anatomy of Swearing*. University of Pennsylvania Press, 1967.

7章
さまざまな言語の汚い言葉や罵倒語

1. J. Dewaele, Investigating the Psychological and Emotional Dimensions in Instructed Language Learning: Obstacles and Possibilities. *Modern Language Journal*

89 (2005), 367-380. doi:10.1111/j.1540-4781.2005.00311.x.

2. J. Dewaele, Blistering Barnacles! What Language Do Multilinguals Swear In?! *Estudios de Sociolingüística* 5 (2004), 83-105, at pp. 84-85.

3. E. M. Rintell, But How Did You FEEL About That? The Learner's Perception of Emotion in Speech. *Applied Linguistics* 5 (1984), 255-264. doi:10.1093/applin/5.3.255.

4. C. L. Harris, A. Ayçiçeği and J. B. Gleason, Taboo Words and Reprimands Elicit Greater Autonomic Reactivity in a First Language Than in a Second Language. *Applied Psycholinguistics* 24 (2003), 561-579. doi:10.1017/S0142716403000286.

5. Steven G. Kellman, *The Translingual Imagination*. University of Nebraska Press, 2000.

6. Susan Ervin, Language and TAT Content in Bilinguals. *Journal of Abnormal Psychology* 68 (1964), 500-507.

7. Susan Ervin-Tripp, An Analysis of the Interaction of Language, Topic, and Listener. *American Anthropologist* 66 (1964), 86-102.

8. J. Dewaele, The Emotional Force of Swearwords and Taboo Words in the Speech of Multilinguals. *Journal of Multilingual and Multicultural Development* 25 (2004), 204-222. doi:10.1080/01434630408666529.

9. J. Altarriba and D. M. Basnight-Brown, The Representation of Emotion vs. Emotion-Laden Words in English and Spanish in the Affective Simon Task. *International Journal of Bilingualism* 15 (2010), 310-328. doi:10.1177/1367006910379261.

10. A. Ayçiçeği and C. Harris, BRIEF REPORT Bilinguals' Recall and Recognition of Emotion Words. *Cognition and Emotion* 18 (2004), 977-987. doi:10.1080/02699930341000301.

11. Kellman, *The Translingual Imagination*.

12. Dewaele, The Emotional Force of Swearwords.

13. 同

14. Dewaele, Blistering Barnacles!

15. Dewaele, The Emotional Force of Swearwords.

16. M. M. Chavez, The Orientation of Learner Language Use in Peer Work: Teacher Role, Learner Role and Individual Identity. *Language Teaching Research* 11 (2007), 161-188. doi:10.1177/1362168807074602.

17. Dewaele, Investigating the Psychological and Emotional Dimensions in Instructed Language Learning.

18. R. E. Mercury, Swearing: A 'Bad' Part of Language; A Good Part of Language Learning. *TESL Canada Journal* 13 (1995), 28-36. doi:10.18806/tesl.v13i1.659.

19. B. Rampton, Dichotomies, Difference and Ritual in Second Language Learning and Teaching. *Applied Linguistics* 20 (1999), 316-340. doi:10.1093/applin/20.3.316.

20. W. McMorran, We Translated the Marquis de Sade's Most Obscene Work ? Here's How. *Independent*, 2 November 2016. www.independent.co.uk/arts-entertainment/books/we-translated-the-marquis-de-sades-most-obscene-work-heres-how-a7393066.html.

21. A. M. Fernández Dobao, Linguistic and Cultural Aspects of the Translation of Swearing: The Spanish Version of *Pulp Fiction*. *Babel* 52 (2006), 222-242. doi:10.1075/babel.52.3.02fer.

22. J. Green, An Experiment in English. *Harper's Magazine*, September 1941, pp. 397-405.

23. Dewaele, Blistering Barnacles!

◆著者　エマ・バーン　Emma Byrne
科学者、ジャーナリスト。ロボット工学者として、人工知能（AI）の開発に携わる。ＢＢＣラジオでAIやロボット工学を解説する番組を持ち、フォーブス誌やグローバル・ビジネス・マガジン、フィナンシャル・タイムズ紙にも寄稿している。神経科学への興味が高じて本書を書き上げた。日本での勤務経験もある。

◆訳者　黒木章人　（くろき・ふみひと）
翻訳家。立命館大学産業社会学部卒。訳書に『人類史上最強ナノ兵器』(原書房)、『ビジネスブロックチェーン ビットコイン、FinTechを生みだす技術革命』(日経ＢＰ)、『誰もがイライラしたくないのに、なぜイライラしてしまうのか?』(総合法令出版)、『スーパー・コンプリケーション』(太田出版、共訳)など。

悪態《あくたい》の科学《かがく》
あなたはなぜ口《くち》にしてしまうのか

2018年8月21日　第1刷

著者……………………エマ・バーン
訳者……………………黒木章人《くろきふみひと》
ブックデザイン………永井亜矢子（陽々舎）
カバー写真……………iStockphoto
発行者…………………成瀬雅人
発行所…………………株式会社原書房
〒160-0022 東京都新宿区新宿1-25-13
電話・代表　03(3354)0685
http://www.harashobo.co.jp/
振替・00150-6-151594
印刷・製本……………図書印刷株式会社

ISBN 978-4-562-05591-3 Printed in Japan